KB066785

토요미스테리

Saturday Mystery

토요미스테리

디바제시카 지음 | 한재홍 일러스트

너와숲

안녕하세요. 디바제시카입니다.

2014년 시작한 <토요미스테리>가 햇수로 10년을 맞이했습니다. 제가 직접 경험한 미국 흉가 이야기를 풀어내는 것을 시작으로 지금은 국내외 범죄 사건, 공포 괴담, 쇼킹한 사건 사고, 역사적인 미스터리까지 다양한 소재로 발전했습니다. 1200개가 넘는 전 세계 스토리를 구성해내며 그동안 분에 넘치는 사랑을 받았습니다. 그저 감사할 뿐이지요.

얼마 전, 도대체 10년간 어떻게 동일한 콘텐츠 방향을 유지하면서 채널을 성장시킬 수 있었냐는 질문을 받았습니다. 오히려 당연한 질문이라 당황했는데요, 저는 소재를 선정하고 어떻게 하면 가장 생생한 대본을 만들지 고민하는 일을 지금도 여전히 제일 좋아합니다. 그렇게 제일 좋아하는 일을 시간 가는 줄 모르고 10년째 하다 보니, 어느덧 이 분야에서 가장 영향력 있는 유튜브 채널로 성장했어요.

사실 처음 시작했을 때는 그저 사람들이 흥미 있어 할 만한 스토리만 찾아 헤맸습니다. 하지만 이젠 즉각적인 관심을 불러일으키지는 못하더라도 피해자의 고통에 공감할 수 있고, 인간의 추악한 모습을 들춰낼 수 있고, 소소한 감동을 줄 수 있는 더 진정성 있는 <토요미스테리>로 거듭나고 있습니다.

물론, 그 일련의 과정을 저 혼자 이룬 것은 아닙니다. 전 세계에서 저에게 메일로 스토리를 보내주시는 글로벌한 작가진이 있고, 또한 동일한 결을 유지하며 글을 쫄깃하게 다듬어주시는 메인 작가님, 그리고 영상미를 더할 수 있도록 작업해주시는 편집자님, 업로드 후 댓글 반응을 살피며 시청자의 피드백에 세세히 신경 쓰는 운영팀까지, 참 감사한 분들이 많습니다. 순간순간 최선을 다하는 팀원들의 노력과 열정으로 저는 <토요미스테리>를 완성하고 10년간 사랑받는 장수 시리즈로 성장시킬 수 있었다고 생각합니다.

이 책에는 부지런히 달려온 지난 10년을 되돌아보며, 꼭 다시 소개하고픈 스토리들을 모았습니다. 거기에 훨씬 현실적이고 디테일한 묘사를 더해 이렇게 첫 번째 책을 출간하게 됐습니다. <토요미스테리>를 아낌없이 사랑해주시는 시청자에 대한 감사를 꾹꾹 눌러 담았어요. 또한 이 책을 통해 새롭게 만나게 될 독자분들이 너무 기대됩니다.

이 책을 채우고 있는 것은 처음부터 벌어지지 않았으면 더 좋았을 비극과 충격적인 스토리들이 대다수입니다. 그릇된 욕망을 추구한 인간, 위선의 가면을 쓴 인간, 분노를 통제하지 못한 인간까지…. 그 어느 것 하나 해피엔딩은 없습니다. 하지만 <토요미스테리>는 끊임없이 악의 축에 선 이들의 민낯을 파헤치며, 사건의 이면을 통해 '나와 우리'가 앞으로 나아갈 방향을 제시하겠습니다. 여러분과 오랫동안 소통하고 싶습니다. 감사합니다.

차례

1.

‘좋아요’에 목숨 건 10대의 추락

틱톡 스타를 꿈꾸던
살인마

사람들이 사랑과 돈보다
더 바라는 두 가지가 있다.
그것은 바로 인정과 칭찬 한마디다.
_매리 캐이 애시

독일의 철학자 헤겔은 타인으로부터 인정받고 싶어 하는 욕구를 '목숨을 건 도약'이라고 표현했다. 바람직한 인정 욕구는 한 사람이 자신의 목표에 집중하고, 위대한 업적을 이루는 데 도움을 주기도 한다. 그러나 인터넷상의 비뚤어진 인정 욕구는 가상 세계를 넘어 현실 공간에까지 피해를 미치는 범죄의 원인이 된다. 이제부터 전할 미국의 한 10대 소년의 경우처럼…….

미국 북동부에 위치한 뉴저지. 날씨가 심상찮다. 강풍이 거리에 놓인 쓰레기통의 멱살을 잡아 저 멀리 내동댕이쳤다. 좁은 골목을 사이에 두고 옥탑방 창 안에서 잭은 건너편 거리를 바라봤다. 그때 골목 건너 이웃에 사는 던햄 가족의 둘째 아들이 자전거를 타고 집을 나섰다. 순간, 잭의 눈이 번쩍였다. 그의 타는 듯한 시선이 소년을 향해 무섭게 파고들었다. 그러고는 갑자기 무슨 생각이 스친 듯, 잭은 곧장 집에서 뛰어나와 차에 시동을 걸었다. 그는 핸드폰을 동영상 촬영 모드로 맞추며 이렇게 말했다.

"자자! 구독자 여러분은 차와 자전거 중 어떤 것을 선택하시겠습니까? 오늘의 핫한 영상은, 차와 자전거의 달리기 시합입니다! 여우가 토끼를 쫓는 게임이라고 할 수 있지요! 흐흐."

옆집 소년은 천천히 자전거 페달을 밟으며 골목길을 빠져나가고 있었다. 소년의 자전거 뒤로 잭의 자동차가 부릉부릉 다가가기 시작했다. 부드럽게 달리던 차가 갑자기 성난 엔진 소리를 내더니, 이내 속도를 점점 올렸다. 그러고는 옆집 소년을 거의 칠 정도로 급박하게 뒤쫓기 시작했다. 옆집 소년은 잭의 차가 갑자기 자신에게 돌진하는 것을 보고는 깜짝 놀라 간신히 옆길로 피했다. 하마터면 목숨을 잃을 수도 있는 아주 아찔하고 위험한 순간이었다.

"뭐야? 잭! 정신 똑바로 차리고 운전해!"

잭의 차가 이번에는 더 빠르게 소년의 자전거를 향해 달려오기 시작했다.

"어어?"

"하하하, 첫 번째 피하기는 간신히 성공했군요. 하지만 두 번째도 피할 수 있을까요? 빨리 달려봐! 더 빨리!"

잭은 잔인한 웃음을 지으면서 경적을 크게 울리고는 속도를 올려 다시 소년 쪽으로 차를 몰았다. 옆집 소년은 사색이 되어 필사적으로 페달을 밟았다. 잠시 멈추기라도 했다간 차에 치일 게 분명했다. 쥐를 잡아서 가지고 노는 고양이처럼, 잭은 옆집 소년을 상대로 위험천만한 추격전을 벌이고 있었다.

소년은 너무 두려웠다. 갑자기 내게 왜 이런 일이 일어난 거지? 자신에게 벌어진 상황이 도저히 믿기지 않았다. 소년은 소름 돋는 공포에 휩싸였다. 잭의 행동을 이해할 수 없었다.

"잭! 잭! 왜 이래? 대체 나한테 왜 이러는 건데?"

소년이 겁에 질린 표정으로 지르는 비명에 가까운 소리는 잭을 더 흥분시킬 뿐이었다. 잭은 잠시 주변을 살펴보고는 아무도 없음을 확인한 후, 이내 잔인한 표정을 짓더니 다시 자전거를 차로 밀어버릴 듯 무섭게 달려들었다.

"잭! 날 죽일 셈이야?"

잭은 이 잔인한 놀이에 빠져 이미 이성을 잃어버린 듯했다. 그는 난동을 부리는 광인 같았다. 이웃집 형이 갑자기 아무런 이유도 없이 자신을 죽이려 들다니, 이거야말로 인터넷에서나 보던 괴담 아닌가. 소년 앞에 닥친 현실은 공포 그 자체였다.

소년의 자전거 옆에 차를 바짝 댄 잭은 운전석 창문을 천천히 내리며 말했다.

"어때? 무섭지?"

겁이 잔뜩 난 소년이 벌벌 떨면서 물었다.

"잭! 내…… 내가 너한테 뭐 잘못한 거 있어?"

하지만 잭은 뜻 모를 웃음을 흘리며 진하게 선팅한 차 창문을 올리더니, 태연히 자신의 집으로 차를 몰고 갈 뿐이었다.

"잭! 잭!"

차에서 내린 잭은 아무 일도 없었다는 듯, 너무나 태연하게 자신의 옥탑방으로 올라갔다. 소년은 그제야 온몸의 기운이 쑥 빠지며 실신하듯 땅바닥에 주저앉았다. 그가 할 수 있는 일은 공포에 질린 멍한 눈으로 잭을 바라보는 것뿐이었다. 다행히 큰 부상은 없었지만, 소년의 팔다리에는 필사적으로 도망치느라 길가의 나뭇가지에 찢기고 찔린 상처가 여기저기 보였다. 소년은 불안한 눈빛으로 연신 잭의 집을 돌아보며 도망치듯 제집으로 들어갔다.

강풍이 비를 몰고 온 듯, 창밖에는 비가 내리고 있었다. 하늘이 뚫린 것처럼 태풍은 세찬 비바람을 쏟아냈다. 허공에서 이리저리 비를 몰고 다니던 바람이 옥탑방 창문을 때리자, 한쪽 경첩이 망가진 방문이 유난히 큰 소리를 냈다. 철커덩, 삐—그—덕!

"제기랄! 새러, 저 문 좀 어떻게 해봐. 도무지 시끄러워서 살 수가 없잖아. 나 지금 이 영상을 빨리 틱톡에 올려야 한단 말이야."

잭은 부모가 아닌 할머니 할아버지와 함께 살고 있었다. 게다가 열여덟 살 어린 나이인데도 자신보다 연상인 '새러'라는 여성과 이미 결혼한 상태였다.

"무슨 영상인데? 뭔데 그렇게 신이 났어?"

“이것 좀 봐봐! 이 녀석 이거 엄청 겁먹은 거 같지? 바지에 오줌은 안 쌌는지 몰라. 크크.”

“어머! 아니, 얘한테 왜 그랬어?”

“재밌잖아. 두고 봐. 난 이걸 틱톡, 유튜브, 인스타그램에까지 다 올릴 거야. 조회 수가 엄청 올라갈걸. 구독자 수도 많이 늘어날 거야.”

“하지만 잭, 그러다 쟤가 다치기라도 하면 어쩌려고 그랬어? ”

잭은 새러의 말을 듣는 둥 마는 둥 영상을 자신의 틱톡 계정에 올리며 말했다.

“여러분, 오늘 올릴 것은 차와 자전거의 달리기 시합이 찍힌 파격적인 영상입니다. 재미있게 시청해주세요. 그리고 ‘좋아요’ 꾹— 눌러주시는 것도 잊지 마세요!”

잭이 올린 충격적인 영상은 지금껏 그가 올린 그 어떤 영상보다 조회 수가 빠르게 올라갔고, 틱톡에서 인기가 급상승하며 소위 ‘떡상’했다. 두려움에 질린 얼굴이 생생하게 포착된 옆집 소년의 모습, 잔인하게 웃으며 소년을 막다른 길로 몰고 가는 잭, 귀를 찢을 듯한 커다란 엔진 소리. 시청자들에게 자극적인 쾌감을 선사하는 콘텐츠였다.

틱톡은 짧게는 15초에서 길게는 5분 정도의 숏폼(SHORT-FORM) 비디오 형식 영상을 제작해 공유하는 소셜 네트워크 서비스(SNS)의 일종이다. 짧은 영상 안에서 때로는 재미있고 때로는 엽기적인 내용을 보여주는 특성 덕분에 틱톡은 10대 청소년들에게 특히 인기가 높다. 하지만 저연령층을 타깃으로 한 자극적인 내용, 성인층에게 어울리지 않는 앱 구성, 지나친 광고 노출, 개인정보 불법 수집 등 문제가 많은 플랫폼이라는 인식이 형성돼 있기도 하다. 그럼에도 불구하고 미국에서만 1억 명 이상의 가입자를 보유한 거대 SNS 플랫폼이다. 틱톡 사용자 중 가장 문제가 되는 부류는 10대 무개념 틱토커들. 이들은 사람들의 시선을 끌기 위해 자극적이고 무분별하며 때로는 폭력적인 영상을 찍어 올려 논란을 빚기도 한다. 잭 역시 그런 무개념 틱토커 중 1명이었다.

어둡던 하늘이 서서히 밝아지고, 비에 씻겨 내려간 골목에서도 새벽이 사륵사륵 소리 내며 밤의 잠옷을 벗고 있었다.

"앗!"

잭이 외마디 소리를 지르며 두 눈을 떴다. 식은땀으로 온몸이 축축했다.

"왜? 또 악몽을 꾼 거야?"

옆에서 자고 있던 새러가 잠이 덜 깬 채 물었다.

"젠장. 기분 나쁘고 섬뜩한 꿈이었어. 우는 얼굴도 아니고 웃는 얼굴도 아닌 이상한 표정을 한 사람이 날 계속 쫓아오는 거야. 무섭게……. 난 계속 도망가고……."

잭의 목소리는 탁하게 갈라져 있었다.

쾅쾅쾅—. 그때 누군가 문을 두드렸다.

"아니, 이렇게 이른 아침부터 누구지?"

잭은 고개를 갸웃하더니 몸을 움직여 문을 열었다. 옆집 소년의 어머니인 캐서린 던햄과 아버지인 팀 던햄이 찾아온 것이었다.

"잭! 어떻게 우리 애한테 그럴 수 있나? 어떻게?"

활활 타오르는 불덩이처럼 머리끝까지 화가 난 팀이 씩씩거리며 말했다.

"뭘요? 제가 뭘 어쨌다고요?"

잭은 코웃음 치며 맞받아쳤다. 그러고는 혼잣말로 뭔가 중얼거렸다.

“정말 용서할 수 없군. 대체 뭘 믿고 이렇게 뻔뻔한 거야?”

“왜요? 경찰에 고발이라도 하시게? 해보시든가.”

캐서린이 약간 더 부드러운 목소리로 다시 물었다.

“잭, 이웃에 살면서 대체 우리한테 계속 왜 이래요?”

사실 잭과 이웃집의 악연은 이번이 처음은 아니다. 2년 전에도 잭은 집 앞 도로에서 요란하게 난폭운전을 했다. 이웃이라 같은 도로를 사용할 수밖에 없는 던햄 가족이 항의했지만 크게 달라진 건 없었다. 심지어 잭은 이 일로 던햄 가족과 언쟁을 벌이는 장면을 영상으로 녹화해 틱톡에 업로드하는 파렴치한 짓까지 저질렀다.

그 영상에는 캐서린이 등장하는데, 잭은 조롱하는 말투로 캐서린을 ‘캐런’이라고 불렀다. ‘캐런(KAREN)’이라는 호칭은 미국에서는 나이 든 백인 중년 여성을 비하하는, 쉽게 말해 ‘아줌마’ 같은 속어다. 잭이 올린 영상에서, 그가 일부러 캐서린을 계속 ‘캐런’이라고 부르는 것을 볼 수 있다. 그 소리를 들은 캐서린은 화난 목소리로 이렇게 말한다. “내 이름은 캐런이 아니라고 분명히 말했잖아!”

이게 다가 아니다. 잭은 던햄 가족의 첫째 아들인 윌리엄과도 몸싸움을 벌인 적이 있다. 그 모습 역시 영상으로 찍어서 틱톡에 올렸다. 잭의 질 나쁜 장난에 화가 난 윌리엄이 잭의 차 문을 열려고 하자, 잭은 핸드폰으로 영상을 찍으며 이렇게 말했다.

“자기 엄마를 좀 놀렸다고 스물한 살이나 먹은, 다 큰 아들 놈이 나를 한 대 치려고 해요!”

그러고는 창밖의 윌리엄에게 충격적인 말을 외쳤다.

"야, 죽고 싶어? 이 칼 보여? 나 칼 가지고 있어!"

잭이 올린 이 영상은 조회 수가 무려 3만 뷰가 넘었다. 이 영상의 마지막에 잭은 의미심장한 경고를 남겼다.

"캐런의 아들 놈이 내가 틱톡에서 떡상한 걸 알고 꼭지가 돌아버렸어요. 나를 차에서 끌어내 주먹질을 하려고 했다니까요. 내가 그냥 넘어갈 거 같아요? 저 사람들은 대가를 치러야 할 거예요. 시청자 여러분, 다음 편을 기대하시라!"

놀랍게도 이 영상을 접한 틱토커들은 낄낄거리면서 잭을 더 부추겼다. 심지어 '던햄네 집에 계란을 던져라', '타이어에 펑크를 내라' 등 황당한 주문을 하며 잭에게 동조하기도 했다. 이렇게 갈등이 이어지던 상황에서 잭이 둘째 아들의 목숨을 위협하는 위험한 추격전을 벌이자, 던햄 부부도 더 이상 참을 수 없게 된 것이다.

던햄 부부가 아침부터 찾아와 화를 내며 강하게 항의하자, 짜증이 난 잭은 캐서린을 강하게 밀치며 말했다.

"아, 가시라고요. 아침부터 사람 짜증 나게 하지 말고!"

분위기는 순식간에 험악해졌다. 멀리서 지켜보던 큰아들 윌리엄까지 씩씩대며 달려왔다. 그 순간, 잭은 집 안으로 도망치듯 들어가버렸다. 캐서린과 팀, 큰아들 윌리엄까지 합세해 잭의 집 문을 계속 두드리며 항의했다.

"잭, 빨리 나와! 이야기 아직 안 끝났어!"

그런데 그때 황당한 일이 벌어졌다. 잭의 아내 새러가 핸드폰을 꺼내 들더니, 태연히 그 광경을 녹화하는 것이다. 그러면서 새러는 이렇게 말했다.

"물러서세요. 아, 좀 물러서시라고요. 계속 이렇게 우리를 괴롭히면 잭이 집에서 아주 무시무시한 걸 들고 나올 수도 있어요. 어서 가세요. 어서요."

시리기만 했던 아침 공기가 한결 포근해지고 있었다.

"가요, 여보. 일단 집으로 돌아가서 경찰에 신고해요."

캐서린이 남편에게 돌아가자고 했다. 하지만 팀은 그럴 마음이 없었다. 경찰에 신고해봤자 그때만 잠깐 출동해서 말도 안 되는 변명을 늘어놓을 뿐, 바뀌는 게 전혀 없었기 때문이다. 그때였다. 잭이 갑자기 문을 벌컥 열고 나왔다. 그런데 그의 양손에는 무언가가 들려 있었다! 한 손에는 칼, 다른 한 손에는 전기충격기가! 잭은 머리끝까지 화가 난 채 칼을 휘두르며 윌리엄을 위협했다.

"잭! 잭! 대체 왜 이래? 정말 내 아들을 죽이기라도 할 참이야?"

팀은 아들을 보호하려는 듯 잭의 앞을 가로막아 섰다. 눈이 뒤집힌 잭은 전기충격기로 팀을 공격했다. 팀이 쓰러졌다. 그리고 마침내 끔찍한 일이 벌어졌다. 잭이 들고 있던 칼로 쓰러진 팀의 가슴을 여러 차례 찔러버린 것이다. 팀의 가슴에서 뜨거운 피가 솟구쳐 나왔다. 현장은 순식간에 아수라장이 되어버렸다.

"아빠!"

"여보! 정신 차리세요, 여보!"

캐서린은 미친 듯이 울부짖었다. 윌리엄은 아버지의 가슴을 누르며 어떻게든 피를 멈추려고 했다. 그런데 사건 직후 잭이 보인 행동은 모든 사람을 충격에 빠뜨렸다. 그는 주위 사람들이 얼이 나간 틈을 타 집 안으로 들어간 후, 직접 911에 신고 전화를 걸었던 것이다. 911과의 전화 통화에서 잭은 이

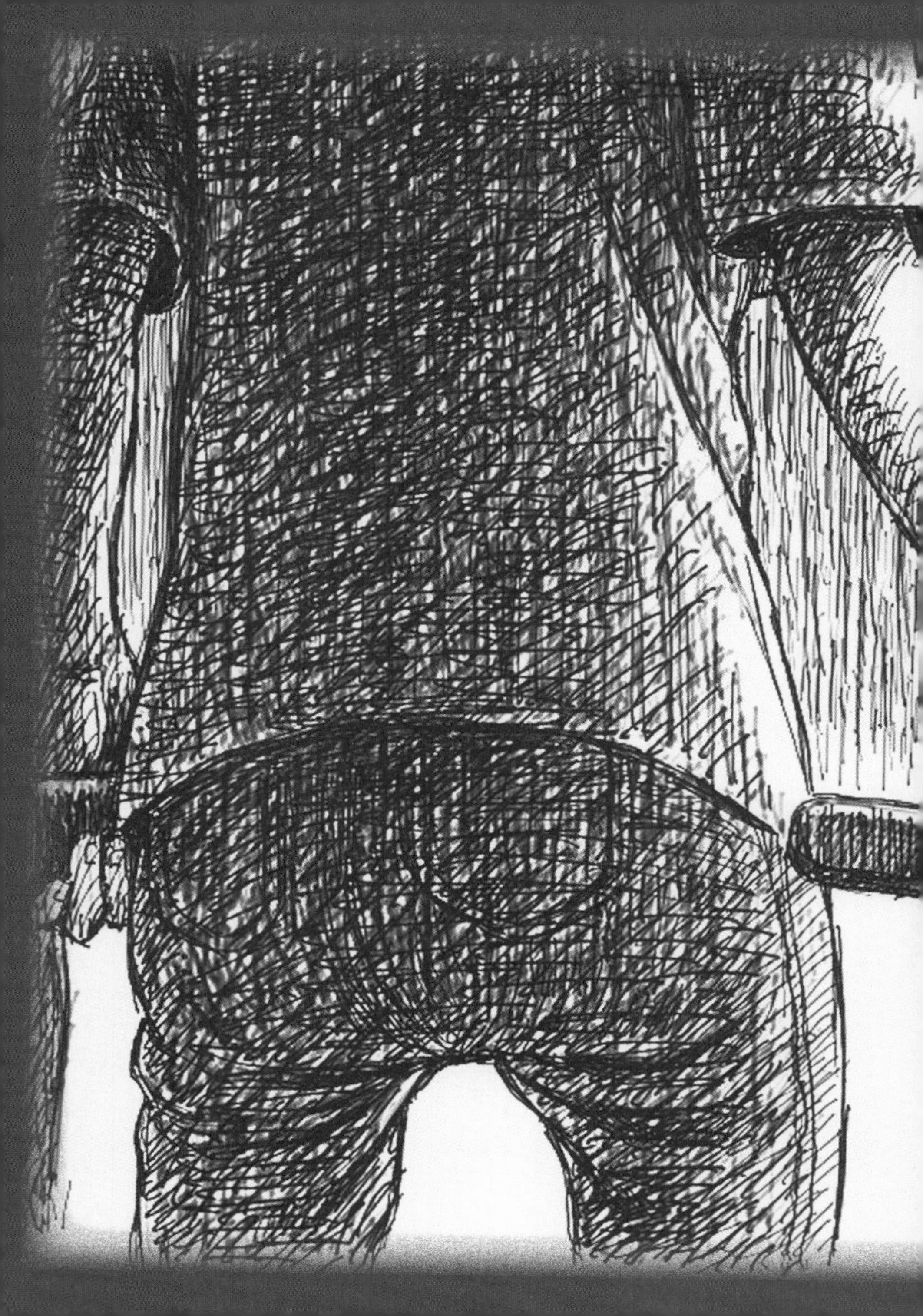

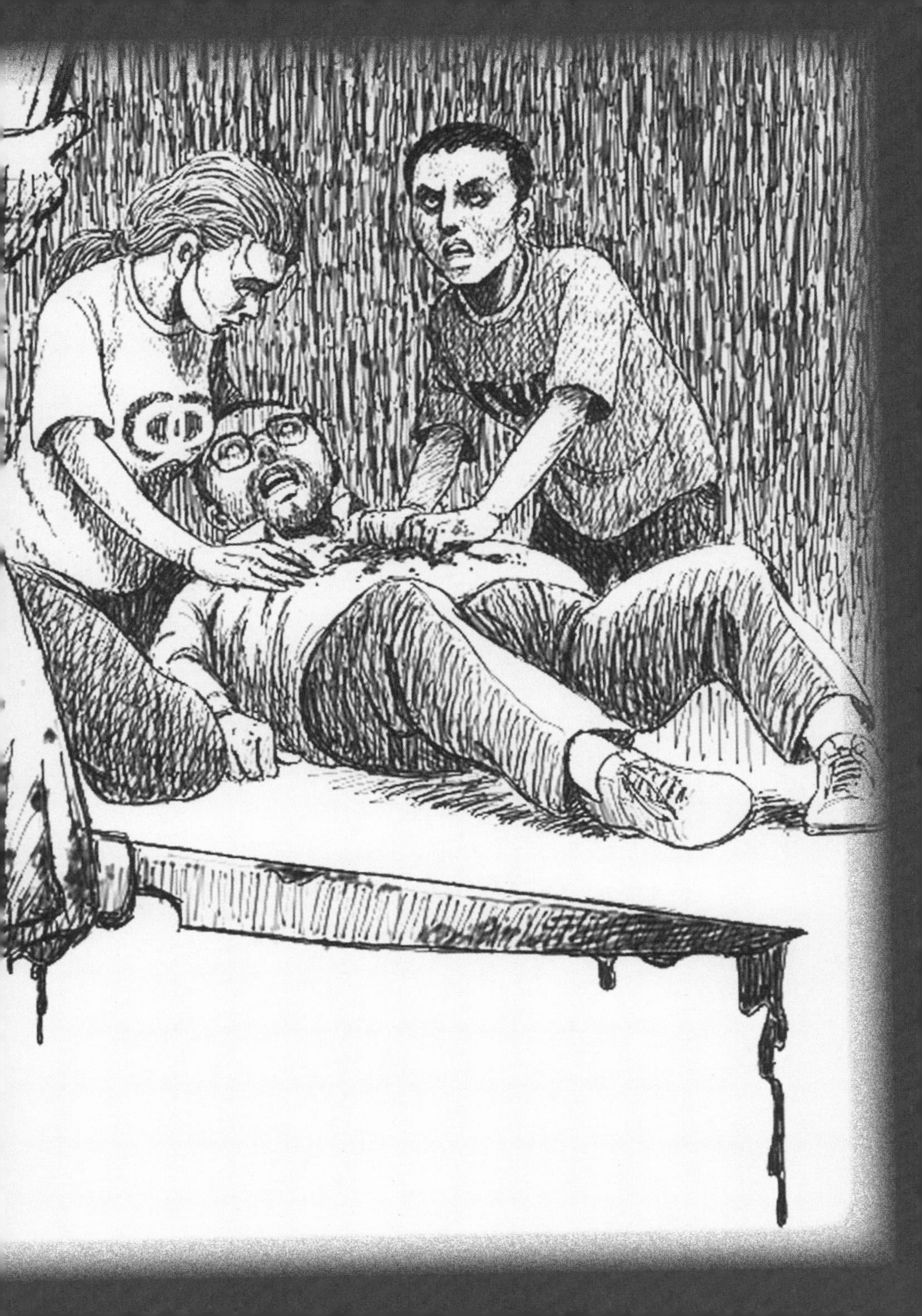

런 뻔뻔한 거짓말을 늘어놓았다.

"사, 살려주세요! 사방이 온통 피투성이예요! 10명이나 되는 사람들이 저를 덮치더니 막 때렸어요! 저 지금 온몸이 피투성이예요! 그 사람들, 총, 총까지 갖고 있어요!"

너무나 뻔뻔한 목소리였다. 팀은 병원으로 급하게 후송됐지만, 결국 과다출혈로 사망했다.

현장에 출동한 경찰이 조사할 때도 잭은 계속 거짓말을 늘어놓았다.

"아니, 제 말을 못 믿겠다는 거예요? 저쪽 사람들이 먼저 무기를 들고 와서 날 폭행했다니까요."

그러나 조사 결과, 던햄 가족은 전혀 무기를 소지하지 않았다는 것이 밝혀졌고, 잭은 그 길로 경찰서에 연행됐다. 처음에 잭은 과실치사, 즉 '고의성 없는 실수로 타인을 죽음에 이르게 했다'는 죄목으로 기소됐다. 경찰 조사 결과, 잭이 평소에도 던햄 가족에게 의도적으로 시비를 걸고 그 과정을 틱톡에 공유하면서 조회 수를 올렸다는 점, 그리고 비극적인 사건이 일어난 그 순간에도 아내 새러가 그 과정을 핸드폰으로 찍고 있었다는 사실이 낱낱이 드러났다. 결국 잭은 의도적으로 팀을 공격했다는 게 밝혀지면서 살인죄로 기소됐다.

경찰의 미온적인 대응도 언론의 도마에 올랐다. 사실 뉴저지 경찰은 잭의 악행을 익히 알고 있었다. 던햄 가족은 몇 번이나 경찰에 잭을 고발했다. 경찰이 출동했을 당시의 영상도 틱톡에 고스란히 올라와 있다. 그 영상을 보면, 경찰은 그저 이웃간의 단순한 갈등이려니 생각하며 아무런 조치도 취하지 않았다. 던햄 가족이 경찰에 신고한 기록도 여러 차례 남아 있다. 그런데 출동했을 때마다 경찰은 황당한 변명을 늘어놓았다. "코로나 때문에 법원이 문을 닫아서 우리가 해줄 수 있는 게 없다."

저녁 무렵, 집에 돌아온 윌리엄은 초조한 표정을 감추지 못했다. 아버지를 죽음에 이르게 한 사건에 대한 본격적인 재판이 열리기도 전에, 잭이 3만 6000달러(한화 5000만 원)의 보석금을 내고 가석방된 것이다. 도주 위험이 있어 가택 연금 조치가 내려졌다지만, 아버지를 죽인 잭이 바로 옆집에서 자유롭게 생활하고 있다고 생각하니 피가 거꾸로 솟을 지경이었다.

"어머니, 잭이…… 그 자식이 가석방되었대요."

"어떻게 그럴 수 있어? 살인자가 가석방이라니……."

캐서린은 너무도 억울했다. 남편 없는 세상에서 살아가야 한다는 게 너무 슬펐다. 그런데 더욱 황당한 일이 일어났다. 법원이 잭의 플로리다 이주를 허락해준 것이다. 마침내 살인자 잭은 피해자 가족들에게서 멀리 떨어진 플로리다로 이사를 가버리고 말았다.

"이건 말도 안 돼."

캐서린과 윌리엄은 절망감에 고개를 가로저었다.

틱톡 유명세 때문에 인간으로서의 선을 넘어버린 '관종' 인간 잭. 잭은 사이코패스 범죄자다. 남을 괴롭히는 데서 희열을 느끼고, 인기를 얻기 위해 다른 사람에게 피해를 주는 것을 주저하지 않았으며, 심지어 사람을 찌른 다음에도 오히려 자신이 습격받았다고 거짓말을 했을 뿐 아니라, 재판 기간 내내 피해자 코스프레를 했다. 겨우 열여덟 살 청소년이 어떻게 이런 파렴치한이 됐을까? 치가 떨릴 일이다.

잭의 악행은 여기서 그치지 않았다. 사건이 일어나고 얼마 지나지 않아 잭은 교도관이었던 팀 던햄을 모욕하고 던햄 가족을 괴롭히는 행동을 다시 시작했다.

나는 교도관을 죽였다!
죄수와 전과자들이여, 내게 고마워하기를!

잭은 SNS에 자신은 교도관을 죽인 '죄수들의 영웅'이라며 자랑하는 듯한 글을 남겼다. 2020년 9월, 법원은 그에게 소셜미디어 사용 금지를 명령했다. 그러나 잭은 계속 계정을 바꿔가며 자신이 저지른 살인 사건을 언급하면서 사람들의 관심을 유도했고, 자신은 교도관을 죽여 범죄자들의 복수를 대신해준 영웅이라고 주장했다. 물론 살인범이라고 욕하는 댓글도 많이 올라왔지만, 그는 아랑곳하지 않고 관종 짓을 계속했다. 반면 졸지에 아버지를 잃게 된 던햄 가족은 법원의 적절한 조치가 이뤄지기까지 하염없이 기다릴 수밖에 없었다.

2021년 1월 23일, 잭은 지나가던 열일곱 살 오토바이 운전자를 총으로 위협하고 고의로 난폭운전을 한 혐의로 또다시 체포된다. 재판장에 선 잭을 보며 던햄 가족은 울분을 토했다. 잭이 반성하는 것은 고사하고, 오히려 SNS를 통해 고인을 모독하고 자신의 가족들에게 큰 피해를 주었다고 말이다. 그런데 잭의 변호사는 정말 뜻밖의 말을 했다.

"이 살인 사건이 여기저기에 너무 알려지는 바람에 피고인의 신상이 공개되었고, 그 때문에 피고인은 목숨까지 위협받고 있습니다. SNS에도 '살인한 게 자랑이냐. 너 같은 녀석을 죽이는 사람이 더 영웅이다'라는 말까지 올라오는 등, 잭은 지금 목숨을 위협받고 있습니다."

정말 파렴치한 피해자 코스프레 아닌가. 결국 법원은 잭에게 충동 장애, 분노 조절 장애가 있음을 명시하고 차후 문제를 일으킬 소지가 다분하다고 판단, 징역형을 선고했다. 하지만 잭은 자신의 죄를 뉘우치기는커녕 지금도 여전히 무죄를 주장하고 있다.

현재 잭은 뉴저지 감옥에 수감되어 있다. 얼마 전 인터넷에 공개된 사진을 보면, 그의 얼굴은 온통 멍으로 뒤덮여 있다. 아마도 감옥에서 나름의 심판을 받고 있는 듯하다.

인간은 누구나 타인의 관심과 인정을 받고 싶어 한다. 심리학에서는 이를 인정 욕구라고 한다. 아이들은 부모님에게 인정받기를 원하고, 학생들은 선생님에게 인정받기를 원하고, 사회에 나가 직장인이 되면 상사에게 인정받기를 원한다. 이러한 인정 욕구가 긍정적으로 작용하면 한 사람의 인생을 더 높은 단계로 끌어올리는 추진제와 동기 부여제가 될 수 있다. 실제로 많은 사람이 긍정적인 인정 욕구 덕분에 성공한 삶을 일궈냈다. 하지만 빛이 있으면 그림자도 있는 법. 뒤틀린 인정 욕구는 사람의 심리를 병들게 하고 인생을 망가뜨린다. 자기 인생만 망치는 데 그치는 것이 아니라 타인의 삶과 목숨, 많은 사람의 행복과 미래를 빼앗아가는 범죄로 이어지기도 한다. 틱톡 조회 수와 '좋아요' 수에 미쳐버린 잭이 바로 그런 불행한 케이스다.

잭이 사이코패스 관종이 되어버린 것은 인터넷이라는 매체가 있었기에 가능했다. 21세기의 사회적 관계망은 현실 세계뿐만 아니라 인터넷이라는 가상 공간에까지 확장되고 있다. 인터넷과 가상 세계 관련 기술의 발달은 인류가 더욱 빠르게 정보를 얻고 활용할 수 있도록 하는 데 그 목적이 있다. 하지만 잭의 사례에서 볼 수 있듯, 기술 발전은 과거에는 볼 수 없었던 끔찍한 사건을 초래하기도 한다. 무엇보다 누구나 SNS 플랫폼을 통해 불특정 다수에게 방송할 수 있기 때문에 아무런 제재나 여과 없이 콘텐츠들이 무차별적으로 퍼진다는 문제점이 있다. 앞으로 잭에게 내려질 처벌이 인터넷과 SNS 기반 범죄에 대한 새로운 기준이 될 가능성이 높다. 그에게 죄의 무게에 맞는 합당한 처벌이 내려져야 할 것이다. ✶

2.

만삭 아내에게 보여준 마지막 풍경

나비 계곡에서 생긴 일

부부의 인연은 선연(善緣)일까 악연(惡緣)일까?

불가에서는 긴 시간을 표현할 때 '겁(劫)'이란 용어를 쓴다. 겁은 1000년에 한 번 천상의 선녀가 내려와 거닐 때 나풀거리는 옷자락에 스친 바위가 다 닳아 없어지는 시간을 의미한다. 여기서 인연론이 시작되는데, 옷깃을 한 번 스치고 지난 사람과는 1겁의 인연이 있어야 한다. 바위 하나가 다 닳아 없어질 정도의 인연이 있어야 같은 시간 같은 장소에서 태어나 만날 수 있다는 것이다. 하루 여행을 함께하기 위해서는 500겁의 인연이, 한 나라에 같이 태어나기 위해서는 1000겁의 인연이 필요하다. 부부로 만나려면 7000겁의 인연이, 부모와 자식으로 만나기 위해서는 5000겁의 인연이 쌓여야 한다. 지금 소개할 튀르키예(옛 터키)의 부부 한 쌍은, 그 많은 7000겁의 세월을 건너 부부의 연을 맺지 않았더라면 운명이 어떻게 달라졌을까 생각해보게 된다.

하늘과 땅에 있는 모든 것들이 낭만적이며 꿈결같이 아름다운 풍경을 지닌 튀르키예. 그중에서도 페티예(FETHIYE)는 고대 왕국 '리키아'에서 가장 번성했던 항구도시로 대표적인 관광 명소다. 특히 나비 계곡은 나비가 멋지게 날개를 펼친 것처럼 좌우 대칭을 이루는 350m 높이의 거대한 절벽이 마주 보고 있는 모양이다. 절벽 아래에는 터키석처럼 영롱한 빛깔의 맑은 바다가 펼쳐진 환상적인 자연환경을 가진 대표 휴양지로 지중해 특유의 여유와 낭만을 즐길 수 있는 곳이다. 마흔 살의 하칸 아이살은 여덟 살 어린 아내 셈라 아이살과 이곳을 여행 중이었다.

"여보! 요즘 나비 계곡에 가면 근처에 서식하는 수천 마리의 나비가 날아다니는 모습을 볼 수 있대. 이 계곡의 뷰포인트는 오금이 저릴 정도로 높은 절벽 근처에 위치하는데, 거기서 내려다보는 지중해 풍경이 그야말로 온몸을 짜릿하게 한다더라고."

하칸은 신이 나서 아내에게 나비 계곡에 대해 설명했다. 사실 이들 부부에게 이번 여행은 일상을 잠시 떠나 새로운 곳에 머물며 몸과 마음을 충전하는 경험을 할 수 있는 아주 뜻깊은 여행이었다. 게다가 아내 셈라의 배 속에는 7개월 된 아이가 자라고 있었다. 뿐만 아니라 남편 하칸은 새로운 사업을 시작하려고 준비 중이었다. 부부는 새롭게 태어날 아이의 이름을 뭐라고 지을까, 새로운 사업은 어떻게 구상해야 할까 등등 이런저런 장밋빛 미래에 대한 기대와 설렘으로 한껏 부풀어 있었다.

휴가 마지막 날인 2018년 6월 19일, 부부는 현지인이나 유럽인들 사이에서 허니문 명소로 유명한 나비 계곡으로 향했다. 절벽에서 내려다본 코발

트블루와 청록색 풍경은 정말 아찔할 정도로 아름다웠다. 햇살은 살갗이 타들어갈 듯 뜨거웠지만, 그늘에 들어서니 봄 날씨나 초가을 날씨처럼 살랑살랑 시원한 바람을 느낄 수 있었다. 셈라는 남편을 따라 무거운 배를 안다시피 하면서 끙끙대며 절벽 위로 올라갔다.

"여보! 여기 봐. 내 말이 맞지? 진짜 하늘에 붕 뜬 기분이지?"

해변 방향으로 시원하게 날아오르면서 구불거리는 산맥과 커다란 호수에 지중해와 사해가 더해진 아름다운 절경이 한눈에 보였다. 바람을 타고 하늘을 걷는 것 같은 짜릿한 경험에 하늘 위에서 바라보는 듯한 감동적인 풍경이 더해져 인생 최고의 순간을 선사했다. 하칸은 여러 각도에서 사진을 찍기 시작했다. 사건이 일어나기 전까지.

"여보, 나 가방 어디에 뒀더라?"

아내 셈라가 갑자기 하칸을 부르며 물었다.

"저기 덤불 위에 있잖아! 그런데 왜?"

"핸드폰을 그 안에 넣어뒀지 뭐야. 여기서 사진 좀 찍어야겠어!"

덤불은 하칸에게서 2m 정도 떨어진 위치에 있었다. 그녀는 그리로 가서 가방을 들었다. 그런데 바로 그때였다.

"꺄아아악!"

갑작스러운 비명에 하칸이 서둘러 뒤를 돌아보았을 때, 아내가 입고 있던 푸른 옷이 밑으로 빨려 들어가듯 떨어지는 모습이 보였다. 그는 정신없이 달려가 절벽 끝에서 밑을 내려다보았지만, 어디에도 그녀의 모습은 보이지 않았다.

"셈라! 셈라!"

아무런 응답이 없었다. 하칸은 아내의 이름을 몇 차례 더 불렀다.

'아니지? 아니지? 내가 지금 꿈을 꾸고 있는 거야.'

순간, 정신이 든 하칸은 계곡을 뛰어 내려가 도로를 지나가던 사람들에게 도움을 청했다. 곧바로 달려온 구조대는 절벽 밑으로 내려가 수색하기 시작했고, 얼마 지나지 않아 셈라를 발견했다. 그러나 안타깝게도 그녀는 물론 배 속의 아이도 이미 이 세상 사람이 아니었다.

"이, 이럴 수가……!"

하칸은 그 자리에 주저앉고 말았다.

"내, 내가 어쩌자고 여기로 데려온 거야……! 세, 셈라……!"

셈라의 시신은 곧 병원으로 옮겨졌고, 경찰의 조사가 이어졌다. 당시 하칸은 정신이 나간 것 같은 얼굴로 이렇게 진술했다.

"무언가를 보고 놀랐던 걸까요, 아니면 사진 찍으려고 포즈 연습이라도 한 걸까요? 좌우간 그러다가 떨어진 것 같습니다."

경찰은 어딘가 석연치 않은 점이 많다고 생각했다. 사고 당시 그 자리에는 두 사람밖에 없었으니, 하칸이 셈라를 절벽에서 밀어버렸다고 해도 누구도 알 수 없는 일이었다. 문제는 이 사건이 사고사인지 타살인지 증명할 방법이 없다는 것이었다. 하지만 단순 사고라고 결론짓기에는 하칸에게 수상한 점이 한두 가지가 아니었다.

셈라의 남동생에 따르면, 그녀의 시신이 병원에 옮겨진 후 가족들이 시신을 확인할 때 남편 하칸은 그 자리에 없었다. 그는 병원 밖 자신의 차 안에 앉아서 기다리기만 했다. 게다가 장례식장에서도 눈물 한 방울 흘리지 않는 덤덤한 모습이었다. 물론 충격 때문에 아내의 시신을 보고 싶지 않았을 수도 있고, 슬픈 감정이 극에 달하면 눈물조차 나오지 않을 수도 있다. 그러나 셈라의 유가족은 하칸을 의심하고 그를 살인죄로 경찰에 고발했다. 하지만 하칸이 셈라를 죽였다는 결정적인 증거는 발견되지 않았다.

사건이 일어난 지 2년 뒤, 하칸은 아내 셈라를 살인했다는 혐의로 경찰에 체포된다. 뜻밖의 제보가 들어왔기 때문이다. 사건 당일, 우연히 같은 시간에 나비 계곡을 방문했던 또 다른 관광객이 핸드폰으로 찍은 동영상에 하칸과 셈라의 모습이 담겨 있었다. 동영상을 본 형사들은 하칸이 아내를 죽였다는 심증을 더욱 굳히게 되었다.

영상은 멀리서 찍은 것이라 초점이 잘 맞지 않았지만, 하칸과 셈라 부부인 것만은 분명히 알아볼 수 있었다. 영상 속 모습은 얼핏 보기에 남편이 아내를 억지로 끌고 가는 것 같았다. 동영상을 찍은 제보자 역시 당시에 '왜 남자가 여자를 저런 아슬아슬한 절벽까지 억지로 데려가는 걸까?' 하는 생각이 들었다고 했다. 일반적인 남편이라면 만삭의 아내를 위험한 절벽 끝으로 데려가지는 않을 것이다.

하지만 이 제보 영상은 결정적인 증거가 되지 못했다. 우연히 담긴 두 사람의 모습은 남편이 아내를 절벽 끝으로 데리고 가는 데서 끝나고 말았기 때문이다. 둘이 다투는 음성이나 싸우는 듯한 정황이 찍혀 있었다면 좋았으련만 그런 모습은 영상에 나오지 않았다. 그런데 문제는 그 동영상이 찍힌 시각이었다. 구조대에 신고가 들어온 것은 오후 4시가 좀 넘었을 때인데, 동영상이 찍힌 건 오후 1시 무렵이었다. 다시 말해, 하칸과 셈라는 아무도 없는 절벽에서 세 시간이 넘도록 단둘이 있었던 것이다. 그 시간 동안 절벽 위에서는 대체 무슨 일이 일어났던 것일까?

하칸이 주변에 아무도 없을 때까지 절벽 위에서 기다렸다고 가정해볼 수 있다. 기껏해야 30분이면 충분히 둘러볼 수 있는 절벽에 세 시간 넘게 머물렀다는 것에서 남편 하칸에게 살해 의도가 있었다고 충분히 추정할 수 있었다.

2020년 어느 경찰서. 한 남자에 대한 심문이 이어지고 있었다.

"하칸, 이제 솔직하게 말하시죠. 당신이 아내를 죽인 게 맞죠?"

하칸이라 불린 남자는 눈 하나 깜짝 않고 형사에게 대꾸했다.

"이것 보세요, 형사님. 저는 지금 아내가 죽은 것도, 아내 배 속에 있던 제 아이가 세상에 태어나보지도 못하고 죽어버린 것도 서러운데, 저한테 지금 아내를 죽였다고 죄를 뒤집어씌우는 겁니까?"

하칸은 강하게 혐의를 부인했다. 날카로운 눈매의 형사가 재차 물었다.

"그런데 아내분이 죽고 장례 치른 지 겨우 두 달 만에 여행을 떠나셨더군요. 그것도 혼자서?"

"네, 그런데요. 그게 이상한가요? 아내가 죽고 나서 마음이 너무 아프고 혼자서 텅 빈 집에 계속 있고 싶지 않아서 기분 전환이라도 하려고 여행을 갔습니다. 그게 뭐요?"

"그걸 묻는 게 아니잖아요. 아니, 아내 상 치르고 마음 아프다는 사람이 여행 내내 비즈니스 클래스를 타고 다니고 5성급 특급 호텔에만 묵으면서 전국을 호화롭게 여행하나요? 허전한 마음을 돈 쓰면서 달래셨나 보죠?"

형사의 말에 하칸은 기가 막힌다는 듯 코웃음을 쳤다.

"그게 이상한가요? 제가 여행 다니면서 뭘 타고 다니든 어디에 묵든 그게 대체 아내를 죽였다는 혐의와 무슨 상관 있습니까? 그럼 아내가 죽은

사람은 여행 내내 계속 눈물 흘리며 노숙하라는 말입니까?"

형사는 진지한 눈빛으로 경고했다.

"지금 이 대화는 전부 녹음되고 있습니다. 그렇게 불성실한 농담은 당신에게 불리할 수도 있어요."

"농담? 농담이라고요? 아니, 산 사람은 살아야죠! 제가 괴로워하며 아내를 따라 죽기라도 해야 한다는 말입니까? 그리고 제가 뭐 바람이라도 피웠나요? 다른 여자랑 같이 여행을 다녔나요? 아니, 설령 다른 여자와 같이 다녔더라도 그게 제가 아내를 죽였다는 증거가 된단 말입니까?"

"여러 증거들이 당신이 범인임을 충분히 증명하고 있어요!"

"그래요? 어떤 증거요? 제가 아내를 절벽에서 떨어뜨려 죽였다는 결정적인 증거나 증인이 있습니까? 다 형사님의 심증일 뿐이잖아요. 결정적인 증거가 없는 한, 무죄 추정의 원칙에 따라 당신들이 나를 이렇게 구금할 권한은 없는 거 아닌가요?"

다시 경찰서 취조실. 하칸에 대한 형사의 심문이 계속 이어지고 있다.

"그리고 당신, 아내가 죽고 몇 달 후 SNS에 사진을 한 장 올렸더군요."

하칸이 SNS에 올린 사진 속 장소는 뜻밖에도 나비 계곡, 바로 그의 아내가 사망한 곳이었다.

"이 사진을 올리면서 당신은 이렇게 썼더군요. '한때 나의 낙원이었던 곳. 이제는 더 이상 태양이 없는 곳.' 제법 감성적인 문장입니다만, 보통 사람들은 아내가 죽은 장소에 몇 달 만에 다시 찾아가서 이런 인증 사진을 찍지는 않죠. 이런 말 들어보셨나요? 살인자는 반드시 범행 장소에 다시 나타난다!"

"그걸 증거라고 내미는 겁니까? 그 사진과 글은 제 나름대로 죽은 아내를 추모하기 위한 기록입니다. 이런 걸로 사람을 살인자로 몰 수는 없죠!"

형사는 결국 참지 못하고 하칸에게 소리쳤다.

"그렇다면 보험금은! 이 보험금은 뭐죠? 이 보험증서를 보면 아내가 사망할 경우 당신이 보험금을 전부 수령하게 돼 있어!"

셈라가 죽으면 하칸은 40만 터키리라(한화 6000만 원)의 보험금을 수령하게 돼 있었다. 하지만 하칸은 눈 하나 깜짝하지 않았다.

"우리 부부는 스카이다이빙이나 번지점프 같은 익스트림스포츠를 좋아했어요. 그래서 혹시 모를 위험에 대비해서 생명보험을 들어놓은 겁니다."

"거짓말! 당신 아내 셈라는 고소공포증이 있었어. 셈라의 동생이 증언했다고."

하칸은 끝까지 둘러댔다.

"아, 제가 잠깐 흥분해서 잘못 말했군요. 저는 익스트림스포츠를 좋아했는데 집사람은 별로였어요. 제 생명보험 드는 김에 아내 것도 함께 들었던 겁니다."

"그래요? 그렇다면 이건 어떻게 설명할 겁니까? 셈라가 죽으면 당신이 보험금을 전부 받게 돼 있는데, 당신이 죽으면 보험금을 셈라가 아니라 당신의 부모가 받게 돼 있어요. 이건 정말 이상하지 않나요?"

하칸은 얼굴이 붉어지며 잔뜩 흥분한 채 대답했다.

"아, 몰라요. 모른다고요. 나는 그저 보험설계사가 권유한 대로 보험에 들었을 뿐이에요. 형사님은 보험 들 때 약관을 일일이 다 읽어보나요?"

하칸의 말에 형사는 소리를 빽 질렀다.

"거짓말 마! 다른 것도 아니고 누가 보험금을 받는지 확인하지 않는 사람이 어디 있어? 부인 장례식 끝나고 며칠도 지나지 않아서 당신이 보험회사에 찾아가 사망보험금을 신청한 기록도 다 남아 있어! 어디서 거짓말이야?"

"보험에 가입했으니까 보험회사에 알아보고 신청한 게 뭐가 이상합니까? 당신네들 경찰이 저를 피고인으로 모는 바람에 아직까지 그 보험금을 한 푼도 못 받고 있단 말입니다!"

뭐 이런 뻔뻔한 작자가 다 있나 하는 생각이 들었지만, 형사는 머리끝까지 올라온 열을 애써 식히고는 자리에 앉았다.

"좋아요. 그것 말고도 의심되는 부분은 또 있어요. 당신 은행 계좌랑 부인 계좌를 추적해봤는데, 부인 명의로 대출을 무려 일곱 건이나 받았던데요? 전부 11만 9000터키리라(한화 1785만 원)이나 되던데?"

"새로운 사업 때문에 돈이 필요했습니다. 그게 뭐요?"

"당신 처제들이 다 증언했어. 셈라는 자기 명의로 대출 받는 걸 굉장히 싫어했다고. 그래서 당신과 셈라가 돈 문제로 자주 다퉜다는 증언도 있어!"

"아니, 대출 받는 걸 좋아하는 사람도 있습니까? 그리고 부부싸움 한 번 안 하고 사는 사람들도 있답니까? 형사님은 부부싸움 안 하나요? 게다가 부부싸움의 이유가 사실 다 돈 때문 아닙니까?"

"이것 보세요, 하칸. 이제 순순히 자백하는 게 좋아요. 이렇게 범행을 부인한 채 법정에 가면 형량만 더 늘어날 뿐이야!"

"형사님이야말로 정신 차리세요. 지금까지 들이민 증거라는 게 다 심증이나 의혹일 뿐이잖아요. 구체적인 증거를 가져오라고요, 증거를! 그게 당신네들이 세금 받고 일하는 이유 아닙니까?"

하칸은 입가에 비웃음과 조롱의 미소를 띠며 형사를 바라보았다.

2021년 2월, 드디어 하칸에 대한 첫 공판이 열렸다.

"사고일 뿐입니다!"

하칸은 혐의를 강력히 부인했다. 의문투성이 보험 가입과 대출, 그와 셈라가 찍힌 동영상, 사건 시각과 신고 시각의 차이 등 여러 가지 불리한 정황 증거가 있었지만, 단지 정황과 심증에 불과했다. 350m 높이의 나비 계곡에는 CCTV도 없고, 목격자도 없었다. 그때 검찰 측에서 새로운 단서를 하나 제시했다.

"여기 사진을 증거로 제출합니다. 사건 직전에 셈라 아이살이 찍은 피고인 하칸의 모습입니다."

그 사진은 셈라의 유족이 그녀의 핸드폰에 남아 있던 사진들 중에서 찾아낸 것이었다.

"보시다시피 피고인은 절벽 바로 끝에 누워 있습니다. 이 사진을 보면 피고인이 허위 진술을 하고 있다는 걸 알 수 있습니다. 사진 왼쪽 하단에 있는 주황색 가방을 보십시오. 그것은 피해자의 것입니다."

검사는 '피해자'라는 표현을 쓰며 하칸을 몰아붙였다. 하칸은 경찰 진술에서 2m 정도 떨어진 덤불에 놓여 있던 가방을 가지러 가는 사이에 셈라가 절벽 아래로 추락했다고 말했는데, 그 사진에서 셈라의 가방은 하칸의 바로 옆, 손만 뻗으면 닿을 자리에 있었다.

"그 사진은 결정적인 증거가 되지 않습니다. 사람의 기억은 정확하지 않습니다. 피고인이 잘못 기억하거나 혼동했을 수도 있습니다."

하칸의 변호사가 대답했다.

"피고인은 분명히 덤불에 놓아둔 가방을 가지러 갔다가 비명이 들려 돌아보니 피해자가 절벽에서 떨어지고 없었다고 아주 구체적으로 말했습니다. 그리고 세 시간이나 거기서 뭘 하고 있었습니까?"

"경찰에도 몇 번이나 진술했듯이, 피고인은 낮잠을 잤습니다."

"아니, 그 높다란 절벽에서 낮잠을 잤다고요? 게다가 피고인이 피해자를 절벽 끝 쪽으로 끌고 가는 듯한 정황이 찍힌 동영상도 있습니다."

하지만 하칸의 변호사는 침착하게 방어했다.

"거기까지 사람을 데려갔다는 게 거기서 사람을 떠밀었다는 결정적 증거가 되진 않습니다."

2021년 6월에 열린 두 번째 공판에서 하칸에 대한 새로운 진술이 나왔다. 사건이 발생하기 전 그가 열한 번이나 정신과 치료를 받았다는 것이다. 하칸의 변호사는 당시 그의 심리가 상당히 불안한 상태였고, 그래서 사건을 정확하게 기억하지 못해 진술에 혼선이 있었던 것이라는 논리로 그를 변호했다. 하칸의 재판은 아직 끝나지 않았다. 여전히 결정적인 증거는 나오지 않고 있다.

근대 형사법은 '무죄 추정의 원칙'에 근거한다. 어떤 범죄를 저지른 피의자든 판사가 유죄를 선고하기 전까지는 '그가 무죄일 수도 있다'는 가정하에 수사와 재판을 진행해야 한다는 원칙이다. 이 원칙은 '백 사람의 범죄자를 처벌하는 것보다 한 사람의 무고한 희생자를 구하는 것이 더 중요하다'는 나폴레옹 대법전의 정신에 바탕을 둔다. 아내 셈라의 죽음을 둘러싼 하칸의 말과 행동은 지극히 의문투성이지만 결정적인 증거, '스트라이크 에

비던스(STRIKE EVIDENCE)'가 나오지 않는 이상 하칸에게 죄를 물을 수는 없다. 그리고 그 결정적이고 물리적인 증거를 찾아내는 것이 바로 경찰과 검찰 등 수사기관에 부여된 임무다. 정황 증거나 심증만으로는 피의자의 혐의를 입증해낼 수 없다. 이 사건의 경우, 결정적인 장면을 목격한 목격자나 그 장면을 녹화한 영상이라도 존재한다면 좋을 텐데, 그런 증거가 없으니 하칸은 계속해서 자신의 무죄를 주장할 수 있는 것이다.

우리는 언제까지 이 '무죄 추정의 원칙'을 고수해야 할까? 억울하게 죽은 셈라의 원혼은 누가 달래줄 것인가? 남편 하칸은 아내와 배 속의 아이까지 죽일 정도로 잔혹한 범인일까? 그날 그 나비 계곡에서 그녀에게 어떤 일이 있었던 것일까? 진실은 오직 하칸만이 알고 있다. 아직까지는……, 아직까지는 말이다. ★

3.

도대체 내 딸은 몇 살이야?

8살 나탈리아의 비밀

여러분, 혹시 〈오펀 : 천사의 비밀(ORPHAN)〉이라는 영화를 아시나요?

유산으로 아이를 잃고 고통받던 한 부부가 고아원에서 에스터라는 영민한 아이를 입양하는데, 에스터는 외모와 달리 천사 같은 아이가 아니었죠. 에스터를 둘러싼 의문의 사고가 계속되고, 가족들이 위험에 처하게 됩니다. 사실 이 에스터라는 아이에게는 상상하지도 못했던 충격적인 과거가 숨겨져 있었죠. 이렇게 공포영화 속에서나 있을 법한 이야기가 실제 현실에서 일어났다면, 독자 여러분들은 믿으시겠습니까?

2001년 미국 인디애나주 바넷 부부의 집, 얕은 담벼락에 때 이른 붉은 장미가 피어난 날 사내아이가 태어났다. 잠이 든 아기의 이름은 제이콥. 담벼락의 장미가 폈다가 지고, 다시 피어날 무렵 제이콥은 두 살이 됐다.

그러나 두 살배기 제이콥은 또래 아이들처럼 엄마 아빠를 부르지도, 옹알이를 하지도 않았다. 또 엄마 아빠와 1초 이상 눈을 맞추지도 않았고, 잘 웃지도 않았다. 밖에서나 집에서나 쉴 새 없이 몸을 흔들고 가만히 있지 못했다. 은행잎들이 노랗게 물들어가던 가을, 바넷 부부는 제이콥을 데리고 외출했다가 돌아왔다. 그리고 그날 저녁, 단란했던 이 집에는 낯설고도 무거운 침묵이 감돌았다.

갑자기 남편이 머리를 마구 쥐어뜯으며 울부짖었다.

"내가 뭘 잘못했냐고! 나 그동안 열심히 살았어. 남한테 싫은 소리 해본 적도 없고, 남한테 못 할 짓 한 적도 없어. 그런데 왜 나한테 이런 일이 생기냐고! 정말 억울해. 억울하다고! 두 살밖에 안 된 제이콥이 자폐 스펙트럼 장애라니……."

의사의 진단을 듣고 온 남편은 절망했다. 그러나 아내는 조용한 목소리로 말했다.

"제이콥은 이 세상 무엇과도 바꿀 수 없는 소중한 보물이에요. 내 아이가 자폐증이든 아니든 그건 중요하지 않아요. 하나님께서 내게 주신 소중한 선물이라는 건 변함없어요."

남편은 무기력한 표정으로 아내 크리스틴을 바라봤다. 그녀의 표정은 단호했고 눈빛은 결연했다. '엄마' 크리스틴은 포기하지 않았다. 아들을 위한 다양한 방법을 찾아봤다. 그러다 결국 제이콥을 병원이나 특수학교에 보내는 게 아니라 홈스쿨링을 통해 엄마의 교육으로 키워내겠다고 결심했다. 전문가들의 반대에도 굴하지 않고 꾸준히 자폐증 아이만을 위한 교육 방법을 찾아 끈질기게 노력했다. 아이는 공부벌레가 되어갔다. 빈둥거리며 시간을 허비하지 않았다. 그 결과, 믿을 수 없는 놀라운 일이 일어났다.

제이콥은 금세 미적분을 떼고 아홉 살이 되자 천체물리학에 관심을 보이면서 연구에 몰입했다. 열두 살 때는 대학에 입학해 양자물리학에 관한 논문을 발표하기도 했다. 그야말로 천재의 탄생이었다. 제이콥은 노벨상을 받을 천재라는 극찬을 받았다. 자폐증 환자는 종종 특정한 분야에서 놀라운 집중력과 천재성을 발휘하는데, 바로 제이콥이 그런 케이스였다. 자폐 때문에 글도 읽지 못할 거라고 진단받았던 아들을 천재로 키워낸 엄마 크리스틴 바넷은 아들의 양육 일기를 한 권의 책으로 묶어냈다. 그 책의 제목은《더 스파크》. 책은 큰 인기를 끌었다. 그녀는 미국 전역을 돌며 세미나와 강연을 했고, 곧 유명 인사가 되었다.

엄마 바넷은 그 사이 아들을 둘 더 낳았다. 세 아들과 함께 화목한 가정을 이룬 바넷 부부에게는 한 가지 소원이 새로 생겼다. 그것은 바로 딸을 키우고 싶다는 것이었다. 그래서 그들은 2010년 보육원에서 여자아이를 입양하기로 했다. 미국은 자녀 입양 자격이 꽤 까다로운 편이지만, 그동안 몇 번이나 사회봉사를 하면서 경력을 쌓은 데다 무엇보다도 특히 자폐증인 아이를 잘 키워내 유명해졌다는 점 때문에 그들은 충분한 가산점을 받아 아이를 입양할 수 있었다.

"여보!"

크리스틴은 소녀를 보자마자 느낌이 왔다. 그 소녀의 이름은 나탈리아 그레이스. 우크라이나 태생으로, 2008년 미국으로 건너왔다고 했다. 나탈리아는 이전에 다른 부부에게 입양되었다가 파양된 적이 있는데, 그 사유는 알 수 없었다. 그런데 이상하게도 나탈리아에게는 출생 증명서가 없었다. 하지만 바넷 부부는 나탈리아의 환한 미소에 마음이 끌려 당장 그녀를 입양하기로 했다. 출생 증명서가 없는 데 대한 나탈리아의 설명은 이랬다.

"외국에서 태어났기 때문에 출생 증명서가 없어요."

바넷 부부는 곧바로 나탈리아를 병원으로 데려가 건강검진을 받았다. 검진 결과, 나탈리아는 2003년생, 즉 당시 나이로 여덟 살로 추정됐다. 그런데 안타까운 사실도 밝혀졌다. 나탈리아는 '척추골단형성이상증'이라는 희귀병을 앓고 있었다. 척추 발달 장애로 일정 정도 이상 키가 자라지 않아 성인이 되어서도 어린아이 같은 모습을 유지하는 것이 이 병의 특징이다. 하지만 희귀병도 크리스틴의 입양 의지를 꺾진 못했다. 그녀는 이미 자폐증 아들을 천재로 키워낸 엄마 아니던가. 오히려 나탈리아의 결점을 감싸 더욱 행복한 가정을 만들겠다는 결심을 하게 됐다.

그런데 나탈리아를 집으로 데려오자마자 곧 이상한 점들이 발견됐다. 크리스틴이 나탈리아를 목욕시켜주는데, 여덟 살에 불과한 나탈리아에게 성인과 다름없이 체모가 자라나 있었던 것. 게다가 2년 전 우크라이나에서 미국으로 건너온 아이치고는 영어가 너무 유창했다. 그녀의 영어 발음에는 우크라이나어의 흔적이나 억양이 전혀 없었다. 마치 미국에서 태어나고 자란 아이 같았다. 게다가 나탈리아는 여덟 살 여자아이들이 흔히 좋아하는 인형이나 장난감에는 아무런 관심도 보이지 않았다. 나탈리아는 자신보다 나이 많은 언니들과 어울리는 것을 좋아했고, 말투나 사용하는 어휘들이 어린아이라고 하기에는 너무 조숙했다. 물론 아이가 나이보다 조숙할 수는 있다. 게다가 나탈리아는 어릴 때부터 많은 어려움을 겪고 자라난 아이 아닌가.

그런데 어느 날, 크리스틴은 나탈리아가 집 밖에서 주변을 의식하는 듯 한참 둘러보더니, 뭔가를 쓰레기통에 버리는 것을 보았다. 나탈리아의 태도가 신경 쓰여 쓰레기통을 뒤져보니, 피 묻은 속옷이 들어 있었다. 분명히 크리스틴이 나탈리아에게 사준 속옷이었다. 그런데 이상하게도 속옷에 피가 묻어 있었다. 나탈리아가 다치기라도 한 걸까? 하지만 그녀의 몸에는 전혀 상처가 없었다. 크리스틴은 '이게 혹시 생리혈이 아닐까?' 하는 의심이 솟구쳤다. 하지만 나탈리아는 이제 여덟 살, 초경을 하기엔 한참 어린 나이였다. 크리스틴은 이상하다는 생각이 들었지만, 척추 발달 장애로 인한 성조숙증일 수도 있겠다고 생각하며 넘어갔다.

"나탈리아, 우유가 우크라이나어로 뭐야?"

"네?"

무심하게 던진 크리스틴의 질문에 나탈리아가 흠칫했다.

"우유가 우크라이나 말로 뭐냐고. 나도 우크라이나어 좀 배워볼까?"

"어…… 음…… 기억 안 나요. 우크라이나 말을 해본 지 너무 오래됐어요."

"2년밖에 안 됐는데?"

"그래도 기억이 안 나요!"

나탈리아는 괜히 화를 내며 제 방문을 쾅 닫고 들어가버렸다. 크리스틴은 그때부터 아이를 의심하기 시작했다. 어릴 때 배운 모국어를 2년 만에

잊어버릴 수는 없지 않은가.

크리스틴의 의심은 결국 사실로 밝혀지고 말았다. 나탈리아를 치과에 데려갔는데, 치과 의사가 뜻밖의 말을 한 것이다. 여덟 살이라면 슬슬 유치가 빠질 나이인데, 나탈리아는 벌써 영구치가 완전히 자리 잡은 다음이었다. 바넷 부부는 놀라지 않을 수 없었다. 치아는 연령에 따라 마모도가 달라져서 치과 진료 기록은 신원 파악 기능도 한다. 나탈리아는 출생 신고서뿐 아니라 치과 진료 기록도 전혀 없었다. 그런데 첫 검진 결과, 이미 영구치가 다 자리 잡은 성인의 구강 형태임이 밝혀진 것이다.

바넷 부부는 당황했지만, 그걸 크게 문제 삼지 않았다. 어쨌든 나탈리아가 가족이 된 사실은 변함이 없었기 때문이다. 하지만 더 큰 문제가 생겼다. 나탈리아가 바넷 부부의 목숨을 위협하는 듯한 행동을 보인 것이다. 어느 날 나탈리아가 학교에서 그림을 그려왔는데, 자신이 입양된 새로운 가족을 그린 그림이었다. 섬뜩한 것은 나탈리아를 뺀 가족 모두가 담요에 둘둘 말린 채 누워 있는 모습을 그려놓았던 것이다. 구덩이에 시체를 묻기 직전의 모습처럼.

한 번은 이런 일도 있었다. 바넷 부부가 침실에서 잠을 자다가 크리스틴이 이상한 느낌이 들어 깨어보니, 나탈리아가 날카로운 칼을 들고 침대 가에 우두커니 서서 자신들을 내려다보고 있었다. 그런데 내려다보는 나탈리아는 어린아이의 표정이 아니라 너무 어둡고 무표정한 얼굴이었다. 마치 조각상처럼 칼을 들고 가만히 서서 두 사람을 내려다보는 나탈리아에게 크리스틴은 왠지 모를 섬뜩함을 느꼈다. 바넷 부부는 나탈리아에게 몽유병이나 우울증이 있는지 걱정되어서 집에 있는 날카로운 물건을 모두 숨겼다.

하지만 얼마 후, 도저히 묵과할 수 없는 일이 일어났다. 크리스틴은 갓 내린 커피를 주방에 두고 거실에서 전화를 받았다. 통화를 마친 뒤 커피를 가지러 주방으로 건너가다가 나탈리아와 마주쳤다.

"나, 나탈리아?"

"응, 엄마?"

순간, 크리스틴은 자신의 눈을 의심했다. 크리스틴의 커피에 나탈리아가 무언가를 넣고 있었다. 그것은 분명히 화공약품 성분이 포함된 표백제였다. 주방이 아니라 세탁실에 있어야 할 물건으로, 나탈리아가 일부러 가져온 게 틀림없었다. 아무리 여덟 살 아이라지만 그게 위험한 약품임을 모를 리 없었다. 하지만 나탈리아는 가벼운 장난을 치다 들킨 아이처럼, 아무런 죄의식 없는 표정으로 돌아섰다.

"여보!"

크리스틴은 더 이상 견딜 수 없어 퇴근한 남편에게 달려가 모든 이야기를 했다. 남편은 믿을 수 없다는 얼굴이었다.

"그게 사실이야?"

"정말이야!"

크리스틴은 도저히 이해할 수 없었다. 입양아라고 차별한 적도 없고, 오히려 친자식들보다 더 다정하게 대했는데……. 바넷 부부는 서둘러 정신과 병원을 찾아가 자초지종을 말했다.

"반사회적 성격 장애와 품행 장애 성향이 있습니다."

"네? 뭐라고요?"

"사이코패스가 틀림없습니다."

정신과 의사의 말에 바넷 부부는 큰 충격을 받고 말았다.

"그리고 나탈리아의 언행은 어린아이라고 보기에는 좀 무리가 있습니다. 오히려 성인에 더 가까워요. 이건 성조숙증과는 전혀 다른 문제입니다."

결국 나탈리아는 정신병원에 입원하게 되었다. 어느 날, 그녀는 의사들에게 이렇게 고백했다.

"사실은, 전 여덟 살이 아니라 열여덟 살이에요. 왜소증 환자라서 여덟 살처럼 보이는 것뿐이에요."

"좋아. 그런데 왜 가족들을 위협하고 커피에 표백제를 탔지?"

"왜긴요? 그냥 재미있을 것 같아서요."

놀랍게도 나탈리아의 얼굴은 장난기 가득한 어린아이 같았다. 이를 본 정신과 의사들도 놀라지 않을 수 없었다. 하지만 바넷 부부는 나탈리아를 포기하지 않았다. 그들은 법원 판결을 통해 나탈리아의 출생연월을 1989년생으로 변경했다. 여덟 살 여자아이가 한순간에 스물두 살로 바뀐 것이다.

이후, 바넷 부부는 스물두 살인 나탈리아를 인디애나주의 한 임대아파트에 남겨두고 세 아들만 데리고 캐나다로 이주했다. 자폐증 천재 아들 제이콥이 캐나다 소재 대학원에 진학했기 때문이다. 그들은 나탈리아를 위해 1년 치 집세를 선불로 지급했고, 그녀의 기본적인 생활이나 식사를 위한 돈도 남겨두었다.

그러던 어느 날 캐나다의 바넷 부부 집에 경찰이 들이닥쳤다.

"마이클 바넷 씨, 그리고 크리스틴 바넷 씨?"

경찰의 갑작스러운 방문에 부부는 무척 당황했다.

"무슨 일이시죠?"

"당신들을 아동 학대 및 유기 혐의로 체포합니다."

"아니, 뭐라고요?"

"당신들은 입양한 딸 나탈리아를 미국의 아파트에 혼자 내버려두고 캐나다로 이주했죠? 아직 키가 92cm에 안 되고 병 때문에 잘 걷지도 못하는 어린아이를 방치하고 외국으로 도망치면 괜찮을 줄 알았습니까?"

"그래요. 우리는 나탈리아를 미국에 혼자 두고 캐나다로 왔어요."

"그럼 지금 이 자리에서 혐의를 인정하시는 겁니까?"

그러자 갑자기 크리스틴이 흥분해서 언성을 높였다.

"하지만 그건 아동 학대도 아니고 방치도 아니에요!"

크리스틴의 항변에 경찰은 어이없어하며 되물었다.

"아니 그 어린아이를 아무런 보호도 없이 아파트에 내버려두는 게 아동 학대가 아니면 대체 뭡니까?"

"나탈리아는 '어린아이'가 아니란 말이에요!"

크리스틴의 섬뜩한 대답에 경찰들은 할 말을 잃고 멍하니 그녀를 바라봤다. 바넷 부부는 자신들에게 지워진 혐의가 부당하다며, 나탈리아를 입양한 후 지금껏 자신들이 겪어온 고통을 하나하나 이야기했다.

"우린 그 아이를 위해 1년 치 집세를 선불로 지급했고, 기본적인 생활이나 식사를 위한 돈도 남겨두었습니다."

"하지만 1년이 지나 나탈리아는 강제퇴거당했고, 지금은 보호시설로 옮겨졌습니다."

여기서 문제가 시작됐다. 나탈리아가 자신이 2003년생으로 미성년자라고 주장한 것이다. 사실 그녀는 보호시설에서 한 목사의 가정에 입양될 예정이었지만, 법적으로 성인이라는 것이 들통나 입양이 불가능하게 됐다. 그러자 나탈리아는 자신을 버리고 떠난 바넷 부부가 법원에 1989년생이라고 등록했지만, 자신은 2003년생으로 고작 열 살짜리 어린아이이라고 주장했다. 결국 인디애나주 법원은 바넷 부부를 아동 학대 및 방치 혐의로 고소했고, 경찰이 캐나다에 거주하는 바넷 부부에게까지 찾아가게 된 것이다.

2019년 열린 재판에서 크리스틴은 나탈리아가 입양될 때부터 성인이었는데 자기 부부를 속이고 어린아이 행세를 했다고 강력하게 주장했다. 하지만 입양한 지 이미 9년이라는 시간이 흐른 데다 법적으로 나탈리아를 파양한 적이 없기 때문에 바넷 부부는 상당히 불리한 입장이 되었다. 그런데 더 황당한 일이 일어났다. 한 우크라이나 여성이 미국까지 건너와서 자신이 나탈리아의 친모라고 주장한 것이다.

그녀의 이름은 가바. 그녀는 자신이 2003년 9월 4일 나탈리아를 출산했다고 밝혔다. 그러나 갓 태어난 아기는 심각한 왜소증을 앓고 있었고, 수술 비용은 8만 달러, 우리 돈 1000만 원에 달했다. 가난한 미혼모였던 가바는 어쩔 수 없이 나탈리아를 보육원에 맡겼고, 그 보육원에서 나탈리아를 미국으로 입양 보냈다고 말했다. 가바는 증거로 2003년 10월 해당 보육원에 나탈리아를 위임한다는 내용이 담긴 문서를 제출했다. 그녀의 말이 맞는다면, 나탈리아는 분명 2003년생이다.

과연 진실이 무엇인지 너무도 혼란스러운 상황에서 2019년 법정 공방 당시 나탈리아가 TV 토크쇼에 출연했다. 이 동영상은 아직도 여러 SNS에 남아 있다. 영상 속에서 사회자가 나탈리아에게 묻는다.

"당신은 몇 살인가요?"

"열여섯 살이요."

2019년 당시 열여섯 살이면, 자신이 2003년생이라는 주장이다.

"양부모님 침대 옆에 칼을 들고 간 적이 있나요?"

"없어요."

"침대 옆에 간 적은 있나요?"

"네. 악몽을 꿔서 무서웠어요."

"양엄마의 커피에 표백제를 탄 적 있나요?"

"없어요."

이 무렵, 더 놀라운 반전이 일어났다. 바넷 부부가 이혼했는데, 남편 마이클이 그동안의 주장을 뒤집고 나탈리아가 2003년생 미성년자가 맞다고 진술한 것이다. 그렇다면 왜 지금까지 거짓말을 했냐고 묻자 아내였던 크리스틴이 계속 그렇게 고집을 부렸기 때문이라고 대답했다. 그는 얼마 지나지 않아 또 이렇게 주장했다. 자신의 말이 언론에서 와전됐다며, 다른 건 몰라도 나탈리아가 자기 가족들의 목숨을 위협한 것은 명백한 사실이라고 한 것이다. 마이클 바넷이 이렇듯 계속 말을 바꾼 것은 아동 학대로 기소당한 상태에서 형량을 줄이기 위해 거짓말을 꾸며댄 것이라는 의심을 받게 되었다.

한편 나탈리아는 법적으로 미성년자임을 인정받아 새로운 가족에게 입양되어 10대로서의 삶을 누리며 고등학교까지 졸업했다. 크리스틴 측이 나탈리아의 DNA 검사를 요구했다는 이야기도 있었지만, 이 사건에 미국인들의 관심이 워낙 집중된 탓에 법원이 언론의 보도를 금지해버려서 DNA 검사 결과는 확인할 수 없다. 이후 나탈리아와 관련된 뉴스는 더 이상 없다.

시간이 흐른 뒤 크리스틴은 한 언론과의 인터뷰에서 이렇게 말했다.

"사명감을 가지고 나탈리아를 새 가족으로 받아들였지만, 그건 명백한 사기였습니다. 나탈리아는 아이의 탈을 쓴 사이코패스예요. 제가 아동 학대로 이렇게 비난받는 것은 정말 견딜 수 없이 끔찍한 일이에요."

과연 진실은 어느 쪽일까? 정말 나탈리아는 어린 소녀의 모습을 한 사이코패스일까? 아니면 이 모두가 자신들의 아동 학대를 감추기 위해 바넷 부부가 지어낸 거짓말일까? 정녕 미스테리가 아닐 수 없다.

실체적 진실이란 보는 사람의 관점에 따라 동전의 양면 같은 성격을 지닌다. 크리스틴과 마이클 부부의 입장에서 보면 나탈리아는 가정의 평화를 깨뜨리고 자신들의 목숨을 위협한 침입자일 수도 있다. 하지만 나탈리아의 입장에서 보자면, 평생 어린아이의 모습에 갇혀 살아가야 하는 장애를 지닌 사회적 약자로서 어떻게든 미국 땅에서 살아남고자 했던 몸부림일 수도 있다. 우리는 과연 누구에게 더 큰 측은지심을 가져야만 할까? 그 대답은 오롯이 독자 여러분의 몫이다. ★

4.

어른들의 역겨운 욕망 해소법

도쿄 프티 엔젤 사건

옛 소련에서 미국으로 망명한 세계적인 작가 블라디미르 나보코프. 그가 1958년 미국에서 발표한 소설 《롤리타(LOITA)》는 외설과 예술의 경계를 아슬아슬하게 줄타기하는, 20세기의 고전으로 평가받고 있다.

소설의 주인공 험버트는 어린 시절 첫사랑의 추억을 평생 가슴에 묻고 살아가는 30대 중반 작가다. 그는 이루지 못한 첫사랑의 상처로 인해 만 9세에서 14세 사이 사춘기에 접어든 소녀들의 매력에 끌리고, 그들을 갈망하게 된다. 그런 그의 앞에 나타난 '롤리타'라는 당돌하고 겁 없는 소녀에게 그는 걷잡을 수 없이 끌린다. 롤리타 주변에 남기 위해 그녀의 어머니와 재혼한 험버트. 그는 사고로 위장해서 롤리타의 어머니를 죽이고, 롤리타의 의붓아버지이자 연인이 되어 미국 전역을 떠돈다. 그러나 롤리타는 결국 험버트를 떠나가고, 실의에 찬 험버트는 극작가 로티가 롤리타를 자신으로부터 멀어지게 했다는 생각에 그를 찾아가 복수한다. 험버트는 결국 감옥에 수감되어 차디찬 감방에서 롤리타의 이름을 울부짖으며 소설은 끝난다.

이 소설 《롤리타》를 읽어보지 않았더라도, '롤리타 콤플렉스'라는 말을 한 번쯤 들어봤을 것이다. 심리학 용어로는 '소아성애증', 즉 아직 어른이 안 된 어린아이에게 성적으로 끌리는 변태적 욕망을 가리키는 말이다. '롤리타 콤플렉스'를 가진 사람들은 생각보다 많고, 그 역사도 깊다. 인류 역사의 여러 시대와 여러 문명에서, 특히 상류층이나 권력층이 소아성애증에 탐닉했다는 기록을 쉽게 찾아볼 수 있다.

소설 《롤리타》의 주인공 험버트는 자신이 저지른 범죄에 대한 벌을 받고 감옥에 수감되지만, 실제 현실에서는 정의가 그렇게 쉽사리 실현되지 않는다. 아직 다 자라지도 않은 아이들을 성적 대상으로 삼는 파렴치한 아동 성범죄는 권력과 돈을 가진 기득권의 비호 아래 은밀히 행해지며, 세상에 밝혀지더라도 조용히 묻혀버리는 경우가 많다. 이번에 소개할 도쿄 프티 엔젤 사건이 바로 그랬다.

2003년 7월 17일, 일본 도쿄 아카사카의 한 주택 단지. 그날은 아침부터 비가 조금씩 오락가락했다. 어린 소녀 하나가 눈에서 굵은 눈물방울을 하염없이 흘리며 서 있었다. 길가에선 꽃집 주인이 가게 문을 열기 위해 바쁘게 준비하고 있었다.

"저…… 저 좀 살려주세요!"

"응?"

고개를 돌리니 머리와 옷이 다 엉망진창인 초라한 행색의 초등학생이 보였다.

"얘야, 무슨 일이니?"

"친구들이, 친구들이 다 잡혀 있어요. 조그만 맨션에요. 저 혼자 간신히 탈출했어요."

놀란 주인은 당장 경찰에 신고했다. 신고를 받고 출동한 경찰은, 그 아이가 나흘 전인 7월 13일 실종된 초등학생 4명 중 1명임을 알아챘다. 소녀는 다른 친구들도 한 맨션에 다 같이 갇혀 있었다며 경찰을 그리로 안내했다.

맨션에 들어간 경찰들은 이해하기 어려운 상황을 목격했다. 그곳에 감금돼 있던 나머지 3명의 소녀들은 모두 눈가리개를 한 채 수갑이 채워져 아령이나 20리터 물통 같은 무거운 물체에 묶여 있었다. 게다가 소녀들끼리 이야기하는 것을 막기 위해 방마다 따로 가둬놓은 상태였다. 납치당한 후 계속 그 상태로 결박되어 있었던 것으로 보였다. 더 놀라운 것은, 납치범이 바로 그 맨션 안에서 죽어 있었다는 것이다. 범인으로 보이는 남성 옆에는 다 타버린 연탄과 화로가 놓여 있었다. 밀폐된 비닐 텐트 안에 있는 것으로 보아, 일산화탄소 중독으로 자살한 정황으로 보였다.

죽은 남자는 요시자토 고타로. 29세. 성매매 관련 혐의로 체포되었던 경력이 있고, 사건 당시 집행유예 중인 전과자였다. 더군다나 나흘 전에 일어난 초등학생 4명 실종 사건의 유력한 용의자로 지목되어 수사선상에 놓여 있었다. 경찰은 도대체 이해되지 않았다. 초등학생을 4명씩이나 납치했다면 분명 다른 목적이 있었을 텐데, 납치한 범인이 싸늘한 시체가 되어 아이들과 한곳에 같이 있다니……. 대체 어떻게 된 일일까?

사건의 시작은 나흘 전인 2003년 7월 13일, 도쿄의 한 초등학교에서 여학생 4명이 동시에 실종된 사건이 발생했다. 출동한 경찰은 실종 아동들이 모두 친구들이라는 사실에 주목했다.

"아이들한테 언제부터 연락이 없었나요?"

"오늘 학교 파하고 나서부터 쭉이요. 학교가 끝났을 때는 틀림없이 넷 다 학교에서 나왔는데, 그 뒤로는 아무런 연락이 없어요. 4명 다요. 대체 이게 무슨 일인지 모르겠어요. 형사님, 제발 우리 애들 좀 찾아주세요."

울먹이는 부모들을 진정시키며 경찰이 말했다.

"진정하세요. 몸값을 노린 유괴 사건이라면 반드시 범인 측에서 곧 연락할 겁니다."

"아니, 우리는 그저 평범한 중산층 가정이에요. 돈을 노렸다면 더 부잣집 아이들을 유괴하지 왜 우리 애들을 유괴해요? 그리고 실종된 지 벌써 하루가 다 돼가는데, 왜 아직까지 연락이 없는 거죠?"

한 어머니가 외치듯 말했다.

4명의 여자아이는 모두 같은 초등학교 6학년에 재학 중인 친구들이었다. 혹시 인질로 삼아 몸값을 요구하려는 게 아니라 인신매매나 장기를 적출하는 게 목적이라면? 경찰들은 수사를 서둘렀다. 납치 사건의 경우, 사건을 해결하는 데 있어 가장 중요한 시간인 '크리티컬 아워'(CRITICAL HOUR, 납치 혹은 실종 사건에서 통계학적으로 피해자를 구할 수 있는 가능성이 높은 시간)는 72시간에 불과하다. 72시간 내 실종자를 찾지 못하면, 구할 수 있는 확률이 아주 낮아진다.

이틀이 지난 15일, 결국 경찰은 사건을 공개수사로 전환하고 아이들의 얼굴을 언론에 알렸다. 일본판 '개구리 소년' 사건이라 할 수 있는 이 납치 사건은 온 일본인의 주목을 끌었다. 하지만 사건이 발생한 지 나흘 만에 피해자 중 한 소녀가 탈출하고 납치범이 싸늘한 주검으로 발견되면서 이 사건은 누구도 이해할 수 없는 방향으로 흘러가기 시작했다. 경찰 조사 과정에서 의문이 해결되기는커녕 더 꼬여만 갔다.

납치범인 요시자토 고타로는 자기 소유의 집이 따로 있는데도, 일부러 맨션을 임대해서 아이들을 납치해 가두고는 그곳에서 자살해버렸다. 경찰은 사이타마현에 위치한 고타로의 아파트를 수색했다. 그런데 그 아파트에서 수많은 비디오테이프와 DVD가 발견됐다. 앞서 언급했듯, 고타로는 불법 성매매 범죄를 저질러서 집행유예 중이던 전과자였다. 그런 고타로의 집에서 수상한 이름이 잔뜩 적힌 리스트가 발견됐다. 어림잡아 2000명이 넘는 사람의 이름이 적혀 있는 비밀 장부였다.

경찰은 1000개가 넘는 압수 영상물을 일일이 분석했다. 그리고 믿지 못할 사실이 밝혀졌다. 영상물은 대부분 미성년자를 성착취한 것이었다. 그리고 고타로가 비밀리에 운영하던 폐쇄적인 음란물 유통 및 성매매 알선

그룹의 이름의 밝혀졌다. 바로 '프티 엔젤'이었다.

프티 엔젤. 프랑스어로 '작은 천사'라는 뜻이다. 그 클럽은 어른들의 역겨운 욕망을 해소하기 위한 파렴치한 범죄 단체에 불과했다. 고타로는 도쿄 시부야나 신주쿠 등 번화가에서 가출한 어린 여학생들에게 접근해 큰돈을 벌 기회를 주겠다며 유혹해서 미성년자 데이트 클럽을 운영했다. 아동 성매매 조직을 운영하고 있었다는 말이다. 그는 일정한 거래처나 점포를 따로 마련하지 않고, 피해자들과는 언제나 개인적으로 만나서 돈을 주는 등 단속을 철저히 피해왔다. 이런 범죄로 그가 벌어들여 통장에 쌓아놓은 돈은 무려 3억 5000만 엔(한화 35억 원)이나 됐다.

고타로는 가출 청소년뿐만 아니라 비싼 물건을 사고 싶어 하는 초등학생들에게도 접근했다. 처음에는 집 안 청소 같은 간단한 일거리를 맡기고 1만 엔(한화 10만 원)을 주며 피해자들을 안심시켰다. 미성년자인 피해자들에게 1만 엔은 생각보다 큰돈이다. 아이들이 고타로를 믿게 되면, 그는 서서히 본색을 드러내 아이들이 입었던 속옷을 팔거나 얼굴을 가리고 나체 사진을 찍게 하는 등 성적 요구를 시작했다. 거기다가 고타로는 피라미드 조직의 수법을 따라하기도 했다. 피해자들은 다른 친구를 소개시켜주는 방식으로 알선료를 두둑하게 받았다. 이렇게 돈을 미끼로 아직 판단력이 제대로 서지 않은 미성년자들을 성범죄에 악용했다. 그리고 그렇게 성적 착취에 길들여져가던 아이들은 결국 고타로가 주선한 남성들과 성매매까지 하게 됐다.

이런 파렴치한 범죄를 수년째 이어가던 고타로가 이상 행동을 보인 것은 2003년 7월 11일부터였다. 그는 자기 소유의 고가 페라리 자동차 두 대

를 급히 처분했다. 그러고는 아카사카에 위치한 맨션을 임대했다. 특정 장소를 정하지 않고 호텔이나 윤락시설 등을 이용하던 치밀한 방식에서 벗어난 것이다. 게다가 그의 통장에는 3억 5000만 엔에 이르는 거금이 있었는데, 자신이 아끼던 고급 자동차를 급히 처분한 것도 이상했다. 더욱이 경찰이 수사한 바에 따르면 고타로는 맨션을 임대한 날, 납치 범죄에 사용된 20리터 용량의 물통과 아령, 연탄과 화로 등을 같이 구입했다. 납치와 자살을 동시에 계획했다는 뜻이다.

7월 13일, 고타로는 예전부터 연락해온 초등학생 1명과 소녀에게 소개받은 친구 3명까지 총 4명의 아이들을 맨션으로 불러들였다. 아이들이 증언한 바에 따르면, 맨션에 들어서자마자 고타로는 스턴건을 꺼내 아이들을 위협하면서 1명씩 결박한 뒤 방에 따로 가뒀다. 그리고 3일 뒤, 고타로는 그 맨션에서 비닐 텐트 안에 연탄 화로를 피우고 자살을 감행했다. 고타로의 기척이 느껴지지 않는다는 것을 알아챈 한 아이가 필사적으로 수갑을 풀고 탈출해서 꽃집 주인에게 도움을 청한 것은 그다음 날인 7월 17일이었다. 그렇게 일본을 떠들썩하게 했던 초등학생 4명 납치 사건은 매듭지어지는 듯했다. 경찰은 그가 수년간 미성년자들을 대상으로 불법 성매매 조직을 운영했고, 경찰의 용의선상에 올라 수사망이 좁혀오자 그 압박감을 이기지 못해 자살했다고 발표했다. 그렇게 사건은 종결되었지만, 의문점은 한둘이 아니다.

첫째, 대체 고타로는 왜 자살했는가? 유서가 발견되지 않았기 때문에 정확한 이유는 알 수 없다. 하지만 그가 자살할 이유는 없어 보인다. 고타로는 이미 오래전부터 치밀하게 범죄를 벌여온 용의주도한 범죄자인 데다 거

액의 돈을 소유하고 있었다. 경찰이 그를 용의선상에 올렸다지만 그가 공식적으로 지명수배되거나 신원이 유포된 것도 아니었다. 오랜 세월 범죄를 은닉해온 고타로 같은 전문가가 왜 그렇게 쉽게 도주를 포기했는지 이해되지 않는다. 둘째, 왜 그렇게 번거로운 방법으로 자살했는지도 의문이다. 비닐 텐트를 치고 연탄 화로를 피워서 질식사하는 방법이라니, 이건 마치 누군가가 고타로의 죽음을 자살로 보이도록 위장한 것으로 의심되지 않는가. 결정적으로 그의 진짜 주거지인 사이타마현 아파트에서 발견된 2000명이 넘는 이름이 담겨 있는 장부! 담당 형사가 이 리스트에 대한 수사를 시작하자마자 수사를 종결하라는 지시가 위에서 내려왔다.

"어이, 그 명단은 말이야. 고타로 그 자식이 가명으로 작성한 거짓 기록으로 판명 났다는군."

담당 형사는 기가 막혀 말이 나오지 않았다.

"아니, 그게 말이 됩니까? 이렇게 범행 날짜와 장소까지 구체적으로 나와 있는데도요? 게다가 저 수많은 음란 동영상들은 또 뭡니까? 고타로가 취미로 수집하기라도 했답니까? 그건 명백히 아동 성착취고 또 불법 유통물이라고요. 고객이 있으니까 고타로가 그런 짓을 저지른 거 아닙니까?"

"단서가 없잖아, 단서가. 거기 적힌 이름은 전부 가명이라니까."

"아니, 그거야 조사해보면 될 것 아닙니까. 장부에 나와 있는 날, 그 호텔에 투숙한 고객 리스트만 대조해봐도 어느 정도 윤곽이 나올 텐데요."

"이봐. 자네 경찰 생활 오래 하고 싶나? 그럼 이 정도에서 그만둬. 위에서 그만 끝내라잖아, 위에서!"

풍문에 따르면, 고타로가 운영한 프티 엔젤은 연회비가 60만 엔(한화

600만 원)인 고급 비밀 성매매 클럽이었다. 피해자들은 모두 초등학생에서 고등학생 정도의 미성년자로, 주로 고급 호텔이나 밀실에서 은밀하게 성매매가 이뤄졌다. 또한 점조직으로 회원을 모집했기에 그 규모를 제대로 파악하기 어려웠다. 일설에 따르면 회원에는 유명 연예인, 언론인, 법조인, 의료인, 교육자, 정부 고위 관료들까지 포함되어 있었다. 심지어 일왕의 아들 중 1명도 그 명단에 포함되어 있다는 믿지 못할 풍문이 일본 전역에 돌았다.

마지막으로 소름 끼치는 사실 한 가지만 덧붙이고 이 사건에 대한 이야기를 마무리하려 한다. 2003년 9월, 고타로가 죽은 지 두 달 남짓 지난 시점에 도쿄 만에서 한 남성의 사체가 떠올랐다. 그 남성의 이름은 소메야 사토루. 경찰이 수사를 종결한 뒤에도 집요하게 프티 엔젤의 실체를 파고들었던 프리랜서 기자였다. 그의 시체에는 팔다리에 결박한 흔적이 있고, 칼에 찔린 자상이 여덟 군데나 남아 있었다. 누군가 그를 납치한 뒤 칼로 찔러 죽이고 도쿄 만에 던져버린 것이다. 그런데 이 살해 사건에 대한 경찰의 수사 역시 증거 부족으로 흐지부지 종결되어버렸다. 대체 누가 이 투철한 언론인을 죽여서 수장시켰을까? 어떤 추잡한 손이 미성년자 아이들의 몸을 더럽히고, 성매매 알선책인 고타로를 죽음으로 몰아넣고, 경찰의 수사마저 종결시켜버렸을까? 자신의 역겨운 민낯이 드러나는 것을 두려워한, 돈과 권력을 거머쥔 누군가가 그 뒤에 있는 것이 아닐까 하는 의심을 떨쳐버릴 수 없는 사건이다. ★

5.

미국판 '고유정 사건' 미녀는 뻔뻔해

조디 아리아스 사건

독자 여러분은 '인지부조화'(COGNITIVE DISSONANCE)라는 심리학 용어를 아는가?

이는 현실을 파악하고 인지하는 능력이 상실된 일종의 정신질환이다. 인지부조화 증상을 겪는 사람들은 거짓말을 하고도 그 거짓이 진실이라 믿는다. 즉, 자신을 둘러싼 상황과 사실을 자기 편한 대로 믿어버리는 것이다. 진짜 현실과 현실을 거짓으로 만드는 인식의 불일치. '소시오패스'라고도 부르는 반사회적 부류의 인간들이 이런 모습을 보인다. 이번 이야기의 주인공인 미국 캘리포니아에 사는 조디 아리아스는 바로 인지부조화를 보여주는 대표적인 케이스다.

1980년생인 조디 아리아스는 사진 작가로 학력, 직업 등 뭐 하나 빠지는 게 없는 재원이다. 외모도 귀엽고 예쁘장하다. 조디는 라스베이거스의 어느 컨벤션 행사장에서 1977년생인 트레버스 알렉산더라는 세일즈맨과 만나 사랑에 빠졌다. 트레버스 역시 외모적인 면에서 강력한 매력을 뽐냈다. 건장한 근육질 몸매에 화끈한 쇼맨십을 겸비해 여자들에게 인기가 많았다. 두 사람은 1년 반 동안 서로 사랑하며 행복하게 살았다.

조디는 남자친구인 트레버스를 따라 애리조나로 이사 와서 둘은 함께 지냈다. 남자친구의 권유로 모르몬교(미국 중서부 중심으로 퍼진 개신교 일파, 유타주 솔트레이크에 본부가 있다)로 개종하기도 했다. 하지만 아무리 뜨거운 사랑도 언젠가는 식기 마련. 사소한 문제로 시작된 싸움은 서로의 자존심을 건드리면서 갈등을 키웠고, 이런저런 다툼이 잦아지다가 결국 둘은 이별하게 됐다. 그 후 트레버스는 새로운 사람을 만나 새로운 사랑을 시작했다. 그렇게 두 사람의 만남과 이별은 자연스레 흘러가는 듯했다.

2008년 6월 9일, 트레버스가 닷새째 회사를 무단결근하자 친한 동료가 트레버스의 집에 찾아갔다. 한참 벨을 눌러도 응답이 없자 동료는 현관문을 열었다. 문은 잠겨 있지 않았다. 집 안으로 들어선 트레버스의 동료는, 그 안에서 끔찍한 범죄 현장을 목격하게 된다. 집 안에선 피비린내가 진동했다. 트레버스는 욕실 샤워부스에서 쓰러져 죽어 있는 채로 발견됐고, 그의 등에는 칼로 여러 번 찔린 듯한 상흔이 남아 있었다. 애리조나주 경찰은 곧바로 트레버스의 집으로 출동했다.

"손에 방어흔이 있군요. 범인은 피해자와 아는 사이일 확률이 높습니다.

범인은 샤워부스에 있던 피해자를 뒤에서 찔렀고, 피해자가 저항했지만 이미 늦었군요. 세상에……. 스무 번도 넘게 찔렀어요. 게다가 마지막에는 칼로 목을 긋고 얼굴에 총을 쏘기까지 했어요. 이건 증오 범죄가 확실합니다. 범인은 피해자에게 상당한 원한을 가진 사람일 거예요."

감식반이 설명하는 동안, 담당 형사는 발견자인 회사 동료에게 물었다.

"혹시 의심되는 사람이 있습니까?"

"있어요. 있고말고요. 트레버스의 전여친! 조디 아리아스가 아마도 범인일 거예요!"

동료는 확신에 찬 어조로 말했다.

"그렇게 확신하는 이유라도 있나요?"

"트레버스가 그랬어요. 그 여자, 완전히 사이코라고. 헤어진 뒤에도 계속 연락하고 협박하고, 그게 갈수록 심해졌다고요. 심지어 한밤중이나 새벽에도 전화가 왔다고 했어요. 트레버스가 전화를 받지 않자 집 앞에 찾아와 차 타이어를 펑크 내고, 페이스북을 해킹하고, 심지어 회사에까지 찾아와 난동을 부리기도 했어요."

"그 여자가 어디 있을지 혹시 짐작이 가십니까?"

"아마 캘리포니아에 있을 겁니다. 원래 거기 출신이거든요. 트레버스와 헤어진 뒤 고향으로 돌아가 할아버지 집에서 같이 지낸다고 들었어요."

애리조나주 경찰은 캘리포니아주 경찰의 협조를 받아 조디 아리아스를 즉시 체포했다. 조디는 체포된 뒤 경찰의 조사를 받는 내내 혐의를 강하게 부인했다.

"내가요? 내가 내 남자친구였던 트레버스를 죽였다고요? 그것도 스무 번도 넘게 칼로 찌른 것으로 모자라 심지어 목을 긋고 총으로?"

범죄 용의자인 조디는 모니터를 뚫을 듯한 매력적인 얼굴로 알 수 없는 묘한 미소까지 지으며 절대 살인자가 아니라고 말했다. 미디어와 언론이 이런 화젯거리를 놓칠 리 없었다. 이 사건은 방송을 타면서 미국 전역에서 큰 관심을 불러일으켰다. 그녀가 경찰서에서 심문받는 과정이 전부 녹화된 CCTV 영상이 언론에 유출되어 대중에게 공개되면서 그녀에게 쏠리는 눈길은 더욱 뜨거워졌다.

"조디, 트레버스의 친구나 가족들까지 모두 당신을 범인으로 지목하고 있어요. 그만 자백하지 그래요?"

"말도 안 돼요. 저는 6월 4일 애리조나주 근처에도 간 적이 없어요."

조디는 범행을 강하게 부인했다. 그런데 CCTV 영상에 잡힌 그녀의 행동은 아무리 봐도 이상했다. 담당 형사가 자리를 비우자 우두커니 앉아 있다가 갑자기 물구나무를 서고, 큰소리로 노래를 부르고, 실실 웃다가 이런 말을 내뱉기도 했다.

"아 참, 화장이라도 하고 올 걸 그랬나……."

그녀는 자신이 이 사건과 아무런 관계도 없는 것처럼 천진난만하게 굴었다. 용의자라는 생각이 전혀 들지 않을 정도였다. 정말로 결백해서 이렇게 여유로운 걸까. CCTV를 본 형사들도 어이가 없기는 마찬가지였다.

"트레버스가 죽었을 때 당신이 그 집에 있었다는 증거가 있습니다."

"전 그 집에 간 적도 없다니까요!"

"트레버스의 얼굴에 쏜 총. 그 총과 같은 종류의 총을 당신 조부모 집에서 도난당했더군요. 당신 할아버지가 경찰에 신고한 기록이 이렇게 남아

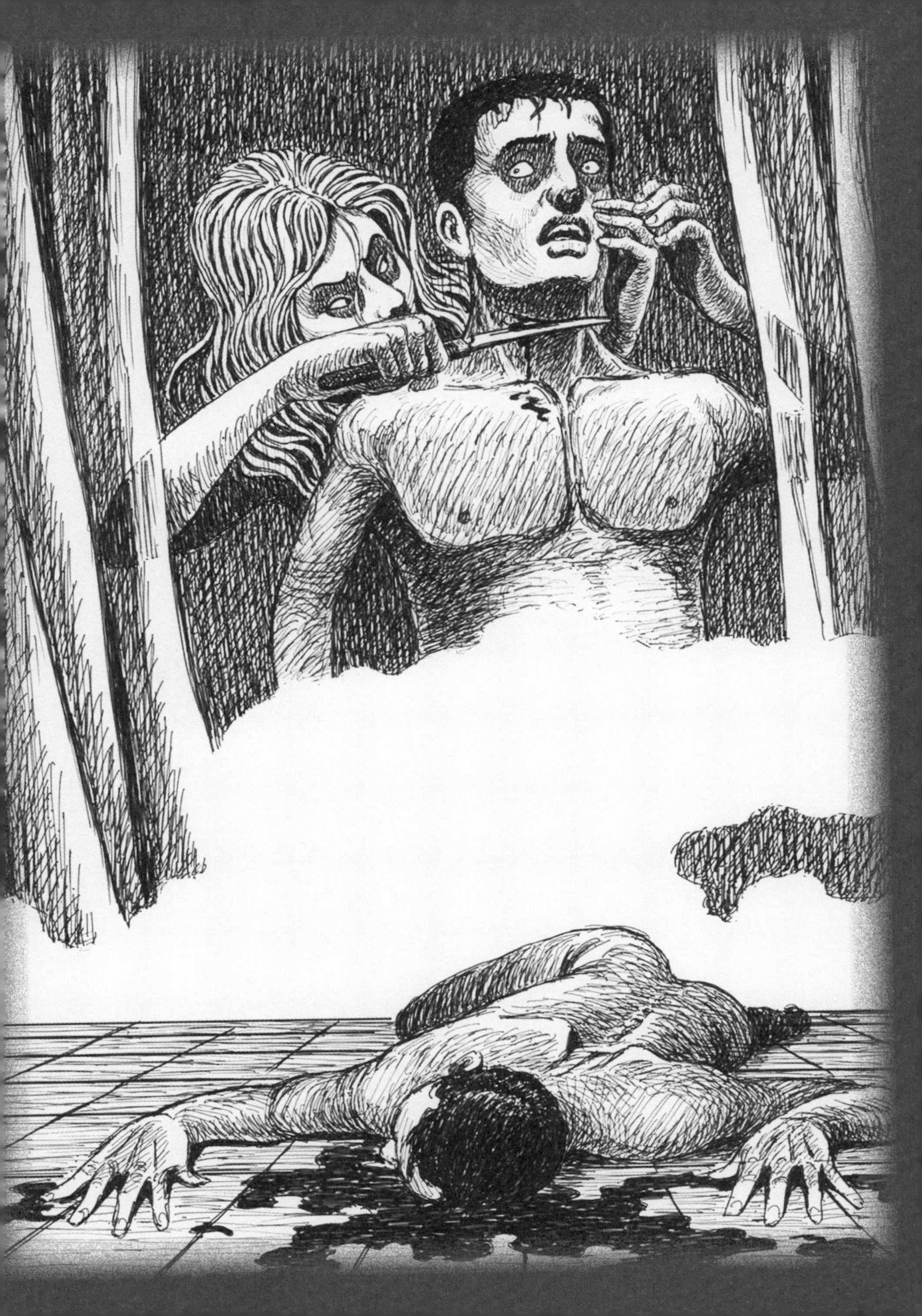

있어요!"

"우리 할아버지 집에 총이 있었어요? 난 총이라면 질색이에요. 만져본 적도 없어요."

"집에 도둑이 든 것도 몰랐단 말입니까? 조부모랑 한집에 같이 살면서?"

자신에게 불리한 증거가 나오기 시작하자, 조디는 갑자기 슬픔에 가득 찬 표정을 지으며 울먹였다.

"저는 그 사람, 트레버스를 진심으로 사랑했어요. 제가 그 사람에게 집착했다고요? 그를 사랑했을 뿐이에요. 트레버스와 1분 1초도 떨어져 있고 싶지 않았어요. 형사님은 이런 심정 모를 거예요. 불같은 사랑. 그래요. 제 사랑은 그런 뜨거운 사랑이었어요. 그렇게 사랑하던 사람을 제가 죽였다니, 그게 말이 된다고 생각하나요?"

유명 배우 뺨치는 조디의 연기에 형사는 기가 막혔다.

이후의 경찰 조사에서도 조디는 늘 그런 식이었다. 자신에게 불리한 증거가 나오면 계속해서 진술을 번복하고, 끊임없이 거짓말로 둘러댔다. 그러면서도 그녀에게 쇄도하는 언론과 TV 인터뷰 요청에는 일일이 다 응하면서 여론전에 나섰다. 어찌 보면 지독한 '관종' 같기도 했다.

그녀가 체포된 지 얼마 지나지 않아 트레버스의 디지털 카메라를 포렌식한 끝에 삭제된 사진들이 복원됐다. 그런데 놀랍게도 거기에는 6월 4일 오후 1시 40분쯤 트레버스와 조디 두 사람이 같이 찍은 사진이 있었다. 그것도 둘 다 벌거벗은 누드 사진이었다. 그뿐만이 아니다. 5시 22분에는 트레버스가 샤워하는 모습이 찍힌 사진 여러 장, 5시 29분에는 트레버스가 카메라를 정면으로 바라보고 있는 사진 한 장, 5시 30분 30초에는 트레버스가 샤워부스 안에 주저앉아 있는 사진 한 장, 결정적으로 5시 31분에는 트레버스의 등에서 피가 흘러나오는 것까지 선명하게 찍혀 있었다. 디지털 카메라에서 나온 지문은 트레버스와 조디의 것뿐이었다. 그 사진을 찍은 사람은 조디밖에 없다는 증거였다. 경찰은 즉시 조디를 다시 심문했다.

"당신, 그 자리에 있었죠? 그날 당신이 찍은 사진들이 트레버스의 디지털 카메라에 남아 있더군요. 당신은 삭제했다고 생각했지만, 우리가 포렌식으로 사진을 복원했어요. 이제 그만 자백하시지요."

"맞아요. 트레버스가 죽을 때 저는 그 집에 있었어요. 하지만 트레버스를 죽인 건 제가 아니에요!"

"그게 무슨 말이죠? 그럼 누가 트레버스를 죽였죠?"

"사실, 저는 그날 트레버스와 화해하고 다시 사귀기로 했어요. 우리는 서로 화해하고, 사랑을 나누고, 다정하게 사진도 찍었지요. 그런데 그날 오후, 갑자기 백인 남녀 한 쌍이 집으로 쳐들어왔어요. 그 사람들이 욕실로 가서 트레버스를 칼로 찌르고, 총으로 쏘고, 저까지 공격했어요."

"그 사람들이 누구였고, 왜 그랬습니까? 그리고 왜 당신은 살려줬나요?"

"전 아무것도 몰라요! 둘 다 복면을 쓰고 있어서 얼굴을 전혀 볼 수 없었어요. 눈과 입을 보니 백인이라는 것 정도만 알 수 있었어요."

"한 명이 여자인 건 어떻게 알았죠?"

"키가 작고 몸매가 가늘었어요. 그리고 그 사람이 저를 붙잡길래 제가 확 밀었는데, 몸에 닿는 느낌에 여자라는 확신이 들었어요."

"그러니까 트레버스가 죽을 때 같이 있기는 했는데, 당신이 트레버스를 죽인 건 아니다, 이 말인가요?"

"네, 맞아요. 제발 믿어주세요."

"그럼 왜 바로 신고하지 않았죠? 그렇게 사랑했다는 남자가 살해당했는데, 게다가 그날 서로 화해했다면서 그런 일이 있었으면 바로 경찰에 신고해야 하는 거 아닌가요?"

경찰의 질문에 조디는 묵묵부답이었다. 이후 이어진 심문에서도 조디는 왜 신고를 하지 않았느냐는 질문에 시종일관 침묵으로 일관했다. 하지만 경찰은 그녀의 주장이 터무니없다는 걸 알고 있었다. 트레버스의 집에서 나온 지문과 DNA 정보는 모두 트레버스 아니면 조디의 것이었다. 그 시각, 트레버스의 집에 있던 사람은 두 사람뿐이라는 명백한 증거다.

더욱 가관이었던 것은, 조디가 경찰의 심문과 수사에는 묵비권으로 일관하면서도 언론과 TV 인터뷰에서는 아무 거리낌 없이 말하고, 울고, 웃고 있었다는 점이다. 그녀는 트레버스와 자신 사이에 있었던 일을 아름답고 비극적인 사랑 이야기로 포장하며 대중을 현혹했다. 마치 예능 프로그램에 출연한 게스트처럼 울고 웃고, 대단한 연기력이었다. 그리고 인터뷰 마지막에는 늘 자신의 무죄를 주장했다.

그러다 한 언론과의 인터뷰에서 이런 황당한 모습을 보였다. 조디는 카메라가 꺼진 줄 알고 실실 웃으며 사건과 아무 관련 없는 이야기를 늘어놓다가 메이크업을 다시 정리하고 머리를 매만졌다.

"어머, 아직 카메라 켜시면 안 돼요. 아직 준비가 덜 됐단 말이에요."

그녀는 환하게 웃으며 말했다. 이 모습이 SNS에 널리 퍼지면서 조디에 대한 대중의 신뢰는 급격히 떨어졌다.

경찰의 수사 결과 밝혀진 조디의 범행 행적은 다음과 같다.

- **4월경,** 남자친구 트레버스와 다투고 결별했다. 당시 트레버스는 6월 말 멕시코로 출장 갈 예정이었는데, 출장지 호텔에 동반자로 예약돼 있던 '조디 아리아스'라는 이름을 새롭게 사귄 다른 여성의 이름으로 바꾸었다. 조디는 트레버스와 헤어진 뒤 캘리포니아로 돌아가 조부모의 집에서 함께 살았다.
- **5월 말,** 조디 조부모의 집에 도둑이 들었다. 그때 범행에 사용된 캘리버 자동 권총이 도난당했다.
- **6월 2일,** 조디와 트레버스 사이에 아주 많은 전화 통화가 오간 기록이 남아 있다. 트레버스가 받지 않은 기록도, 조디가 받지 않은 기록도 있다. 단 17초에 불과한 통화도 있었지만, 40분이나 길게 이어진 기록도 남아 있다.
- **6월 3일,** 조디는 렌트카를 타고 유타주에 출장을 갔다. 거기서 예정되어 있던 미팅에 참석하고 동료를 만났다.
- **6월 4일,** 조디는 유타주에서 애리조나주까지 렌트카를 몰고 트레버스의 집으로 갔다. 그리고 미리 준비해 간 총과 칼로 범행을 저질렀다.
- **6월 5일,** 조디는 다시 렌트카를 타고 유타주로 돌아가 출장 중인 척했다. 그사이 그녀는 금발 머리를 어두운 갈색 머리로 염색했다. 출장지에서 머리색을 바꾸는 일은 드물기 때문에 함께 출장 갔던 동료가 정확히 기억하고 있다.
- **6월 6일,** 조디는 렌트카로 캘리포니아주에 돌아오는 길에 수차례

트레버스의 핸드폰에 전화를 걸고 음성 메시지를 남겼다. 마치 그가 죽은 것을 모르고 있다는 알리바이를 만들기 위한 것처럼.

- **6월 7일,** 조디가 렌트카를 반납했는데, 운전석 바닥 시트가 보이지 않았다. 그리고 조수석에는 피에 물든 것처럼 빨간 흔적이 있었다. 하지만 렌트카는 바로 클리닝 작업을 해서 증거가 남지 않았다.
- 결정적인 단서는 트레버스의 디지털 카메라에서 나왔다. 트레버스의 디지털 카메라는 이상하게도 세탁기 속에서 발견됐는데, 경찰이 훼손된 SD 카드를 포렌식 작업을 통해 복원하자 거기에서 결정적인 사진 증거가 나왔다. 경찰이 수집한 모든 증거에도 불구하고 조디는 끝까지 묵비권을 행사하며 범행 사실을 부인했다.

재판이 진행될수록 그녀에게 불리해지자, 조디는 결국 2년 만에 자신이 트레버스를 죽였다고 자백했다. 그런데 놀랍게도 그녀는 정당방위를 주장하며 자신이 무죄라고 외쳤다. 트레버스가 사실은 변태적인 성도착자이며, 데이트 기간 내내 그녀에게 폭력을 행사했고, 심지어 총으로 위협했으며, 툭하면 인신공격이나 음담패설을 일삼았고, 자신이 보는 앞에서 미성년자 음란 동영상을 시청하며 매춘을 하고 싶다고 말하기도 했다고 주장한 것이다.

"그날도 트레버스가 저를 때리고 번쩍 들어서 바닥에 내동댕이쳤어요. 저는 옷장으로 도망쳤는데, 거기에 총이 있었어요. 그래서 그만 그를 쏴버렸어요. 그리고 정신없이 도망쳤어요. 총은 사막에 버렸어요."

조디의 말을 믿는 사람은 거의 없었다. 그러나 조디의 변호인은 그녀가 사건이 일어난 뒤 외상 후 스트레스 장애와 해리성 기억상실증에 걸렸다고 호소하며, 그 때문에 사건 당일의 일을 정확히 기억하지 못한다고 주장하며 심신미약 진단을 요청했다. 하지만 검찰 측이 제시한 증거를 보면, 조디의 말이 모두 거짓임을 알 수 있다.

"피고의 말은 모두 거짓입니다. 피해자를 쏜 총은 피고의 조부모 집에서 도난당한 것과 같은 종류이며, 트레버스는 총기를 구매한 경력이 한 번도 없습니다. 거기다 피해자 지인들의 증언을 청취한 결과, 피해자는 데이트 폭력을 저지른 적이 없으며, 변태적 취향을 지니고 있지도 않았습니다. 그리고 트레버스는 욕실에서 칼에 찔려 죽었습니다. 옷장이 아니고요. 얼굴에 쏜 총은 확인 사살을 위한 것이었습니다. 사인은 총상이 아니라 칼로 인한 과다출혈입니다."

조디는 법정에서 죽은 트레버스를 모욕하며 그를 두 번 죽인 셈이 됐다. 그녀의 계속된 거짓말은 재판이 시작된 후 5년이나 계속됐다. 결국 2013년 5월 8일, 항소심 판사의 마지막 선고가 내려졌다.

"피고인 조디 아리아스는 헤어진 전 남자친구에 대한 분노와 그에게 새로운 여자 친구가 생겼다는 사실에 대한 질투에 사로잡혀 범죄를 저질렀습니다. 이는 철저한 계획범죄로 트레버스를 잔인하게 살해했음이 인정됩니다. 따라서 피고인의 행동은 명백한 1급 살인입니다. 피고에게 가석방 없는 종신형을 선고합니다."

트레버스의 유족들이 오랫동안 기다려왔던 판결이었다. 판결 이후 법정 밖에 서 있던 많은 사람들이 환호했다. 그 환호 소리가 인지부조화 소시오패스 거짓말쟁이 조디의 귀에까지 생생히 들릴 정도였다. ★

6. 쌍둥이 자매의 살벌한 거짓말

미국 재스와 태스 사건

일란성 쌍둥이를 영어로 '아이덴티컬 트윈(IDENTICAL TWINS)'이라고 한다.

여기서 '아이덴티컬(IDENTICAL)'은 완벽하게 일치한다는 뜻이다. 유전학적으로 볼 때, 일란성 쌍둥이는 유전자 정보가 100퍼센트 동일한 존재다. 유전자 공학으로 만들어진 클론(복제인간)과 마찬가지로, 일란성 쌍둥이는 생물학적으로 완벽하게 같은 존재라고 할 수 있다. 그러니까 일란성 쌍둥이들은 이 세상에 자기 자신과 똑같은 존재가 한 명 더 있는 셈이다. 따라서 전혀 다른 환경에서 서로의 존재를 모른 채 살아가더라도 비슷한 연령대에 비슷한 질병을 앓고, 거의 같은 시기에 죽음을 맞이한다. 이렇게 육체적인 동질감을 지녔을 뿐만 아니라 정서적, 감성적인 연대감도 아주 깊다. 자기 자신과 똑같은 존재와 평생을 같이 살아가는 것이니, 쌍둥이들 사이의 연대감은 어떤 연인이나 친구, 심지어 부모자식간보다도 더 끈끈하고 깊을 수밖에 없을 것이다.

2010년 1월 13일, 미국의 쌍둥이 자매 재스와 태스는 쉴 새 없이 수다를 떨며 집으로 돌아오고 있었다. 수다의 주제는 오늘 새로 전학 온 남학생.

"야, 걔 나름 귀엽지 않니? 한번 대시해볼까?"

"무슨. 태스 넌 어림도 없어. 내가 먼저 작업 걸어볼 거야."

"야, 재스. 너랑 나랑 똑같이 생겼는데 내가 안 되면 너는 될 것 같아?"

"듣고 보니 그렇네?"

둘은 이렇게 깔깔대며 웃다가 집 앞에 도착했다. 현관문을 열고 들어선 순간, 두 자매 앞에는 평생 잊지 못할 끔찍한 참극이 기다리고 있었다. 집 안은 평소와 달리 심하게 어질러져 있었다. 그리고 거실 바닥 카펫에는 군데군데 핏자국이 엉겨 있었다. 특히 주방 싱크대와 벽면은 온통 피가 튄 자국투성이였다. 자매는 겁에 질려 엄마부터 찾았다.

"엄마?"

"엄마, 어디 계세요?"

자매는 엄마를 불러봤지만, 아무런 대답이 없었다. 순간, 재스는 태스의 입술에 손가락을 올리고는 조용히 하라는 신호를 보냈다. '아직 누가 집에 남아 있을지도 몰라…….' 둘은 입을 다물고, 손을 꼭 잡은 채 집 안을 천천히 살펴보기 시작했다. 핏자국은 안방으로 이어졌다. 안방에 들어가보니, 안방 욕실 문이 반쯤 열려 있었다. 자매는 조심스레 다가가 살며시 그 문을 밀어보았다. 그런데! 엄마의 시체가 피를 뒤집어쓴 채 욕조에 담겨 있었다! 두 소녀는 그 자리에 주저앉아 비명을 지르고 말았다.

경찰이 도착했을 때도 쌍둥이 자매는 충격에서 벗어나지 못하고 있었다.

담당 경찰은 몸을 덜덜 떨고 있는 자매를 담요로 감싸 경찰서로 데려갔다.

"얘들아, 충격을 많이 받아 힘들겠지만, 어떻게 된 일인지 얘기해줄래? 그래야 우리가 하루빨리 범인을 잡을 수 있단다."

하지만 자매는 펑펑 울기만 할 뿐, 아무런 대답도 하지 못했다. 경찰은 피해자의 주변을 조사하며 자매가 진정되길 기다리기로 했다. 둘 다 매우 놀란 상태였지만, 경찰서에서는 진술을 받을 수밖에 없었기 때문이다.

"피해자 이름은?"

담당 형사인 켄이 물었다.

"니키 화이트헤드입니다. 나이는 35세입니다."

"그래? 나이에 비해 딸들이 너무 큰데? 친모 맞아?"

"네, 스무 살 어린 나이에 쌍둥이를 낳았다고 합니다."

"그렇군. 정확한 사인이 뭐야?"

"주방에 있던 식칼에 찔린 자상으로 인한 과다출혈로 사망했습니다."

감식반원이 대답했다.

"그런데 켄 형사님, 수법이 아주 잔혹해요. 무려 80번 넘게 식칼로 찔렀습니다."

칼자국은 주로 피해자의 배와 가슴 주변에 나 있었고, 머리와 팔에도 여러 곳에 상처가 있었다. 핏자국을 보니 피해자는 거실에서 처음 공격을 당한 뒤, 피를 흘리며 안방 욕조로 끌려간 흔적이 선명했다.

"원한 관계에 의한 살인이로군."

"네, 집 안에 도난품은 없습니다. 강도 살인은 아니에요."

"그럼 면식범일 확률이 큰 사건이네. 아이들 아빠는?"

"두 사람은 오래전에 이혼했습니다. 양육권은 엄마한테 있고요."

"그럼 양육권이나 생활비 지급 문제로 다툼이 있었을 수도 있겠군."

"그런데 전남편의 알리바이가 확실합니다. 지금 캐나다에 있고, 어제 계속 캐나다에 있었다는 것을 증명해줄 증인들도 많습니다."

"그럼 아이들 아빠는 아니고……."

"한 사람 더 의심 가는 사람이 있습니다. 피해자가 현재 사귀고 있는 남자친구입니다. 살고 있는 집도 니키 화이트헤드의 명의가 아니라 그 남자친구의 이름으로 돼 있습니다."

"그래? 그 남자 이름은?"

"로버트입니다. 직업은 트럭 운전사이고, 피해자와는 나이 차이가 꽤 나요. 거의 아버지뻘이에요. 30살이나 많다고 합니다. 게다가 이웃들의 증언에 의하면 최근 들어 두 사람이 자주 언쟁을 벌였다고 합니다."

"그렇군. 그럼 그 로버트라는 남자부터 조사해봐!"

하지만 니키의 남자친구 로버트 역시 확실한 알리바이와 증인들이 있어 수사는 며칠 만에 막다른 골목에 부딪혔다. 담당 형사는 쌍둥이 자매를 다시 불러 정황 조사를 할 수밖에 없었다.

"얘들아, 아직 힘들겠지만 협조를 부탁한다. 이게 다 너희 엄마를 죽인 범인을 잡기 위해서야. 알겠지?"

"네."

"사건 당일, 아침에 학교 갈 때 별다른 일 없었니?"

"네, 엄마는 아침에 늘 늦잠을 자기 때문에 우리끼리 아침을 챙겨 먹고 학교에 가요. 그날 아침도 저랑 태스 둘이서 간단하게 시리얼을 먹고 집에서 나왔어요."

"그래, 그럼 너희들 생각에는 누가 엄마를 죽인 것 같니?"

"로버트예요. 그 사람이 틀림없어요."

언니인 재스가 큰 소리로 말했다. 동생 태스는 언니의 눈치를 보며 고개를 끄덕였다.

"왜 그렇게 생각하지? 왜 새아빠가 엄마를 죽였다고 생각해?"

"새아빠? 그런 거 아니에요. 로버트하고 엄마는 혼인신고도 하지 않았어요. 엄마는 우리를 낳고 얼마 안 돼서 우릴 증조 외할머니한테 떠맡겨놓고 도망가버렸어요. 우리를 진짜로 키워준 사람은 증조할머니세요. 할머니만 돌아가시지 않았어도……. 몇 년 전에 우리가 어쩔 수 없이 엄마랑 같이 지내려고 여기 왔을 때, 로버트는 화를 많이 냈어요. 지금도 우리랑 같이 사는 걸 무지 싫어하는걸요."

사실이었다. 피해자인 니키 화이트헤드는 철없던 스무 살 때 쌍둥이를 출산하고는 얼마 지나지 않아 애들 아빠와 이혼했다. 그러고는 쌍둥이 자매를 자신의 외할머니, 즉 아이들의 증조할머니에게 맡겨두곤 새 삶을 찾아 떠나버렸다. 아이들은 열두 살 될 때까지 증조할머니의 보살핌 아래 커왔다. 그러다가 4년 전 할머니가 돌아가시자 니키는 어쩔 수 없이 아이들을 직접 보살피기로 했던 것이다.

"그랬구나. 이웃들 얘기로는 너희 엄마랑 로버트가 최근에 자주 싸웠다던데?"

"네, 맞아요. 엄마한테 새 남자친구가 생겼거든요. 로버트가 둘이 몰래 전화 통화하는 걸 우연히 들었어요. 그 인간, 나이는 많으면서 질투는 또 얼마나 심한지, 매일같이 엄마에게 시비를 걸며 못살게 굴었어요."

로버트와 엄마에 대해 얘기하는 재스의 눈빛에는 증오와 원망의 기운이 뚜렷했다. 재스는 자신의 얘기를 확인받으려는 듯 동생 태스의 옆구리를 찔러가며 재촉했다.

"그렇지, 태스?"

"네, 맞아요. 난리도 아니었어요."

그제야 태스는 겁에 질린 눈을 굴리며 간신히 대답했다.

담당 형사 켄은 이러한 쌍둥이의 태도에 어딘가 수상한 점을 느꼈다. 그런 켄의 눈에 태스의 팔에 선명히 남아 있는 잇자국이 들어왔다.

"그런데 태스, 네가 태스 맞지? 그 팔에 잇자국은 어쩌다 난 거니?"

"아, 이건…… 이건……."

그때 갑자기 재스가 말꼬리를 잡아채며 서둘러 말했다.

"태스가 자기 혼자 그런 거예요. 얘는 어렸을 때부터 불안하고 무서우면 자기 팔을 세게 깨무는 버릇이 있어요. 그렇지, 태스?"

"아, 네네. 맞아요. 제가 그런 거예요. 엄마가 죽고 나서 너무 무섭고 불안해서 견딜 수 없었어요."

"음…… 그렇구나. 알았다."

그 순간, 노련한 형사 켄에게 어떤 느낌이 들었다. 아주 불쾌하고도 반인륜적인 생각이었다. 하지만 오랫동안 살인범들을 수사해온 켄은 자신의 직감을 어느 정도 신뢰하는 편이었다. 쌍둥이 자매가 뭔가 숨기고 있다는 직감이 들었다. 엄마 니키의 죽음에 직접적으로든 간접적으로든 이 쌍둥이들이 관련돼 있을 거라는 확신이 들었다.

"그래, 잠깐 쉬었다가 다시 얘기하자. 뭐 마실 거라도 좀 줄까? 필요한 게 있으면 이야기하렴."

"그럼…… 우리 TV 봐도 돼요? 마침 <CSI> 방송할 시간이거든요. 우리 텔레비전으로 <CSI> 좀 보게 해주세요."

재스가 켄에게 대답했다. 순간, 켄은 목덜미에 소름이 돋을 만큼 서늘한 느낌이 들었다. <CSI>는 전 세계적으로 인기 있는 과학 수사 드라마다. 드라마 매화마다 잔인한 살인 장면이 끊이지 않는다. 며칠 전에 엄마가 잔혹하게 살해당한 아이들이 살인 이야기가 넘쳐나는 드라마를 보고 싶어 하다니. 이건 뭔가 많이 이상하다고 켄은 생각했다.

그 시각, 살인 현장에서는 치밀한 현장 감식이 계속되고 있었다. 집 안 구석구석 이 잡듯 뒤지던 감식반은 마침내 새로운 증거를 발견했다. 쌍둥이 자매의 방에서 피 묻은 가죽 부츠가 발견된 것이다. 부츠 안을 살펴보니, 피범벅된 휴지 뭉치가 들어 있었다.

"이 피 묻은 부츠는…… 그런데 왜 이게 신발장이 아니고 애들 방에 있는 거죠?"

감식반은 부츠 안에 들어 있던 휴지 뭉치를 풀어보았다. 머리카락이 한 움큼 들어 있었다. 그것도 특정 부위에서 한꺼번에 뜯긴 형태였다.

"혹시 그 쌍둥이들이……?"

감식반의 연락을 받은 형사 켄은 쌍둥이를 더욱 의심할 수밖에 없었다. 켄은 재스와 태스를 분리해서 심문하기로 했다. 재스가 먼저 진술을 주도하고 태스는 고개를 끄덕이며 수긍하기만 하는 모습이 상당히 의심스러웠기 때문이다.

"혹시 우리한테 이야기하지 않은 뭔가가 있니? 그렇다면 지금 말하는 게 좋아. 재스랑 너랑 말하는 게 다를 수도 있어서 그래."

태스는 계속 울면서 대답했다.

"없어요. 지금까지 말씀드린 게 다예요. 혹시 지금 우리가 범인이라고 생각하시는 거예요?"

"모든 가능성을 다 생각해야 하고 모든 사람을 다 의심해야 하는 게 우리 직업이야. 우리가 최선을 다해야 하루빨리 너희 엄마를 죽인 범인을 잡을 수 있지 않겠니?"

"하늘에 맹세코 전 아니에요."

쌍둥이에 대한 조사는 아무런 성과 없이 끝났다. 이후 4개월 동안 수사는 난항을 겪었다. 그러다가 결정적인 CCTV 화면이 입수되면서 수사가 진전되기 시작했다. 쌍둥이 자매는 사건 당일 아침 7시 30분에 집에서 나왔고 스쿨버스를 놓쳐서 학교까지 걸어갔다고 말했다. 꽤 먼 거리였지만 평소에도 가끔 그랬기 때문에 별문제가 되지 않았다. 문제는 근처 주유소 CCTV에 잡힌 자매의 모습이었다. 쌍둥이는 히치하이크로 차를 얻어 타고 학교에 갔던 것이다.

"이 녀석들, 왜 거짓말을 했지? 이러면 쌍둥이들의 알리바이가 성립 안 되는데?"

경찰은 학교에 설치된 모든 CCTV 화면을 입수해 사건 당일 쌍둥이의 동선을 분석했다. 자매가 학교 정문으로 등교한 시각은 10시 30분경이었다. 그런데 자매는 자신들이 그날 9시 30분에 등교했다고 진술했다. 한 시간 차이가 있었다. 하지만 실제 등교 시간과 진술 시간에 차이가 있다고 해서 그게 증거가 될 수는 없다. 쌍둥이가 착각한 것이라고 말하면 그만이다. 좀 더 결정적인 증거가 필요했다. 얼마 후, 결정적인 증거가 발견됐다.

켄은 쌍둥이들을 체포해 수갑을 채워 경찰서로 끌고 왔다.

"무슨 말씀이세요? 우리가 엄마를 죽였다고요?"

쌍둥이는 당연히 범행을 부인했다.

"그래, 너희 엄마 이 사이에 머리카락이 한 올 끼어 있더구나. DNA 검사를 해보니 너희 DNA와 일치해. 너희는 쌍둥이라 DNA가 동일하니까 정확히 누구 건지는 알 수 없지만. 그리고 이 한 움큼 뜯긴 머리카락, 이게 왜 휴지통도 아니고 너희 방에서 발견된 피 묻은 부츠 안에 들어 있는 거지?"

"그게 우리가 엄마를 죽였단 증거가 되나요?"

재스가 큰 소리로 반문했다.

"자, 이 사진을 봐라."

켄은 사진 한 장을 쌍둥이 앞에 내밀었다. 태스의 팔에 있던, 이에 물린 자국이 선명히 찍힌 사진이었다.

"태스, 넌 이게 불안 때문에 너 스스로 깨물어서 생긴 상처라고 했지? 그런데 여기 잇자국이 너희 엄마 치과 진료에 남아 있는 이 모양과 정확히 일치해! 자, 이래도 계속 거짓말할래?"

켄의 목소리가 점점 높아졌다. 결국 태스가 울음을 터뜨리며 고백했다.

"죽일 생각은 없었어요. 우리도 엄마를 정말로 죽일 생각은 없었다고요……."

사건 당일, 자매는 새벽 3시까지 수다를 떨다가 늦게 잠이 들었다. 다음 날 아침이 되자, 엄마 니키가 학교에 갈 시간이라고 소리쳐 깨웠지만, 아이

들은 쉽사리 일어나지 못했다. 그러다가 결국 지각할 게 확실한 시간에 일어났고, 엄마는 두 자매를 심하게 야단쳤다.

"내가 일어나라고 몇 번 말했니? 왜 한 번 말하면 듣질 않아?"

니키는 자매에게 냄비를 확 내던졌다.

"왜 우리한테 냄비를 던져? 우리가 개새끼야?"

"개새끼도 그 정도로 말했으면 알아듣겠다!"

"그럼, 우리가 개만도 못하다는 거야?"

아이들은 지지 않고 엄마한테 소리를 질렀다. 앞서 밝혀진 대로, 쌍둥이 자매는 열두 살이 될 때까지 증조할머니 집에서 자랐다. 그러다가 사춘기에 들어서고 나서야 자기들을 버린 엄마와 함께 살게 된 것이다. 자매와 함께 살게 된 뒤 잦은 말다툼 때문에 경찰에 신고가 들어간 적도 있을 정도였다. 자매는 어렸을 때는 버려놓고 이제 와서 잘해주는 척하는 엄마의 모습

이 다 가식처럼 보였다. 둘이 함께 엄마에게 반항하곤 했기 때문에, 니키는 점점 아이들을 통제하기 힘들어졌다.

그날도 화가 난 니키가 냄비를 들고 아이들을 때리려 했다. 재스가 그녀의 손에서 냄비를 빼앗자, 니키는 주방에서 식칼을 들고 왔다.

"매일 이렇게 사는 것도 지겹다. 차라리 너희 죽고 나 죽자!"

쌍둥이와 엄마가 몸싸움을 하던 중, 재스가 거실에 있던 물병으로 엄마의 머리를 내리쳤다. 물병이 박살 나고 피가 튀었다. 한 번 피를 본 자매는 흥분하기 시작했다. 결국 쌍둥이는 넘지 말아야 할 선을 넘고 말았다. 한 명은 엄마를 뒤에서 잡고, 다른 한 명은 빼앗은 칼로 그녀를 찌르기 시작한 것이다. 80번 넘게 칼에 찔리는 동안, 니키는 격렬히 반항하면서 딸들의 팔을 물고 머리를 물어뜯었다. 마침내 니키가 과다출혈로 정신을 잃자 쌍둥이는 각각 머리와 양발을 들고 니키를 욕조 안으로 밀어 넣었다. 그때까지만 해도 니키는 숨이 붙어 있었지만, 쌍둥이들은 엄마를 방치하고 집에서 도망쳐 나와버렸다.

결국 재스와 태스는 존속살해 1급 범죄자로 재판을 받고, 각각 30년 형을 선고받았다. 수감되기 전 언론과의 마지막 인터뷰에서 쌍둥이는 이렇게 말했다.

"그날은…… 우리가 도대체 왜 그랬는지 모르겠어요. 하지만 우리는 엄마보다 우리 서로가 더 소중해요. 어릴 때 우릴 버리고 떠난 엄마 따윈 필요 없어요. 다른 사람들도 다 필요 없어요. 우리는 우리 둘이 같이 있는 것만으로 충분해요……." ★

7.

명예라는 이름의 정당한 살인

사미아 샤히드
사건

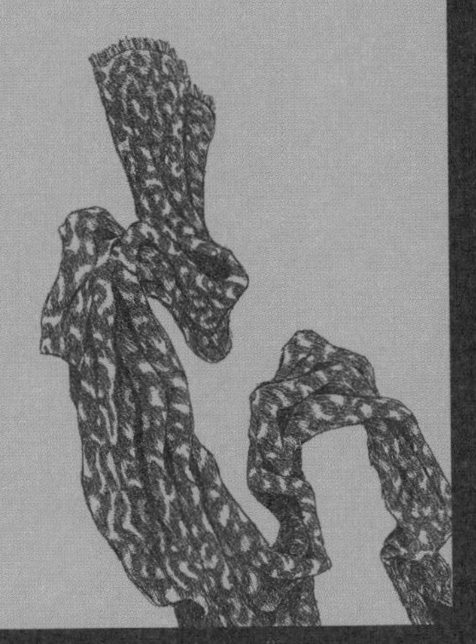

'명예살인(HONOR KILLING)'. 주로 가문이나 가족의 명예를 더럽힌 자를 같은 가족의 일원이 나서서 직접 살해하는 잔혹한 일을 가리키는 말이다.

이슬람권에서는 오래된 전통이지만, 현대 사회에서 이러한 명예살인은 명백한 범죄로 처벌받는다. 하지만 전근대적이고 가부장적인 무슬림 가정에서는 지금도 이런 명예살인 범죄가 일어나기도 한다. 그리고 희생자는 늘 힘없는 여성들이다. 특히 간통을 저지른 여성에 대한 명예살인이 가장 빈번하게 일어나는데, 간통의 범주에는 부모가 주선하는 사람이 아닌 다른 사람과 결혼하는 일도 포함된다. 인도, 파키스탄, 요르단, 이집트, 예멘 등 많은 이슬람권 국가에서는 여성의 자유연애가 사실상 허용되지 않고, 자신의 몸에 대한 성적 결정권도 없는 전근대적 상황이 계속되고 있다.

2016년 7월 13일. 두바이에 살고 있는 파키스탄 출신 카잠은 퇴근 후 사랑하는 아내를 보려는 행복한 기대감으로 집에 돌아왔다. 그런데 아내 사미아 샤히드가 심각한 얼굴로 누군가와 통화를 하고 있었다.

"여보, 무슨 일이야?"

어두운 얼굴의 아내에게 카잠이 물었다.

"파키스탄에 사는 사촌 언니인데, 아버지가 위독하시대."

그러자 카잠은 곧바로 정색하며 말했다.

"거짓말이야. 거짓말이 틀림없어. 우리가 결혼한 뒤로 지금까지 아무런 연락도 없던 당신 가족에게서 갑자기 연락이 왔다고? 당신을 파키스탄으로 불러들이려는 음모일 거야. 당신 아버지는 당신과 이미 의절했잖아!"

"하지만 카잠, 아버지도 이제 많이 늙으셨어. 게다가 지병인 당뇨병이 심해져서 병원에서 더 이상 손쓸 수 없다고 했대. 내가 고향에 가봐야 하지 않을까?"

"말도 안 돼. 당신, 거기 가면 다시는 못 와. 당신 가족들이 나한테 당신을 다시 보내줄 거 같아?"

아내가 친아버지의 임종을 지키고 싶다는데 극구 만류하는 카잠. 언뜻 보면 이해할 수 없는 행동이지만, 남편 카잠의 입장에서 보면 얘기가 다르다. 그가 보기에 아내 사미아의 가족은 몇 배는 더 이상한 사람들이었다.

사미아는 2년 전 카잠과 재혼했다. 사미아의 집안에서는 그 결혼을 격렬하게 반대했지만, 사미아는 가족과 의절하고 카잠과 결혼하는 길을 선택했다. 사미아는 어렸을 때부터 아버지가 가장 아끼던 큰딸이었다. 언제나 "내

공주님"이라고 부르며 자신에게 사랑만을 주던 아버지였기에 아버지와 의절했다는 사실은 사미아에게 큰 상실감을 주었다. 결혼, 가족과의 의절 후에도 사미아는 마음속으로 늘 아버지를 그리워하며 살아왔는데, 아버지가 위독하다니 꼭 가봐야겠다는 생각이 들었다. 아버지가 지금까지 자신을 미워할 리 없다는 생각도 들었다.

"카잠, 내겐 하나뿐인 아버지야. 아버지의 임종을 지키지 못한다면 나는 평생 후회하게 될 거야!"

"당신이 나랑 결혼할 때 당신 아버지가 했던 말 기억 안 나?"

카잠은 '장인어른'이라는 표현마저도 쓰지 않았다. 카잠은 그만큼 사미아의 가족들을 신뢰할 수 없었던 것이다. 그러나 아버지의 임종을 지키고 싶다는 아내 사미아의 의지는 너무 굳었다. 결국 카잠은 사미아를 파키스탄으로 보낼 수밖에 없었다. 공항에서 사미아를 배웅하면서, 카잠은 전화와 문자로 계속 연락하라고 말했다. 며칠간은 약속대로 사미아에게서 꾸준히 문자로 연락이 왔다.

여보, 파키스탄에 잘 도착했어요.
집에 가는 버스 안인데 길이 너무 막히네요.
집에 잘 도착했어요. 식구들이 모두 나를 크게 반겨줬어요.

카잠은 자신이 너무 예민하게 굴었나 하는 생각이 들었다. 사미아가 아무리 가족이 반대하는 결혼을 했더라도 가족은 가족이었던 걸까……. 하지만 이렇게 안심했던 마음은 며칠 지나지 않아 깨지고 말았다. 사미아가 파키스탄에 간 지 6일째 되던 날부터 연락이 끊긴 것이다.

카잠은 사랑하는 아내 사미아에 대한 걱정 때문에 잠도 제대로 잘 수 없었다. 아무리 전화를 걸고 문자를 남겨도 사미아에게서는 답장이 없었다. 다방면으로 알아본 끝에 카잠은 사미아를 파키스탄으로 불러들인 전화를 건 사람, 즉 그녀의 사촌 언니인 모빈의 연락처를 알아냈다. 그런데 모빈 역시 카잠이 아무리 전화를 해도 받지 않았다. 수십 번 시도한 끝에 결국 전화 통화가 연결된 모빈은 카잠에게 청천벽력 같은 소식을 전했다.

"사미아가…… 글쎄 심장발작으로 죽었지 뭐예요. 정말 갑자기 일어난 일이라 손쓸 수도 없었어요."

"아니, 뭐라고요? 그렇게 건강했던 사미아가 심장발작이라니! 지금 그 말을 나보고 믿으라는 겁니까? 당신들 대체 사미아에게 무슨 짓을 한 거예요?"

"무슨 짓이라니요? 듣기 거북하군요. 그리고 이건 우리 가족 내부의 문제예요. 당신이 신경 쓸 일이 아니라고요."

"아니, 이런 미친……! 난 사미아의 남편이에요. 아내가 죽었는데 나보고 신경 쓰지 말라니, 그게 말이 됩니까?"

"당신이 사미아의 남편이라고요? 흥, 당신은 사미아의 남편이 아니에요. 우리는 당신을 우리 가족의 일원으로 받아들인 적이 없어요!"

모빈은 그렇게 말하고는 전화를 끊어버렸다.

카잠은 하늘이 무너지는 듯한 절망감을 느꼈다. 결국 카잠은 두바이 경찰을 찾아가 실종 신고를 했다. 하지만 두바이 경찰이 파키스탄에서 일어난 일에 대해 수사를 할 수는 없었다. 카잠은 자신과 사비아가 영주권자로 등록돼 있는 영국 경찰에 이 사건을 의뢰했다. 사실 카잠과 사비아는 파키스탄 출신 영국인이었다. 단지 사비아 가족의 눈길과 탄압을 피하기 위해 직장을 두바이로 옮긴 것뿐이었다.

사미아 샤히드의 아버지는 파키스탄 판도리 마을 출신이다. 그는 가문과 마을의 번영을 위해 돈을 벌러 영국으로 이주했다. 그리고 아주 작은 사업체로 시작해서 천신만고 끝에 자동차 리스 사업으로 큰 부를 일궜다. 부자가 된 사미아의 아버지는 금의환향하여 고향 마을 판도리에 큰 저택을 짓고 그 지역의 막강한 토호가 됐다. 사미아의 아버지는 영국에서의 사업을 더욱 확장하고 공고히 하기 위해 형제들의 도움을 받으려고 했다. 그래서 젊고 힘 있는 사촌 모하메드 샤킬을 사위로 삼으려고 했다.

그런데 샤킬은 파키스탄에서 중범죄를 저지른 전과자였다. 땅 소유권 문제로 여러 사람에게 총을 겨누고 협박해서 체포된 뒤, 감옥에서 복역하고 얼마 전 출소한 터였다. 사미아의 아버지는 당시 스물네 살이었던 사미아를 샤킬에게 시집보내 두 집안 사이를 사돈 관계로 묶으려는 정략결혼을 추진했다. 영국에서 태어나고 자란 사미아는 영국 영주권자였다. 사미아와 결혼하면 전과자인 샤킬도 영국 비자를 받아 영국으로 이주할 수 있었다. 하지만 사미아는 아버지에게 단호하게 샤킬과 결혼하지 않겠다고 말했다.

"싫어요! 제가 왜 한 번도 본 적 없는 친척이랑 결혼해야 해요? 아빠, 저는 절대로 이 결혼을 하지 않을 거예요."

"사미아, 코란에도 나와 있다. 딸의 결혼은 아버지가 시키는 대로 해야 하는 것이 무슬림의 율법이야. 비록 네가 영국에서 나고 자랐지만 나는 너를 무슬림으로 키웠다. 그러니 얌전히 시키는 대로 해라."

하지만 사미아는 아버지를 비롯한 가족의 말을 듣지 않았다.

"아버지! 저는 절대 결혼할 수 없어요, 절대로."

"아니, 내가 너를 어떻게 키웠는데! 지금까지 사랑으로 키워줬으면 너도 이 아비와 가문을 위해 희생할 줄 알아야지."

아버지는 사미아를 파키스탄에 강제로 끌고 가다시피 해서 자신의 사촌인 샤킬과 결혼시키고 말았다. 결혼과 함께 사미아의 악몽은 시작됐다. 파키스탄에서 무슬림 문화에 충실하며 살아온 샤킬은 전근대적이고 가부장적인 남자였다. 손찌검을 하는 것은 예사이고, 부부관계도 사미아의 동의와는 상관없이 자신이 원할 때면 강간하다시피 강행했다. 지옥 같은 결혼생활을 견딜 수 없었던 사미아는 결국 영국으로 도망가고 말았다. 그리고 영국에서 샤리아 법원, 즉 이슬람 율법에 따라 판결을 내리는 법원에 이혼 청구 신청을 냈다. 사미아가 이혼 소송을 제기하자 샤킬은 길길이 날뛰며 화를 냈다.

"남편인 나에게서 도망친 것도 모자라 영국에서 이혼 소송을 제기해 나를 모욕했으니, 당신네 가족이 이 일을 책임지시오. 우리 무슬림에게 남자의 명예는 생명이나 다름없소. 감히 천한 여자 따위가 나를 모욕했으니, 크게 책임을 묻겠소!"

샤킬은 사미아의 아버지를 찾아가 이렇게 으름장을 놓았다.

한편, 영국으로 도망쳐 온 지 얼마 후인 2014년 9월, 사미아는 지인의 소개로 같은 파키스탄 출신인 카잠을 만나 사랑에 빠졌다. 하지만 무슬림 율법에 따라 둘의 사랑은 금지된 것이었으니, 같은 이슬람교라도 두 사람이 속한 종파가 달랐던 것이다. 수니파와 수이파의 피로 물든 학살이 대표적으로 알려져 있지만, 이슬람교는 수니파와 수이파 외에도 아주 많은 종파로 나뉘어 있으며 서로 다른 종파간의 혼인이 엄격히 금지되어 있다. 결국 사미아는 카잠과 결혼하기 위해 자기 가족의 종파를 버리고, 카잠의 종파로 개종까지 했다. 가족들과 완전히 연을 끊고 적으로 돌아선 것이다. 마침내 결혼한 두 사람은 영국을 떠나 두바이에서 신혼 생활을 시작했다. 그런데 신혼의 단꿈은 단 2년 만에 끝나버렸다. 파키스탄으로 간 사미아가 죽어버린 것이다.

카잠은 이 비극을 알리기 위해 영국 국회의사당 앞에서 일인시위를 감행했다. 결국 영국 언론이 이 사건을 집중 조명하면서, 영국의 한 의원이 파키스탄 정부에 사미아의 사망에 대한 수사를 직접 의뢰했다. 그리고 사미아의 시신 송환을 요구했다. 하지만 파키스탄 정부와 경찰은 협조적이지 않았다. 파키스탄 경찰의 담당 수사관은 사미아의 몸에 외상이 없는 것으로 미루어 볼 때 타살의 혐의가 없다고 결론지어버렸다. 게다가 파키스탄의 한 신문은 사미아가 결혼 후에 아이를 낳지 못해 우울증에 시달리다가 약물 복용으로 사망했다고 보도하기도 했다.

사미아가 가족에게 살해당했다는 카잠의 의심은 신문 기사에 실린 사진을 본 후 확신으로 변했다. 사미아의 목 주변에 끈이나 밧줄 같은 것으로 목을 조른 흔적이 뚜렷하게 보였던 것이다. 카잠이 이 사진을 근거로 파키스탄 경찰에 항의하자, 파키스탄 측은 곧바로 약물에 의한 심장발작이 아니라 음독자살을 한 것이라고 정정 보도를 냈다. 카잠은 아내가 우울증도 없고 지병도 없었다며, 샤히드 집안이 판도리 지역에서 가진 권력을 이용해 사미아가 사망한 진짜 원인을 숨기려 한다고 주장했다.

사미아의 아버지는 카잠이 제기한 의혹을 강력하게 부인했다. 자신의 딸은 가족들로부터 어떤 압력이나 폭력을 받지도 않았고, 파키스탄에 돌아와 평화롭고 행복하게 지내다가 갑자기 죽었다는 것이다. 그러면서 만약 자신이 거짓말을 했다면 신으로부터 천벌을 받을 것이라고 말했다. 더 나아가 사미아의 아버지는 카잠은 자신의 진짜 사위가 아니라고도 했다. 사미아의 진짜 남편은 모하메드 샤킬이며, 카잠이 영국에서 사미아를 꼬드겨서 이혼 신청을 하게 하고 혼인신고 문서를 위조해서 위장결혼을 한 것이라며 오히려 맞고소를 했다.

사건이 일어난 지 두 달째. 2016년 8월에 이뤄진 경찰 조사에서 전남편인 모하메드 샤킬이 범행을 자백하면서 결국 사건의 진실이 밝혀졌다. 앞서 언급한 것처럼, 샤킬은 사미아가 자신을 떠나면서 이 정략결혼을 통해 얻으려던 영국 비자를 얻을 수 없게 되어 분노했다. 게다가 이혼 소송까지

당하면서 자신의 체면이 깎이자 그녀의 아버지를 찾아가 강하게 항의했다.

사미아의 아버지 또한 무슬림 집안에서는 받아들일 수 없는 이혼을 감행한 딸을 불명예스럽게 생각하고 있었는데, 딸이 종파가 다른 새 남편을 만나기까지 하자 가문의 수치라고 여기게 된 것이다. 아버지의 병을 핑계로 사미아를 파키스탄으로 불러들인 그녀의 가족은, 마지막 기회를 주며 사미아에게 카잠과 헤어지고 파키스탄에서 샤킬과 다시 결혼 생활을 하라고 종용했지만 사미아는 강하게 거부했다. 전남편 샤킬은 자신이 당한 모욕에 대한 분풀이로 그녀를 성폭행하려 했다. 그런데 세상에나……. 도망치는 그녀의 목을 스카프로 감아 붙잡은 사람은 바로 사미아의 아버지였다! 아버지가 두 다리를 잡고 결박하고 있는 와중에 전남편인 샤킬이 그 스카프를 서서히 조여 사미아를 죽인 것이다.

샤킬은 살인 혐의로 기소되어 유죄 판결을 받고 지금도 파키스탄의 한 감옥에서 복역 중이다. 그러나 사미아의 아버지 샤히드는 증거 부족으로 인한 보석이 인정되어 풀려났다. 하지만 그의 말대로 딸을 죽인 일에 대한 천벌이 내린 것일까? 샤히드는 지병이 악화되어 사건이 일어난 지 2년도 지나지 않아 52세의 나이로 사망하고 말았다.

불합리한 명예살인에 의해 스물여덟 젊은 나이에 생을 마감한 사미아. 그녀의 시신은 아직도 남편에게 돌아가지 못하고, 자신을 죽인 가족들이 사는 판도리의 앞뜰에 묻혀 있다. 그녀의 원혼은 언제쯤 안식을 찾게 될까.

★

8.

집단 유기된 45구의 시신

뉴올리언스 병원 고립 사건

과학기술이 하루가 다르게 발달하고 기상 관측이 나날이 정교해지는 현대에도 갑작스럽게 닥치는 자연재해는 인간의 능력을 넘어서는 두려운 재앙이다.

미국인들에게 끔찍한 기억으로 남아 있는 자연재해에서 빠지지 않는 것 중 하나가 바로 2005년 미국 남부에 몰아친 허리케인 '카트리나'다. 카트리나는 남부 루이지애나주의 중심 도시인 뉴올리언스를 관통하며 수많은 인명 피해와 재산 피해를 남겼다.

미국 남부에는 연평균 20회 정도 허리케인이 발생한다. 특히 여름철에 집중적으로 발생하기 때문에 뉴올리언스 시민들에게 허리케인은 마치 우리나라의 장마나 태풍처럼 매년 마주하는 일일 뿐이었다. 그리고 허리케인은 대부분 도시를 비껴 나가거나 멕시코 만에서 위력이 약해져 그다지 큰 위협이 되지 않았다. 그런데 2005년의 초대형 허리케인 카트리나는 그 규모부터 달랐다. 허리케인은 약한 순으로 1등급부터 5등급까지로 분류되는데, 카트리나는 5등급 초대형 허리케인이었다. 게다가 이 허리케인은 대도시인 뉴올리언스를 직격하는 순간 최대 풍속이 초속 78m나 되는 강풍을 일으켰다. 참고로 우리나라에 가장 큰 피해를 남긴 태풍 매미의 순간 최대 풍속은 초속 60m였다. 카트리나가 얼마나 강한 허리케인이었는지 짐작할 수 있을 것이다.

게다가 카트리나는 9m 높이의 폭풍해일을 일으켜 뉴올리언스 도심 대부분을 물에 잠기게 했다. 뉴올리언스 북쪽에는 도시 크기의 2배가 넘는 폰차트레인 호수가 있고 남쪽엔 미시시피 강이 흐른다. 남동쪽은 멕시코 만과 접하고 있다. 다시 말해, 뉴올리언스는 사방이 물로 둘러싸여 있으며 도시의 지표면이 해수면보다 낮다. 이런 조건에 폭우로 물이 불어나면서 수압을 이기지 못한 운하 두 군데가 붕괴되자 뉴올리언스는 사방에서 쏟아져 들어오는 물로 가득 차고 말았다. 이른바 '사발 효과(BOWL EFFECT)', 사발에 물을 부으면 꽉 차서 넘치는 것 같은 효과가 일어난 것이다. 도시 중심가인 다운타운뿐만 아니라 주택이 밀집해 있는 주거지까지 완전히 물에 잠겼다. 대부분의 집이 지붕까지 물에 잠긴 채 이재민들이 지붕 위에서 불안하게 버티며 구조대를 기다리는 모습이 전 세계에 생중계되기도 했다. 카트리나로 인해 110만 명이 넘는 이재민이 발생하고 사망자는 1600명이 넘었다. 그런데 그 많은 희생자 중에서도 특히 미국인들의 관심이 집중된 기괴한 사건이 있었다.

2005년 9월 12일. 911 응급구조대원들이 뉴올리언스 중심가의 메모리얼 병원으로 출동했다. 메모리얼 병원 1층은 며칠 동안 1m가 넘는 물에 잠겨서 아수라장이 되었지만, 병원이라는 특성상 카트리나가 덮친 뉴올리언스에서는 그나마 안전한 편에 들 정도였다. 그만큼 카트리나 재해 당시 뉴올리언스는 도시 전체가 물에 잠기다시피 해서 도시로서의 기능을 완전히 상실한 상태였다. 사정이 그렇다 보니 메모리얼 병원에 대한 구조도 이미 많이 늦은 시점에 행해졌다.

"환자가 총 몇 명이나 됩니까?"

구조대원이 병원 관계자에게 물었다. 환자들, 특히 중증 환자들은 일반인들처럼 신속하게 대피하는 것이 불가능하기 때문에 많은 사망자가 발생했을 가능성이 높았다.

"183명입니다."

"직원분들은요?"

"환자를 빼고 보호자나 직원들은 300명가량 됩니다."

"그럼 먼저 환자들 위주로 구조를 진행하겠습니다."

구조대원들은 층별로 샅샅이 살펴보면서 생존자와 대피자들을 구해내기 시작했다. 구조 작업이 한창 진행되고 있는데, 한 구조대원이 무전으로 긴급하게 구조반장을 찾았다.

"반장님, 반장님! 이쪽으로 와보셔야 할 것 같습니다."

"무슨 일이야? 어디 있는데?"

"병원 3층 예배당입니다. 이건, 이건…… 아무튼 오셔서 보셔야 할 것 같습니다. 어떻게 말로 설명드릴 수가 없습니다!"

"알겠네. 바로 가지."

예배당에 들어선 구조반장은 말을 잇지 못했다. 오랜 세월 동안 재해 현장에서 여러 끔찍한 장면을 목격했지만, 이렇게 괴기스럽고 이해할 수 없는 상황은 그도 처음 겪어보는 것이었다. 대체 무슨 일이 일어난 것일까?

"예배당 안에서만 시신이 무려 45구가 발견되다니……. 이게 대체 어찌된 일인가?"

"아직 조사 중입니다만, 이 시신들은 집단으로 유기된 정황이 짙습니다."

"집단 유기?"

"네. 무엇보다 수상한 점은…… 45구의 시체들 중 34명의 사망자 몸에 '3'이라는 숫자가 씌어 있다는 겁니다."

"3?"

"네, 그렇습니다."

"흐음…… 이건 우리 선에서 해결할 문제가 아니군. 빨리 뉴올리언스 경찰에 연락해!"

재해 현장에서 가장 안전한 장소에 속하는 병원에서 집단으로 유기된 시체가 발견되다니, 수상한 점이 한둘이 아니었다. 출동한 경찰은 메모리얼 병원이 고립되었던 당시 병원의 책임자였던 애나 포 박사를 심문했다.

"닥터 포, 대체 이게 어떻게 된 일인지 설명해주시겠어요?"

그녀는 한숨을 푹 쉬며 말했다.

"이 시신들은 전부 다 중환자실에 있던 환자들이에요. 카트리나 때문에 병원이 열흘 이상 고립되었고, 전기도 수도도 끊겼죠. 우리가 비축해놓은 의약품도 다 떨어졌고요. 결국 이들은 병이 급속히 악화되어 사망했어요. 시신을 옮겨놓을 장소가 마땅치 않아서 예배당에 모아둔 겁니다."

"아니 그래도 그렇지, 명색이 뉴올리언스에서 가장 큰 병원인데 사망자가 이렇게 집단으로 나왔다는 게 이상하지 않나요?"

"형사님은 당시 상황이 얼마나 끔찍했는지 몰라서 그래요. 까딱 잘못했으면, 구조대가 하루나 이틀만 더 늦게 도착했다면 더 많은 사망자가 발생할 수도 있었다고요!"

카트리나. 그만큼 무서운 허리케인이었다. 메모리얼 병원 역시 지하 1층부터 3층까지 전체와 지상 1층까지 물에 다 잠겼었다. 전기 시설을 유지하는 발전기와 수도 시설, 펌프가 모두 지하에 있었기 때문에 재해가 발생하자마자 메모리얼 병원은 전기와 수도가 끊기고, 1층에 차오른 물 때문에 탈출할 수도 없는, 완전히 고립무원의 지경에 처하게 됐던 것이다. 메모리얼 병원 예배당에 모여 있던 45구의 시체는, 많은 의심스러운 정황에도 불구하고 재해 상황에서 발생한 피치 못할 죽음으로 결론지어지는 듯했다.

그런데 시체가 발견되고 한 달 정도 후인 10월 13일, 한 남자가 경찰서를 찾아왔다. 그의 얼굴은 침통함으로 가득 차 있었다.

"저는 메모리얼 병원에서 근무했던 의사이고, 이름은 브라이언트 킹이라고 합니다. 예배당에서 발견된 45구의 시체에 대한 진실을 밝히려고 왔습니다."

"시신에 얽힌 진실이요? 정말입니까?"

경찰도 그 사건에 의혹을 갖고 있었기에 그의 말에 귀가 번쩍 트였다.

"34구의 시신들 가슴에 숫자 '3'이 씌어 있었지요. 그건 우리 의사들이 쓴 겁니다, 전부."

"그 숫자는 무슨 의미를 가지고 있지요?"

"등급을 나눈 겁니다."

등급이라니. 경찰들은 그가 무슨 말을 하는지 알 수 없었다. 브라이언트는 한숨을 푹 쉬고는 설명을 시작했다. 카트리나가 뉴올리언스를 강타한 다음 날, 메모리얼 병원은 물에 잠겨 외부로부터 고립됐다. 수도도 전기도 모두 끊겼다. 아무리 구원 요청을 해도 구조대는 이미 다 다른 곳에 출동했다며 기다리라는 말뿐이었다. 언제쯤 구조대가 병원에 올지 아무도 대답해 줄 수 없었다.

병원 책임자인 애나 포 박사가 병원장에게 물었다.

"구조 요청은 어떻게 됐죠?"

"정부 관리는 애리조나 주지사와 의료보험센터에 이야기하라고 하고, 의료보험센터에서는 뉴올리언스병원협회에 연락해보라고 하더군. 그래서 병원협회에 전화했더니 보건복지부에 연락하래! 다들 책임을 회피하고 있어요!"

"구조대가 왜 못 오는 거예요?"

"홍수 때문에 교량과 도로가 다 파괴되어서 뉴올리언스 시내에 진입하는 게 불가능하다더군."

"고무 보트라도 타고 오면 안 되나요?"

"수상 구조대는 이미 시민 거주 구역으로 다 출동해서 인력이 없대. 지금도 물이 시시각각 차오르고 있는데, 집 지붕에 간신히 매달려서 구조를 기다리는 사람만 수백 명이라는군. 환자들 상태는 어때요?"

미국 남부는 기후가 습하고 무덥다. 전력이 끊겨 에어컨이 가동되지 않아 실내 온도는 40도에 육박했다. 더위와 높은 습도. 전염병이 돌기에 딱 알맞은 조건이다.

"상당히 안 좋아요. 의약품도 얼마 안 남았고, 물도 식량도 없어요. 게다가 중환자들은 생명 유지 장치가 제대로 작동하지 않아서 언제 숨을 거둬도 이상하지 않은 상황이에요."

그때, 동료 의사인 존 틸이 원장실 문을 열고 들어왔다.

"아, 애나도 여기 있었네? 잘됐군요. 원장님, 뭔가 대책을 강구해야 합니다. 이러다가는 중환자들뿐만 아니라 경증 환자들까지 다 죽게 생겼어요."

"알겠네. 지금 당장 의료진 전원을 모아서 회의를 시작하지."

상황이 심각한 만큼 회의가 길어졌다.

"그건 말도 안 됩니다!"

긴급회의에서 결론이 나자, 의사 브라이언트 킹이 목소리를 높여 반대했다. 경찰서로 찾아와 진실을 밝히겠다던 그 의사다.

"사람을 살리는 게 우리 일입니다! 그런데 이건, 이건 살인이라고요."

"나도 알아요. 하지만 이렇게 손 놓고 있다간 다 같이 죽자는 말밖에 안 돼요!"

애나가 그를 설득했다.

"보호자나 환자 본인의 동의도 없이 우리 마음대로 하자는 겁니까?"

"애나 박사님 말이 맞아요. 지금은 이 방법밖에 없어요."

간호사인 로리 부도와 셰릴 랜드리도 애나 박사의 의견에 찬성표를 던졌다.

결국 메모리얼 병원 의료진은 환자들을 세 분류로 나눴다. 스스로 걸을 수 있는 사람은 1등급, 부축이나 도움이 필요하면 2등급, 혼자 거동이 불가능할 정도로 위중한 환자는 3등급. 그리고 이 순서에 따라 처방이 이루어졌다. 즉, 살 수 있는 가능성이 낮은 사람부터 먼저 포기하자는, 어찌 보면 의료진이 해서는 안 될 결정이었다. 고립되는 시간이 점점 더 길어지자 애나 박사는 돌이킬 수 없는 결정을 하게 된다.

"지금 중환자들은 간신히 숨만 붙어 있을 뿐이에요. 그 사람들 때문에 다른 사람들까지 다 죽게 할 수는 없어요. 게다가 구조대가 언제 올지 모르는 상황이에요."

"어떻게 하려고요? 애나! 당신 설마?"

"지금 중환자들은 오히려 죽는 편이 더 나을 정도로 고통받고 있어요. 말해봐요, 킹. 지금 우리에게 모르핀이나 다른 진통제가 남아 있나요? 상하지 않은 수액이 남아 있나요? 진통제도 수액도 다 바닥났어요."

"말도 안 돼. 애나, 제발 희망을 버리지 맙시다."

"그럼 당신은 빠져요. 나랑 방금 내 의견에 찬성한 간호사 선생들이랑 처리할게요. 이 일 때문에 나중에 감옥에 가게 되더라도 나는 기쁜 마음으로 가겠어요."

결국 애나의 의견에 찬성한 다수의 의료진이 더 이상의 고통이 없도록 45명의 중환자들에게 치사량의 미다졸람과 안정제 등을 투여했다. 환자나 보호자의 동의 없는 대량 안락사. 그것이 사건의 진실이었다.

부검 결과, 킹 박사의 증언대로 45구의 시신에서 미다졸람이 대거 검출되었다. 2006년 7월, 경찰은 애나와 간호사 로리, 셰릴 등을 2급 살인 혐의로 체포했다.

"닥터 포, 그건 엄연한 살인입니다. 환자들이나 가족의 동의도 없이 그런 행동을 하다니요."

담당 형사가 말했다.

"어쩔 수 없었어요. 만약 그때로 다시 돌아간다고 해도 저는 똑같은 선택을 할 겁니다. 저는 보다 많은 사람들을 구하기 위해 소수를 희생시킨 거예요. 하나님께 맹세할 수 있어요."

"그래요? 어디 법정에서 피해자들 유가족의 눈을 똑바로 보면서 그 얘기를 할 수 있을지 한번 두고 봅시다."

이 사건은 미국 전역에 큰 파장과 논란을 불러일으켰다. 과연 닥터 애나를 비롯한 의료진의 행동이 옳은 것일까. 다수를 위해 소수를 희생시킨 이 사건이 정당한 것일까? 2007년 7월 24일, 법원은 마침내 판결을 내렸다. 사건 기각! 애나와 주도적으로 그녀를 도운 두 간호사 등을 처벌하지 않기로 한 것이다.

이유는 간단했다. 비상 상황에서 전문 지식을 갖춘 의료인의 합리적인 응급 행위였기 때문에 법적으로 처벌할 수 없다는 것이었다. 사건이 기각되자, 애나는 눈물을 흘리며 피해자들과 유족들에게 사과했다. 하지만 많은 사람들이 아직도 그녀와 두 간호사를 살인죄로 처벌해야 한다고 목소리를 높이고 있다.

독자 여러분의 생각은 어떠한가? 애나 포는 비정한 살인자인가? 아니면 보다 많은 사람을 구하기 위해 스스로 희생을 무릅쓴 희생적인 의료인인가? 판단은 여러분의 몫이다. ★

9.

12년을 기다린 히키코모리의 심판

일본 동창회 살인 미수 사건

2016년 일본에서 인기리에 방영된 단편 드라마 〈해저의 너에게(海底の君へ)〉. 드라마 제목이 의미심장하다. 해저란 바다 밑바닥 아닌가? 바닷속에 있는 너에게라니, 얼마만큼 심한 증오심이 서려 있는 것일까?

드라마의 시작은 도심의 한 호텔에서 열리는 어느 중학교의 동창회 장면. 성인이 된 중학 동창들은 커다란 홀에서 오랜만에 만난 친구들과 이야기꽃을 피운다. 다들 얼굴에서 웃음이 끊이지 않는다. 벽에 걸린 대형 슬라이드에는 중학교 시절 사진들이 차례차례 비춰진다. 이제 갓 신혼인 친구, 회사원이 된 친구, 편의점을 운영하는 친구 등 돌아가며 자기소개를 하는 시간이 됐다. 그런데 그때 한 친구가 마이크를 잡고 이렇게 자기소개를 했다.

"저는 그동안 프리타(フリーター, 일정한 직업 없이 아르바이트를 전전하는 사람을 뜻하는 일본의 신조어) 생활을 해왔습니다. 겨우 입에 풀칠이나 하며 살았죠. 그전에는 계속 방에 처박혀 혼자 지냈습니다. 지금은 다시 무직입니다."

"저런!"

"여보게! 이 친구네 편의점에서 직원으로 일해보지 그래?"

동창생들은 그 친구를 얕잡아 보며 이렇게 농담을 던졌다.

"그런 점에서 여기 모인 모두에게 부탁이 있습니다."

즐겁게 이야기를 나누던 동창들은 그를 주목했다.

"오늘 이 자리에서…… 저와 함께 죽어주셨으면 합니다!"

그가 입고 있던 코트를 벗어 던지자 그의 몸에는 사제 폭탄이 칭칭 감겨 있고 그의 손에는 기폭 장치가 들려 있었다. 그가 기폭 장치를 든 오른손을 높이 치켜올리는 순간, 행복했던 중학교 동창회는 순식간에 아수라장이 됐다.

대체 그는 왜 이런 결정을 내린 것일까? 그는 자신이 직접 밝힌 대로 일정한 직업 없이 아르바이트로 근근이 생계를 유지하면서 일하지 않을 때는 쪽방에 틀어박혀 지내던 히키코모리(引き籠り, 사회생활에 적응하지 못하고 집에서만 지내는 사람)였다. 그가 이렇게 된 이유는 중학교 시절 급우들에게 놀림받고 폭행당하고 왕따를 심하게 당했기 때문이었다. 일본말로는 이지메(イジメ), 우리말로는 집단 따돌림이다. 그 기억이 트라우마가 되어 지금도 거의 매일 밤 악몽을 꾸고 남들 앞에 나서지 못하는 성격이 굳어진 것이다. 그는 자기 삶이 이처럼 망가져버린 것이 중학교 때 자신을 괴롭혔던 급우들 때문이라고 생각했다. 그때의 상처 때문에 자신은 해저에 가라앉은 것처럼 살았고, 다시 떠오를 수도 없었다. 그래서 그는 결국 복수를 결심했다. 사제 폭탄을 만들고 자신의 몸에 폭탄을 감은 채 동창회에 참석해서 동반자살하겠다고 마음먹은 것이다. 그런데 놀랍게도 이 드라마는 실제 일어난 사건을 바탕으로 한 것이다.

1991년 1월 2일 오후 8시, 드라마의 시작과 마찬가지로 일본 사가현 사가시의 한 호텔 연회장. 중학교 동창회가 진행되고 있었다. 무려 12년 만에 만난 중학교 동창 45명과 은사 5명. 참으로 뜻깊은 행사였다. 다들 오랜만에 만난 자리였기에 학창 시절 추억에 대한 이야기가 끊이지 않았다. 술과 맛있는 음식을 곁들인 동창회의 분위기는 한껏 무르익었다.

"그런데 슌이치는 안 온 거야? 이 동창회 모임도 슌이치가 다 준비한 거잖아? 나만 해도 회사 일 때문에 못 올 뻔했는데, 그 녀석이 계속 전화해서 하도 나오라고 간청하길래 간신히 나온 거라고."

"그러게. 나도 슌이치 연락받고 나왔어."

"나도."

"나도 그래."

그랬다. 아카자와 슌이치(가명). 그가 바로 이번 동창회를 주관한 주인공이었다. 엽서를 보내고 전화를 돌리고 문자를 보내고 연락이 끊긴 은퇴한 선생님들까지 섭외하고, 호텔을 예약하고 저녁 식사 메뉴와 주류까지 정하는 등, 모든 것을 다 준비한 사람이 바로 슌이치였다. 그런데 그렇게 열성적이었던 그가 막상 동창회에 불참하다니…….

"그런데 슌이치 그 녀석이 연락했을 때, 솔직히 놀랐어."

친구 한 명이 말했다.

"그러게. 사실 걔는 우리랑 잘 어울리지 않았잖아. 그나저나 최근에 슌이치랑 만난 사람 있어?"

"난 졸업한 후에 한 번도 못 봤어."

"야, 기억 안 나? 걔 완전 왕따였잖아. 늘 혼자였던 게 기억나."

"그래. 내가 중2 때 걔랑 같은 반이었는데, 완전 찌질이였다니까. 키도 작고 말도 버벅대고. 걔 놀려먹는 재미로 학교 다녔는데, 크크."

"맞아. 나도 화장실에서 몇 번 그 친구가 이지메 당하는 걸 본 적 있어. 아, 물론 내가 직접 가담한 건 아니고."

"그랬어? 난 기억이 거의 안 나. 10년도 넘은 일이라. 그런데 12년 만에 그 녀석한테 전화가 와서 정말 깜짝 놀라기는 했어."

다들 슌이치에 대해 궁금해했지만 그것도 잠시, 동창생들은 다시 서로의 근황과 살아가는 이야기를 나누며 슌이치에 대한 건 까맣게 잊어버렸다. 마치 그들이 중학교 시절 슌이치를 그렇게 무시하고 깔봤듯이…….

다음 날 아침, 동창회에 참석했던 50명은 모두 아침 뉴스와 신문을 보고 경악을 금치 못했다. 기사의 헤드라인은 '동창회 집단 살인 계획, 미수에 그치다!'. 집단 살인이 계획됐지만 이뤄지지 않은 동창회가 바로 자신들이 어젯밤 참석했던 그 중학 동창회였던 것이다. 용의자로 지목된 남자의 사진. 그는 바로 동창회를 계획하고 열성적으로 추진한 아카자와 슌이치였다.

그가 살인을 계획한 장소는 바로 어제 동창회가 열린 호텔 연회장이었다. 그의 집에서는 맹독성 물질인 비소가 들어 있는 맥주 수십 병, 심지어 그가 직접 만든 사제 폭탄까지 발견됐다. 만약 슌이치가 이 범행 도구들을 들고 동창회에 참석했더라면, 어젯밤 모인 50명은 모두 이미 이 세상 사람이 아닐 수도 있었다. 그렇다면 슌이치라는 남자는 왜 이런 끔찍한 집단 살인을 계획했던 것일까? 사건의 전말은 그의 중학교 시절까지 거슬러 올라간다.

"그만해! 내가 잘못했어. 그러니까 제발 한 번만 봐줘."

"이 새끼, 좀 풀어주니까 기어올라? 내가 만만해 보이냐, 응?"

중학교 교정의 어두운 뒤쪽, 덩치가 큰 아이 5명이 체구가 작은 남자아이 1명에게 폭력을 행사하고 있었다.

"야, 좀 더 세게 해봐. 헤드록 제대로 걸리면 기절한다던데. 너 레슬링 도장 다니면서 배우는 거 맞아?"

"아 씨. 이 새끼가 계속 발버둥치면서 빠져나가잖아. 야, 이 새끼 다리 좀 붙잡고 있어. 내가 오늘 헤드록으로 슌이치 이놈 저세상 구경 한번 시켜주련다."

그랬다. 학교 폭력을 당하고 있는 저 왜소한 아이가 바로 슌이치. 12년 후 동창들을 45명이나 죽일 계획을 세운 그 아이였다.

"그러지 말고 '가라데 춉' 같은 걸로 명치를 때려버려. 텔레비전에서 보니까 제대로 기술 들어가면 바로 쓰러지던데. 명치에 맞는 게 제일 고통스럽대, 크크크."

덩치 큰 아이의 팔에 목이 감긴 슌이치는 벌써 숨이 넘어갈 지경인데, 또 다른 한 아이가 주먹을 들고 명치를 겨냥하며 다가왔다. 슌이치는 이러다 정말 죽을지도 모른다는 생각이 들었다.

"제발, 한 번만 용서해줘. 시키는 대로 다 할게. 앞으로 너희가 시키는 대로 다 할 테니까 제발 한 번만 살려줘!"

"야야, 그러다 애 잡겠다. 이제 그만 놔줘라."

무리 중 덩치가 가장 큰, 리더처럼 보이는 아이가 말했다. 그러자 다른 아이들은 얌전히 그의 말을 따라 슌이치를 놓아주었다. 다리에 힘에 풀려버린 슌이치는 주저앉아 숨을 헉헉댈 뿐이었다. 하늘이 노랗고 죽을 만큼 겁이 났다. 리더로 보이는 아이가 다가와 슌이치의 어깨에 팔을 둘렀다. 슌이치는 순간 흠칫했다.

"야, 겁먹지 마. 안 죽여. 안 죽여."

리더는 슌이치의 머리를 손으로 몇 번 쓰다듬었다. 마치 애완견을 쓰다듬듯 말이다.

"슌이치, 친구 좋다는 게 뭐냐. 우리가 뭐 어려운 거 하래? 너희 엄마 옷장에서 1000엔짜리 10장만 꺼내 오라는 것뿐이잖아. 그 돈으로 우리만 즐긴대? 너도 끼워준대잖아, 응?"

"하…… 하지만 우리 부모님은 두 분 다 선생님이라…… 걸리면 죽도록 혼날 거야."

"아, 그러셔? 그러니까 너는 교육자 집안의 모범생이라 우리 같은 불량 학생들이랑은 친구 못 하겠다 이거지?"

덩치 큰 아이의 눈빛이 매서워지며 슌이치의 어깨를 감싸안은 팔에 점점 힘이 들어갔다.

"아, 아니야. 알았어. 만 엔. 만 엔이면 되지? 내가 내일 어떻게든 가져올게."

그제야 리더 아이는 슌이치의 몸에서 손을 떼고 일어섰다.

"야, 가자. 이 호구가 내일 만 엔 가져온단다."

"어이. 매번 고마워, 슌이치."

불량 학생들은 껄렁거리며 학교 정문 쪽으로 걸어 나갔다. 그때 갑자기 리더 아이가 휙 돌아보며 슌이치에게 매서운 눈초리로 말했다.

"그리고 너, 이 얘기를 꼰대들이나 너희 부모한테 일러바치면, 그때는 진짜로 죽여버릴 줄 알아!"

"아, 그, 그럼. 당연하지. 말 안 해! 절대 안 해!"

슌이치는 사시나무 떨듯 바들거리며 간신히 대답했다.

"그럼 내일 보자, 슌이치!"

아이들이 시야에서 사라지자, 슌이치는 갑자기 긴장이 풀려 목 놓아 펑펑 울었다.

'대체 왜⋯⋯ 대체 왜 내가 이런 수모를 당해야 하는 거지?'

이후 농업고등학교에 진학한 슌이치는, 농업에 필요한 화공약품과 인공비료 만드는 기술을 배워 취직했다. 하지만 어른이 돼서도 슌이치는 여전히 사회 부적응자에 회사에서도 왕따였다. 그는 늘 어두운 얼굴에 숫기가 없었다. 특히 여러 사람 앞에서 자신의 의견을 말해야 하는 회의나 프레젠테이션 자리에서는 늘 일을 망치곤 했다. 결국 슌이치는 여러 번 회사를 옮기게 되고, 자신이 원하는 일이 아니라 생계를 위한 아르바이트를 전전하는 삶을 살게 되었다.

슌이치는, 이 모든 것이 중학교 때 자신을 괴롭혔던 불량 학생들, 그리고 그걸 나 몰라라 방관한 다른 급우들, 슌이치에게는 관심도 없던 선생님들, 학교에서 자신이 이지메 당한다고 말했지만 '그건 네 힘으로 이겨내야지'라고 매몰차게 말한, 이제는 돌아가신 아버지 등등⋯⋯ 모든 사람들 탓으로 돌렸다. 나중에 발견된 슌이치의 일기장에는 이런 구절이 있었다.

난 살면서 벌레 한 마리 죽여본 적 없어. 난 부모님이나 선생들이 시키는 대로 착하고 바르게 살았어. 근데 왜 내가 이런 비참한 삶을 살아야 해? 이게 다 중학교 때 그 인간들 때문이야. 이제 이 세상에 미련이 없지만, 나 혼자 그냥 죽을 순 없어. 그 인간들을 다 내 저승길 길동무로 삼겠어!

그렇게 슌이치는 집단 살인을 결심하고 중학교 동창회를 준비했다. 그와 같은 반이었던 사람들의 연락처를 일일이 다 찾아내서 연락하고, 1학년부터 3학년 때 담임 선생님까지 오시라고 부탁했다. 그러면서 농경화학과에서 전공으로 배운 화학 지식을 이용해 독극물을 넣은 맥주를 준비하고, 편의점에서 손쉽게 살 수 있는 약품들로 사제 폭탄까지 만들었다. 동창회 날짜가 다가올수록 슌이치는 눈에 띄게 활기를 찾아갔다. 자신의 삶에서 처음으로 의미 있는 일을 찾은 것만 같은 기분이었다. 그런데 이런 슌이치를 의심의 눈초리로 바라보는 사람이 있었다. 바로 슌이치의 어머니였다.

동창회가 있기 이틀 전, 슌이치의 어머니가 그를 불렀다.

"슌이치, 너 어디 갔다 왔니?"

"편의점 아르바이트요. 밤샘 근무했더니 피곤해요. 들어가 자야겠어요."

그는 귀찮다는 듯이 대꾸했다.

"동창회 준비는 잘돼가니?

"물론이죠. 옷도 새로 맞췄어요!"

슌이치의 어머니는 아무리 생각해도 이상했다. 슌이치가 아르바이트하는 편의점의 사장은 그가 이미 한 달 전에 일을 그만뒀다고 말했다. 게다가 중학생 때는 그렇게 학교 가는 걸 싫어하며 급우들이 자신을 괴롭힌다고 매일 울었으면서, 12년이 지난 지금 중학교 동창회를 저렇게 열성으로 준비하다니……. 왠지 모를 불안감을 느낀 어머니는 슌이치가 집을 비운 틈에 잠겨 있는 방문을 열쇠로 열고 들어가 슌이치의 방을 뒤졌다. 그러다 서랍 속에서 10년 치가 넘는 일기장을 찾아내 읽어보고는 충격으로 그만 그 자리에 무너지고 말았다. 깨알 같은 글씨로 빼곡하게 채워진 일기장의 마지막에 이런 문구가 쓰여 있었다.

자, 이제 심판의 때가 왔다!

일기장에는 슌이치의 범행 계획이 아주 자세히 적혀 있었다. 맥주에 비소를 타서 그걸 마시게 해 모두를 죽이고, 자신은 차에 장치해놓은 사제 폭탄으로 자살한다. 동반자살을 계획하는 심정을 적은 글도 남아 있었다.

나는 지금까지 중학교 시절에서 단 한 걸음도 벗어나지 못하고 있다. 아무도 내 편을 들어주지 않았다. 심지어 부모님도, 선생들도! 다들 나를 비웃기만 하고, 내가 이런 이야기를 하면 내게도 잘못이 있다고만 했다. 그러면 날 괴롭힌 사람들은 잘못이 없단 말인가? 정말 이렇게 살아서 뭐하나? 그런데 그냥 나만 가자니 억울하다.

슌이치의 어머니는 주저앉아 눈물을 흘리고 말았다. 내 아들이 이런 끔찍한 짓을 계획하다니……. 그녀는 한참 고민했다. 슌이치가 스무 살 때 남편을 먼저 저세상으로 보냈는데, 이대로 자식까지 잃을 순 없었다. 무엇보다 불쌍한 아들을 살인자로 만들 순 없었다. 그녀는 떨리는 손으로 수화기를 들었다.

"거기 경찰서죠?"

결국 어머니의 제보로 아카자와 슌이치는 범행 하루 전에 체포됐다. 슌이치의 차량에 장착된 사제 폭탄을 해체하려다가 폭탄이 터지는 바람에 경찰 3명이 중경상을 입는 사고가 발생했다. 슌이치를 수사한 경찰은 그의 정신감정을 의뢰했고, 슌이치는 대인성 행동 장애를 이유로 일시적인 입원 조치에 들어갔다. 하지만 최종 정신감정 결과, 그가 저지른 행위에 대한 책임 능력이 충분하다는 의사의 소견이 나왔다. 1992년 1월, 법원은 최종적으로 슌이치에게 살인미수죄와 폭발물 관련법 위반으로 징역 6년을 선고했다. 그나마 어머니의 사랑 때문에 슌이치는 살인자가 되지 않을 수 있었고, 45명의 동창생들과 5명의 선생들도 목숨을 구할 수 있었다.

학교 폭력은 전 세계 대부분의 나라에서 일어나고 있는 일이다. 인간이 무리 지어 살다 보면 서열과 권력이 생기고, 그 권력 관계

에서 자신보다 약한 이를 괴롭히는 것이 인간의 본성인지도 모른다. 미국에서는 '불리(BULLY)', 일본에서는 '이지메', 우리나라에서는 '왕따' 등 학교 폭력과 집단 따돌림을 지칭하는 용어가 따로 있을 정도다. 가해자는 그저 재미 삼아 학우를 괴롭히는 것인지도 모르고, 적극적으로 가담하지 않더라도 귀찮아서 혹은 휘말려들기 싫어서 모르는 체할 수도 있다. 학교나 선생님들도 괜히 일이 커져 학교 밖으로 소문이 퍼지면 언론에서 찾아오는 등 귀찮은 일이 생길까 봐 쉬쉬하는 경우도 종종 있다. 그러나 학교 폭력을 당한 당사자에게 그런 폭력과 무관심은 평생 안고 살아가야 할 트라우마와 정신적 상처를 남긴다. 아카자와 슌이치의 경우처럼 말이다.

그나마 슌이치는 어머니의 극진한 사랑과 희생 덕분에 50명을 집단 살해한 범죄자 신세를 면할 수 있었다. 일본은 사형제도가 시행 중인 나라이기 때문에, 그 정도 규모의 집단 살인을 저지르면 거의 확실히 사형을 선고받는다. 아무리 부족하고 못난 자식이라도 사랑으로 감싸고 올바른 길로 인도해주는 어머니의 마음은, 학교 폭력의 상처로 바다 밑처럼 어둡고 눅눅한 슌이치의 인생에 한 줄기 빛이 되어주었다. ★

10.

학폭은 우리가 잘합니다

고베 초등교사 이지메 사건

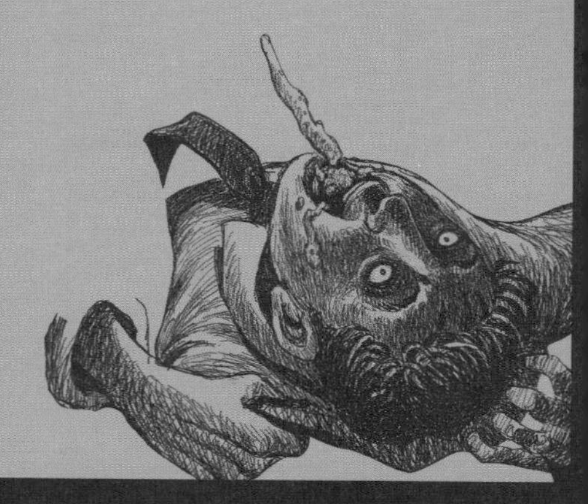

윌리엄 골딩의 대표작 《파리대왕(LOAD OF FLIES)》.

전쟁을 피해 안전지대로 향하던 비행기가 사고로 추락하고, 그 안에 탑승하고 있던 10대 소년들이 무인도에 갇힌다. 자신들을 이끌고 보호해줄 어른들도, 법도 질서도 없는 무인도에서 어린 소년들은 확고한 서열 관계를 만들어 지배자와 피지배자로 나뉜다. 그러다가 권력의 광기에 빠져 소년들이 서로를 무참하게 죽인다는 내용의 잔혹 동화. 이 소설은 폐쇄된 공간에 고립됐을 때 인간의 내면에 잠재된 폭력성이 얼마나 잔인하게 표출될 수 있는가를 보여준 고전으로 평가받으며, 윌리엄 골딩이 1983년 노벨문학상을 수상하는 데 결정적인 역할을 했다.

우리나라에도 "밤에 산길을 걸을 때, 가장 무서운 것은 호랑이가 아니라 옆 사람이다"라는 옛말이 있다. 법과 이성의 통제가 없는 곳에서 인간이 얼마나 잔인해질 수 있는지, 한 집단 내에서 절대적인 권력을 가진 사람이 얼마나 폭력적이 될 수 있는지 우리는 여러 사례를 통해 잘 알고 있다. 학교 폭력도 마찬가지다.

보통 학교 폭력의 피해자라고 하면 학생만 해당되는 것으로 알지만, 드물게는 선생님도 그 대상이 될 수 있음을 보여주는 사건이 있다. 지금으로부터 오래되지 않은 2018년, 이웃 나라 일본에서 일어난 일이다.

피해자 A는 20대 중반 남성이다. 그는 어려서부터 선생님이 꿈이었다. 가족의 전폭적인 지지를 받아 교대에 진학하고, 열심히 노력해서 어려운 임용고시도 통과했다. 마침내 일본 효고현 고베시에 위치한 '고베 히사시스마 초등학교'에 교사로 부임하게 됐다.

드디어 꿈에 그리던 첫 출근 날. "여기가 내 첫 직장이구나. 내가 가르칠 아이들은 어떤 아이들일까? 꼭 좋은 선생님이 되어야지." 그동안 무수히 다짐했던 말들을 되뇌며 A는 교문으로 들어섰다. 그러나 그의 첫 직장이 지옥 같은 곳으로 바뀌는 데는 채 며칠이 걸리지 않았다.

A가 그 학교에 부임한 지 며칠 뒤였다. 퍽! 누군가 그의 뒤통수를 강하게 때렸다. 뒤돌아보자 동료 교사 한 사람이 두꺼운 종이 심지를 들고 서 있었다. A는 황당한 표정을 지으며 그에게 물었다.

"아니, 선생님, 지금 뭐하시는……?"

"아아, A 선생님이셨구나. 나는 뒷모습만 보고 다른 선생님인 줄 알고 그만. 이거 미안하게 됐네그려."

그런데 사과하는 그의 얼굴은 실실 웃고 있었다. A는 무척 기분이 나빴지만, 실수라는 그의 말에 그냥 넘어가기로 했다. 그런데 그와 비슷한 일이 계속 일어났다. A가 교무실에서 프린트물을 한 뭉치 출력해서 교실로 가려는 참이었다. 무거운 짐에 시야가 가려 조심스럽게 걸어가는데, 갑자기 누군가의 다리가 A의 발을 걸었다.

"악!"

A는 하마터면 넘어질 뻔했다. 만약 넘어졌다면 아이들에게 나눠줄 프린

트물이 교무실 바닥에 흩어져 엉망이 됐을 것이다. 그런데 A의 발을 건 선배 교사는 오히려 A에게 역정을 냈다.

"어이, A 선생. 앞을 좀 잘 보고 다녀야지! 내 다리를 발로 차면 어떡해?"

A는 황당한 심정으로 대꾸했다.

"아니, 선배님, 저는 책상 옆으로 조심히 지나가고 있었는데, 선배가 제 발을 걸어서 넘어질 뻔했잖아요?"

"뭐야? 이 사람 보게. 그럼 지금 내가 일부러 당신 발을 걸었다는 거야 뭐야? 새파란 신입 교사가 선배한테 어디서 말대답이야?"

일본 직장의 조직 문화는 우리나라만큼, 아니 어쩌면 우리나라보다 더 위계질서가 강하다. 평소 윗사람에게 공손하게 대하라는 부모님의 말씀을 따라왔던 모범생 출신 A 선생은, 자신이 잘못한 것이 없지만 그래도 직장 선배이니 순종하며 오히려 자신이 죄송하다고 사과하고 넘어갔다. 하지만 괴롭힘은 여기서 끝나지 않았다. 그다음 날에는 또 다른 선배 교사가 A에게 '쓰레기', '등신' 같은 욕설을 하며 심각한 인격모독을 해 왔다. 그래도 A는 또 다시 꾹 참았다.

시바타 유스케, 시토미 다카시, 사시다히 데카즈. 이 세 사람은 A보다 열 살 정도 많은 30대 중반 중견 교사들이었다. 이들은 신참 교사인 A가 만만해 보였는지, 아니면 먼저 부임했다는 이유로 텃세를 부리는 것인지 갈수록 도를 더해가며 시도 때도 없이 A를 괴롭혔다. A의 가방에 얼음을 넣어 교재와 책들을 모두 젖게 만들고, 그냥 심심하다는 이유로 쉬는 시간에 교무실로 들어오는 A를 숨어서 기다리다 헤드록을 걸어 호흡곤란 상태에 이르게 만들기도 했다. 30대 어른들이, 그것도 아이들의 모범이 되어야 할 초등학교 선생들이 하는 짓이라고는 도저히 믿기지 않을 일들이 자행됐다.

그러던 어느 날, A는 출퇴근용으로 새 차를 뽑아 학교에 끌고 왔다. 이제 어엿한 직장이 생겼으니 큰맘 먹고 할부로 마련한 차였다. 수업하던 중 무심코 창밖을 바라본 A는 놀라지 않을 수 없었다. 시바타, 시토미, 사시다히 세 사람이 A의 차 지붕에 올라가 있는 힘껏 구둣발로 밟아대고 있었다. 거기다 차 문을 열고 시트에 토마토 주스를 붓기까지 했다. A는 기가 막혀서 눈물이 다 나왔다. 대체 어린 학생들이 저 사람들에게서 뭘 보고 배울까.

그런데 A에게 이런 가혹 행위를 일삼던 세 사람의 뒤에는 1명의 지시자가 있었다. 바로 40대 여성 교사인 하세가와 마사요. 그녀는 이 초등학교에서 가장 오래 근무한 터줏대감으로, 교장도 무시할 수 없는 권력을 휘두르며 '여제(女帝)'라고 불리고 있었다. 그녀 바로 밑에는 2인자로 불리는 시바타 유스케, 그리고 행동대장 격인 시토미 다카시와 사시다히 데카즈가 있었다. 세 사람은 '여제' 하세가와의 명령으로 A를 괴롭혀온 것이다.

그렇게 괴롭힘을 당하며 지옥 같은 직장 생활을 계속하던 A는 정신적 스트레스 때문에 식사도 제대로 못 하고, 때로는 구토를 하거나 길을 가다 어지럼증을 호소할 정도로 급격히 건강이 나빠졌다. 그런데 A에 대한 괴롭힘의 정점이라 할 만한 일이 벌어졌다.

"A 선생, 잠깐 이 카레 맛 좀 볼래?"

어느 날 시바타, 시토미, 사시다히 세 사람의 가해자가 A를 가정실습실로 끌고 가서 억지로 카레를 먹이려고 했다. 그런데 냄비를 열자마자 아주 진하고 매운 향이 A의 코끝을 찔렀다.

"죄송하지만 저, 저는 매운 걸 전혀 먹지 못합니다. 선천적으로 매운 음식에 알레르기가 있어서요."

그러자 선배 교사들은 A를 비웃으며 이렇게 말했다.

"알아. 지난번 식당에서 보니까 매운 음식은 하나도 먹지 않고 다 버리더군."

"근데 A 선생, 아니 다 큰 어른이 매운 음식을 못 먹는다는 게 말이 되나? 자네 초등학교 선생이야 아니면 학생이야?"

"그러니까 말이야. 우리 업무 중에 아이들 식습관 교정 지도라는 게 있지?"

"어린애도 아니고 교사씩이나 되어서 매운 음식을 못 먹으면 어떡해? 식습관이 나쁘면 고쳐줘야지!"

"자, A 어린이 이 카레를 전부 다 먹도록 해요!"

그러더니 두 사람이 달려들어 A를 단단히 붙잡고 나머지 1명이 국자에 카레를 가득 퍼서 그의 입에 강제로 부어 넣기 시작했다. 매운 카레가 입안으로 밀려 들어오자 A는 마치 불덩이를 삼킨 것처럼 고통스러워하며 몸부림쳤다. 하지만 3명의 가해자는 오히려 그런 모습이 재미있다는 듯이 웃으며 더 심한 짓을 하기 시작했다.

"이왕 하는 거 제대로 해야지?"

그들은 깔깔대고 웃으며 매운 카레를 A의 눈과 코, 얼굴 전체에 범벅이 되도록 처발랐다.

"으아악!"

두 눈이 부어올라 앞조차 제대로 안 보이고, 코에 매운 기운이 스며들어 숨을 제대로 쉴 수 없었다. A는 고통 속에서 비명을 지르며 가정실습실을 빙빙 돌다가 바닥에 쓰러져 구토하기 시작했다. 그런데 더 기가 막힌 것은,

어쩌면 호흡곤란으로 생명이 위험할 수도 있는 이 상황에 가해자들이 핸드폰을 꺼내 A가 고통에 몸부림치는 모습을 동영상으로 찍고 있었다는 것이다! 선생이기 이전에 서른 살 넘은 성인, 아니 정상적인 사고방식을 가진 인간이라면 차마 할 수 없는 잔인한 짓이었다. 결국 비명 소리를 들은 다른 교사들이 실습실로 와서 가해자들을 말리고 A에게 응급처치를 한 뒤 병원으로 보내고서야 이날의 괴롭힘은 끝났다.

더 놀라운 사실은, 이런 학교 폭력의 피해자가 A 한 사람이 아니라는 점이다. 3명의 가해자는 A 외에도 20대 여자 직원 2명, 또 다른 남자 직원 1명까지 폭력의 대상으로 삼아 괴롭혀왔다. 이런 폭력 뒤에는 언제나 '여제' 하세가와의 명령이 있었다. 가해자들은 피해자들에게 언어 폭력, 신체 폭력, 심지어 성적 학대도 서슴지 않았다. 20대 여자 직원들은 일상적으로 성희롱에 시달렸다. 남자 직원의 핸드폰을 빼앗아 이들 여자 직원들에게 입에 담기 어려운 음란 메시지를 보내기도 했다. 더 심한 짓도 있었다. 시바타 유스케는 한 여자 교사를 지목한 뒤 남자 직원에게 그녀와 성관계를 맺고 그 증거로 동영상을 찍어 오지 않으면 '학교에서 잘라버리겠다'는 협박을 일삼았다. 이런 괴롭힘을 겪은 피해자들은 정신과 상담과 입원 치료를 받아야 할 정도로 심각한 고통에 시달렸다.

결국 A는 더 이상 참지 않기로 했다. 한 가해자가 학생인 아이들에게까지 "A 선생 말은 안 들어도 돼. 왜냐면 A는 진짜 바보거든"이라고 선동했다는 걸 알게 됐기 때문이다. 2019년 6월, A는 그 학교의 행정 책임자인 교장에게 지난 1년 반 동안 자신이 겪은 일들을 자세히 알렸다. 그리고 자신 외에도 피해자가 더 있다는 말까지 했다. 교장은 일단 알겠다고, 진상을 조사

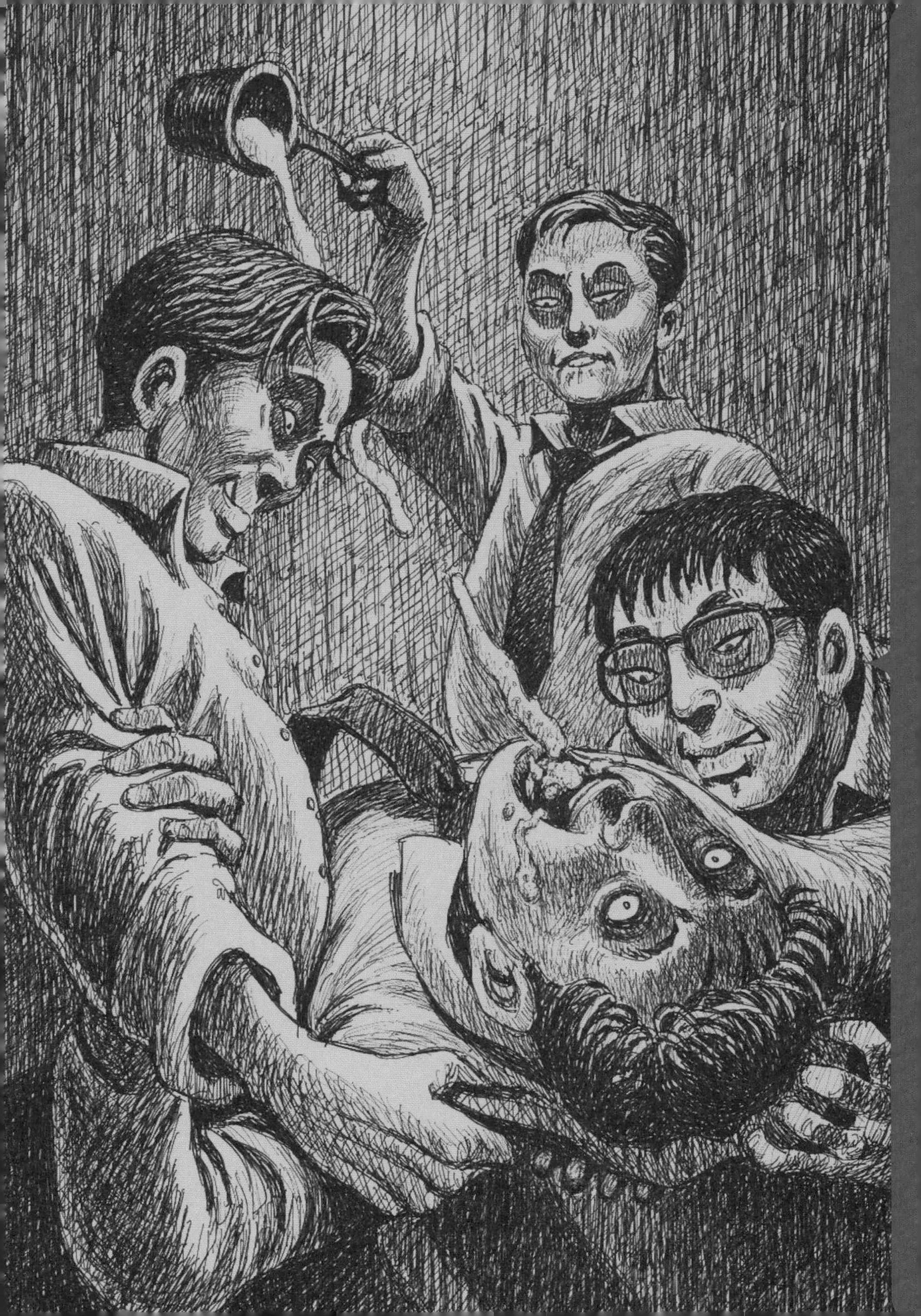

하고 조치를 취하겠다고 말하며 A를 돌려보냈다. 그런데 A의 이런 행동은 그에게 다시 폭력으로 돌아오는 전혀 뜻밖의 결과를 낳았다.

"이 새끼가 교장한테 일러바쳐?"

가해자 중 1명이 다짜고짜 A의 따귀를 올려쳤다.

"이 밀고자, 쥐새끼 같은 놈, 단단히 버릇을 고쳐주마."

가해자 세 사람이 A에게 달려들어 따귀를 때리고 발로 배를 차댔다.

당황한 A는 필사적으로 저항하며 대꾸했다.

"무슨 말씀이세요? 대체 왜 이러시는 거예요?"

"이게, 우리가 모를 줄 알았어?"

"네까짓 게 교장한테 고자질하면 교장이 '아이고 그래요' 하면서 우리를 징계할 줄 알았냐?"

그랬다. 교장도 가해자들과 공모자였던 것이다. 뒤에서 모든 학대를 지시한 '여제' 하세가와를 이 학교로 데려온 게 바로 교장이었다. A가 교장실을 다녀간 뒤, 교장은 가해자들을 불러 말로만 은근히 주의를 주었을 뿐이다. 그러자 가해자들은 A를 학교의 위계질서를 무너뜨린 배신자로 간주하고, 배신자를 처단한다는 명목으로 전보다 더 심한 학대를 가했다.

하지만 꼬리가 길면 결국 밟히는 법. A 교사에 대한 괴롭힘을 보다 못한 다른 동료 교사들이 시 교육청의 교육위원회에 진정을 넣었다. 한 달 뒤, 학교로 찾아온 교육위원회 위원들은 A를 불러 무슨 일이 있었는지 말해달라고 했다. 그런데 A의 입에서는 전혀 예상 밖의 대답이 튀어나왔다.

"네? 이지메요? 아니요, 저는 그 선배님들과 아주 사이좋게 지내고 있습니다."

교육위원회 위원들은 아무런 성과 없이 돌아갈 수밖에 없었다. 대체 왜 A는 이런 거짓 진술을 하게 된 것일까?

교육위원회의 조사가 있기 바로 전날, A는 교장실로 불려갔다. 교장은 험악한 얼굴로 A를 협박했다.

"A 선생, 선생님이 되기 위해 많은 노력을 했다지? 그런데 이렇게 동료 선생들과 학교를 배신하면 어떻게 되는지 알아? 대체 교육청에서 교장인 나와 우리 학교를 어떻게 생각하겠어? 학교의 명예에 먹칠을 하다니. 당신, 내일 진상조사에서 이상한 소리를 한마디라도 하면, 이 학교는 물론이고 전국의 다른 학교에서도 다시는 선생으로 일하지 못하게 할 거야! 이제 20대 중반인데, 앞으로 어떻게 먹고살려고 그래, 응? 처신 똑바로 하라고!"

교장의 이름은 시바모토 지카. 그는 학내에서 '프티 히틀러(작은 히틀러)'라고 불릴 정도로 강압적인 인물이었다. 하세가와와 그녀의 하수인들을 통해 선생들이나 직원들을 괴롭히라는 지시를 내린 인물이 바로 이 교장이라는 작자였다. 그런데 그가 괴롭히라고 시킨 이유가 정말 가관이다. 누구는 출근 첫날 자기한테 인사를 제대로 안 했다며, 또 누구는 말대꾸를 했다며, 심지어 한 여자 직원은 재수없게 생겼다며 괴롭히라는 지시를 내렸다. 학교라는 폐쇄적인 공간에서 위계질서의 정점에 있는 교장에게 아무도 반항할 수 없었다.

결국 2019년 10월, A는 그간 자신이 받아온 폭력의 증거를 모아서 경찰서를 찾아갔다. 교사 생활을 그만두게 되는 한이 있더라도 자신과 같은 일을 당하는 사람이 있으면 안 되겠다는 생각이 들었기 때문이다. A의 용기 덕분에 이 사건은 일본 전역에 '초등교사 이지메 사건'으로 알려지게 되었다. 언론을 통해 가해자들의 얼굴과 실명도 공개됐다. 경찰의 조사 결과 학교 폭력의 주동자로 지목된 '여제' 하세가와는 퇴직을 당했고, 이후 언론에 사과문을 냈다.

"저는 그저 후배 선생들을 직장 선배로서 귀여워했을 뿐인데, 이렇게 되어서 너무 힘들어요. 더 이상 학생들을 가르칠 수 없다니……. 저 역시 이 사건의 피해자예요!"

참으로 뻔뻔한 피해자 코스프레가 아닐 수 없다. 다른 가해자들 역시 피해자가 싫어하는 줄 몰랐고, 그저 재미 삼아 벌인 장난이라고 진술했다. 또 하나 밝혀진 충격적인 사실은, 가해자들과 공모한 선생들 중에는 학생들간의 교내 괴롭힘 문제를 해결해야 하는 생활지도 교사가 포함되어 있었다는 사실이다. 아이들에게는 '친구를 괴롭히면 안 된다'고 가르치는 사람의 이중적인 모습이었다.

사건이 전국에 알려지자 학부모들은 아이들을 등교시키는 것을 거부했다. 이런 인간 막장들이 교사로 있는 학교에서 뭘 배울 수 있겠는가. 학부모들은 회의를 열어 학교 측에 개선 방안과 앞으로의 대책을 요구했다. 그런데 학교에서 내놓은 대책이라는 게 황당하기 그지없었다.

"앞으로 학교 급식 메뉴에서 카레를 빼겠다. 그리고 폭행 사건이 일어난 가정실습실은 밖에서 내부가 보일 수 있게 리모델링하겠다."

어처구니없는 땜질식 처방에 학부모들은 웃음조차 나오지 않았다. 더 황당한 것은 교장과 가해 교사들에게 내려진 징계 수위였다. 주동자로 지목되어 강제 퇴직된 하세가와 말고는 교장과 나머지 가해자들 모두 유급 휴직 처분을 받았다. 아니, 당장 퇴직 당해도 시원찮을 판에 월급까지 고스란히 받는 유급 휴직이라니! 대체 어떻게 이런 일이 가능했던 것일까?

나고야대학 우치다 료 교수는 유독 학교에서 이런 일이 자주 일어나는 이유로 '학교라는 장소의 특수성'을 꼽았다. 일본 사람들에게 학교는 외부의 개입 없는 자립적인 장소여야 한다는 신념이 특히 강하다고 지적했다. 따라서 학교 내에서 어떤 문제가 생겨도 법에 따라 처벌하는 것이 아니라, 자체적으로 조용히 해결하는 것이 오랜 세월 동안 당연시되어왔다는 것이다. 오히려 사건을 외부에 제보하거나 누출시킨 사람이 배신자로 낙인찍히거나 학교의 명예를 실추시킨 죄인처럼 취급받았다. 그래서 학생은 물론 교사들 사이에서 폭력이나 왕따 문제가 생겨도 쉬쉬하며 감추고 조용히 넘어가는 관행이 굳어졌다는 것이다.

하지만 지금은 21세기, 인터넷의 발달로 모든 정보가 투명하게 공개되는 첨단 시대다. 이제 더 이상 과거의 관행대로 학교 폭력 문제를 쉬쉬하고 넘어갈 수 없게 되었다. 경찰이나 언론이 아니더라도 피해자들이 SNS나 여러 인터넷 매체를 통해 자신들이 겪었던 고통을 호소할 수 있게 되었고, 우리 사회도 그러한 피해자의 고통에 더 공감하고 가해자들에게 보다 제대로 된 처벌을 내려야 한다는 사회적 합의가 단단해져가고 있다. 인기가 치솟던 유명 연예인이나 운동선수에게 학교 폭력 문제가 불거지면, 예전에는 그저 사과 한마디하고 1년 정도 자숙 기간을 거친 다음 언제 그랬냐는 듯이 다시 활동해도 아무런 지장이 없었다. 하지만 지금은 더 이상 그렇지 않다. 학교 폭력의 가해자였던 사실이 밝혀진 유명인은 바로 퇴출되고 다시는 복귀하는 게 불가능해진, 투명한 정보 사회로 변한 것이다. 앞으로도 우리 사회가 학교 폭력, 직장 괴롭힘 등 집단 내 상하 관계에서 비롯되는 부조리한 행위에 보다 더 정의로운 심판이 내려지는 사회로 발전하리라 기대한다. ★

11.

라방으로 중계된 실제 살인 현장

미국 비앙카 살인 사건

사이버 스토킹. 우리나라에서도 '신당역 역무원 살인 사건'으로 크게 파문을 일으킨 신종 범죄 유형이다.

사이버 스토킹은 현실 세계가 아닌 사이버 공간에서 시작되며, 스토킹의 영역이 점차 확장되어 실제 현실 세계에까지 왜곡된 영향을 미친다. 결국 사이버 공간과 현실 세계 사이의 경계가 모호해진 스토킹 범죄자는, 현실의 피해자를 직접 찾아가 살인이라는 끔찍한 범죄까지 저지르기도 한다. 한국은 이제 막 사이버 스토킹 범죄에 대한 처벌 조항이 마련되고 사회적으로 큰 이슈가 되고 있지만, 미국이나 유럽 여러 국가에서는 이미 20여 년 전부터 사이버 스토킹 범죄에 대한 명확한 처벌 조항과 매뉴얼이 마련되어 있다.

2019년 미국 뉴욕주에서 일어난 비앙카 살인 사건. 이 사건은 우리에게 사이버 스토킹 범죄가 현실 세계에까지 확장되는 과정, 그리고 범죄가 일어난 후에도 이른바 피해자의 '잊힐 권리'가 철저히 무시되고 망자의 명예마저 더럽혀지는 과정을 적나라하게 보여준다.

미안해, 비앙카.

지옥으로 가는 길이 열렸어. 이건 구원이야. 맞지?

이게 네 인생의 마지막이야. 시시각각 최후에 다다르고 있어.

2019년 7월 13일, 미국 뉴욕에 거주하는 21세 남성 브랜던 클라크의 인스타그램 계정에 올라온 사진에 적힌 글귀들이다. 언뜻 보면 허세 가득한 문장들, 그것도 본인이 직접 쓴 게 아니라 노래 가사나 영화 대사에서 따온 문장들이다. 그런데 '미안해, 비앙카'라는 첫 게시물에 올린 문장과 그 뒤로 흐릿하게 보이는 사진이 섬뜩하다. 뚜렷하진 않지만 피를 흘리고 있는 누군가의 상반신 사진. 그리고 계속 이어지는 게시물에서 브랜던은 자신의 피 묻은 손과 셔츠, 반쯤 정신 나간 듯한 자신의 얼굴, 결정적으로 누가 봐도 죽은 사람의 시체에 덮어놓은 것 같은 피에 젖은 방수포 사진을 올렸다. 이 자극적인 게시물은 곧바로 많은 인스타그램 유저들의 관심을 끌었다. 수많은 사람들이 브랜던의 게시물에 '좋아요'를 누르고 댓글을 달았다.

이게 뭐야? 이 자식, 진짜로 사람을 죽인 건가?

새로운 관종의 탄생이네. 브랜던? 이건 또 뭐하는 녀석이야.

이건 페이크 다큐멘터리예요. 틀림없이 딥페이크로 조작된 사진들일 겁니다.

브랜던에게 빨리 다음 게시물을 올리라고 재촉하는 사람, '이거 다 가짜

지?'라고 비아냥거리는 사람, 전문가인 척 사진과 글을 분석하는 사람 등 브랜던의 게시물은 많은 이들의 관심거리가 되었다. 브랜던이 올린 게시물들은 인스타그램뿐 아니라 4chan, 디스코드 같은 미국의 유명 커뮤니티에까지 빠르게 유포되었다. 그런데 혹시나 이게 진짜 살인 현장을 생중계하는 것인지도 모른다는 걱정을 하는, 깨어 있는 사람들도 몇몇 있었다. 그들은 인스타그램 운영자에게 이 게시물들을 신고하고 삭제할 것을 요청했다. 설령 이게 조작된 사진이라 해도 아이부터 어른까지 모든 연령에게 노출되는 SNS에 이런 불쾌한 사진들이 버젓이 게시되는 것은 통제가 필요해 보인다고 했다. 하지만 인스타그램 운영자 측에서는 '본 게시물은 인스타그램의 게시물 운영 규칙에 어긋나지 않습니다'라는 안이하고 기계적인 답변만 계속할 뿐이었다. 결국 보다 못한 몇몇 인스타그램 유저들이 경찰에 신고했고, 게시물이 올라온 지역에서 가장 가까운 지역을 순찰하던 경찰차가 브랜던이 마지막으로 사진을 업로드한 장소로 출동했다.

"대체 어떤 미친 인간이야?"

고속도로 순찰대 대원은 브랜던이 올린 게시물들을 보며 투덜거렸다. 경찰차는 사이렌을 울리며 최고 속도로 현장에 다가갔다.

"뻔하지. 가짜 사진으로 인스타그램에서 관심 한번 받아보려는 한심한 애겠지. 암튼 요즘 SNS에 미친 관종들이 참 문제야. 걔들은 팔로워 수를 늘리기 위해 뭐든 한다니깐."

"아무리 합성 사진이라도 이런 사진을 공개적으로 올리는 건 범죄라고!"

"아무튼 이것도 우리 일이니까 얼른 가서 이 미친놈을 잡아넣자고."

경찰은 얼마 지나지 않아 현장에 도착했다.

"여기 근처인 거 같은데…… 어, 저기 사람이 있다!"

경찰 한 명이 수풀 쪽을 가리키며 말했다. 한 젊은 남자가 바닥에 깔린 방수포 앞에 서 있었다. 그런데 그의 손에는 피 묻은 칼과 핸드폰이 들려 있었다! 그는 정신 나간 표정으로 계속해서 방수포에 덮인 무언가를 사진 찍고 있었다. 피 묻은 칼을 보자 경찰들의 대응은 180도 달라졌다. 그들은 바로 총을 빼 들고 남자에게 천천히 다가갔다.

"이봐, 손 들어. 이쪽으로 천천히, 천천히 돌아봐. 손에 있는 칼은 바닥에 버리고!"

남자는 경찰들 쪽으로 서서히 돌아섰다. 그는 섬뜩하게 웃으며 경찰들에게 칼을 겨눴다. 그러곤 끔찍한 일이 벌어졌다. 경찰들이 조심스레 다가가자 그는 핸드폰으로 경찰들 사진을 몇 장 찍더니, 갑자기 손에 든 칼로 자신의 목을 찔렀다! 순식간에 벌어진 일이라 말릴 새도 없었다. 그는 목에서 피를 흘리며 바닥의 방수포 위로 눕더니 손에 든 핸드폰을 높이 들어 피 흘리는 자신의 모습을 찍기 시작했다.

"저런 미친놈을 봤나!"

경찰은 황급히 뛰어가 남자의 손에서 칼을 낚아채고, 목에 난 상처를 살펴봤다. 다행히 경동맥은 피해서 찌른 것 같았다. 긴급히 지혈과 응급조치를 마친 후 곧바로 911 구조대에 이송을 요청했다. 그리고 브랜던이 쓰러졌던 방수포를 들춰 보았다. 그런데, 이런! 방수포를 걷어내자 그 아래에는 칼로 난도질당한 한 여성의 시체가 있었다. 생사를 확인해볼 필요도 없었다. 그녀의 목에서 흘러나온 피가 온몸을 붉게 적셔놓았으니까. 브랜던이 지난 20시간 동안 올린 게시물의 사진들은 조작된 게 아니라 모두 진짜 범행 현장의 기록이었던 것이다. 대체 여기서 무슨 일이 일어난 것일까?

피해자는 이제 갓 고등학교를 졸업한 열일곱 살 소녀, 비앙카 데빈스였다. 그녀 역시 브랜던과 마찬가지로 뉴욕에 거주하고 있었다. 비앙카는 어렸을 때부터 아버지에게 정신적인 학대를 받았고, 때문에 우울증과 불안 증세로 정신과 치료를 받기도 했다. 그녀는 또래 친구들처럼 자신의 인스타그램을 키우는 데 정성을 쏟았다. 현실 세계에서 상처 입고 우울증 등 정신적 고통을 겪는 사람들에게 SNS는 일종의 피난처가 되기도 한다. 그녀는 여느 인스타그램 유저처럼 자신의 사진, 일상 사진, 매일의 패션, 친구들과 놀러 가서 찍은 사진, 가족들 사진, 학교에서 찍은 사진 등을 올리며 공유했다.

비앙카의 팔로워는 2000명 정도로, 아주 많은 것은 아니었다. 하지만 그녀는 인스타그램이 제공하는 가상 공간에서 사람들과 소통하기를 즐겼고, 자신의 사진에 '좋아요'를 받으면 행복해하고 팔로워 수를 1명씩 늘려가는 것에 소소한 행복을 느끼던 고등학생이었다. 그녀는 고등학교를 졸업한 후 대학에서 심리학을 전공해 자신처럼 힘든 청소년기를 보내는 10대들을 심리 상담하면서 도와주고 싶다는 포부를 밝히기도 했다. 그렇게 비앙카가 고교 시절의 마지막 학기를 보내던 2019년 4월, 한 인스타그램 유저가 그녀의 계정을 팔로우하기 시작했다. 그가 바로 21세 남성 브랜던 클라크였다.

브랜던은 비앙카의 인스타그램에 빠져서 그녀가 지금껏 올린 모든 사진을 따로 저장했고, 하루 종일 그녀가 SNS에 보여준 일상들을 분석했다. 그리고 그녀의 게시물에 '좋아요'를 누르거나 댓글을 단 사람들의 계정에 찾아가 비앙카와 어떤 관계인지 일일이 조사했다. 말 그대로 브랜던은 비앙카의 인스타그램에 중독됐다. 비앙카가 마치 자신의 여자친구인 것처럼 집착하고 가상 공간에 올라오는 비앙카의 모든 것을 감시하기 시작했던 것이다. 현실 세계에서는 일면식도 없는 사이였지만, 인스타그램을 통해 노출되는 비앙카의 개인정보를 하나하나 모아가며 브랜던은 그녀의 취미, 좋아하는 것과 싫어하는 것, 교우 관계, 집 주소나 전화번호 같은 개인정보와 일상적인 동선까지 자세히 파악하게 되었다. 그리고 마침내 비앙카의 고등학교 졸업식 날, 브랜던은 그녀를 직접 만날 결심을 하고 찾아갔다.

"비앙카 데빈스 양?"

비앙카가 뒤를 돌아보자 웬 남자가 서 있었다.

"안녕하세요. 브랜던 클라크라고 합니다. 우리 인스타그램에서 DM(다이렉트 메시지)으로 여러 번 이야기했는데, 기억하시죠?"

"네? 아, 클라크 씨……."

"클라크 씨라니. 브랜던이라고 불러주세요."

비앙카는 솔직히 깜짝 놀랐다. 인스타그램에서 친분을 맺은 사람들은 가상 공간의 친구일 뿐, 일면식도 없는 사람이 직접 자신을 찾아온 것은 처음이었기 때문이다. 그것도 자신의 고등학교 졸업식 날에 말이다. 하지만 비앙카는 온라인 친구를 현실에서 만났다는 사실에 신기해하며 그를 반갑게 맞아주었다. 그런데 조금 소름 끼치는 일이 일어났다. 몇 마디 대화를 나누다가 브랜던이 갑자기 자신의 종아리에 새겨진 문신을 자랑스럽게 보여주었다.

"제가 전에 DM으로 얘기했죠? 비앙카를 위한 선물을 마련했다고. 바로 이겁니다."

순간 비앙카는 마음속으로 '헉!' 소리를 지를 수밖에 없었다. 그 문신은 비앙카가 어렸을 때 즐겁게 놀던 놀이터에 있는 그네의 모습이었다. 비앙카는 그네 사진을 올리면서 '내 인생에서 가장 행복한 순간들을 보냈던 곳, 내가 가장 좋아하는 장소예요'라는 멘트를 달았다. 그런데 브랜던이 그 사진 속 그네를 자신의 몸에 문신으로 새긴 것이다.

'이 사람, 뭐야?'

이후 브랜던은 비앙카에게 적극적으로 연락하고, 때로는 집 앞으로 찾아와 몇 시간씩 기다리기도 했다. 비앙카는 브랜던에게 직간접적으로 선을 긋는 말을 몇 번 했지만, 그는 비앙카의 마음에는 전혀 관심이 없는 듯했다. 고민하던 비앙카는 자신의 엄마에게 브랜던을 소개했는데, 의외로 그녀의 엄마는 브랜던이 생각보다 매력적이고 예의 바른 청년이라고 칭찬했다. 엄마의 사람 보는 눈을 믿은 비앙카는 결국 브랜던에 대한 경계를 풀고, 그의 초대를 받아 그의 집에 가서 그의 가족들에게 인사하는 등 두 사람은 가까운 사이로 발전했다. 문제는, 비앙카의 생각보다 브랜던이 둘 사이를 훨씬 더 깊은 사이로 착각하고 있다는 데 있었다.

끔찍한 사건이 발생한 7월 13일, 두 사람은 브랜던의 차를 타고 뉴욕에서 400km 넘게 떨어진 콘서트장에 가기로 약속했다. 브랜던은 한껏 들떠 있었다. 지금까지 비앙카와 단 둘이 이렇게 오랜 시간을 보낸 적이 없었기 때문이다. 이번에야말로 비앙카에 대한 자신의 진심을 제대로 전달할 절호의 기회라고 생각했다. 하지만 비앙카의 생각은 달랐다. 비앙카는 인스타그램에서 알게 된 또 다른 남자인 '알렉스'를 만나기 위해 콘서트장에 가는 것이었다. 비앙카에게 브랜던은 단지 친구일 뿐이었다. 그를 연인으로 생각해본 적은 한 번도 없었다. 콘서트장에 도착한 비앙카는 브랜던을 혼자 남

겨두고 알렉스를 만나러 가버렸다. 알렉스는 그녀가 기대했던 것처럼 매력적인 남자였다. 비앙카와 알렉스는 처음 만난 날, 첫 키스를 했다. 그런데 두 사람이 키스하는 것을 브랜던이 목격하고 말았다.

콘서트가 끝난 뒤, 뉴욕으로 돌아오는 차 안. 싸늘한 공기가 맴돌았다. 브랜던은 잔뜩 화가 난 표정으로 앞만 보며 운전했다. 그러거나 말거나 비앙카는 좀 전에 헤어진 알렉스와 메시지를 주고받으며 다음에 언제 또 만날까 약속을 정하고 있었다. 결국 참다 못한 브랜던이 먼저 입을 열었다.

"너, 그 알렉스란 자식이랑 키스했지?"

"어, 그거…… 봤어?"

"그래, 봤다. 오늘 콘서트장도 그 자식 만나려고 온 거지?"

비앙카는 브랜던을 남자친구라고 생각하지 않았기 때문에 일일이 해명할 필요를 느끼지 못했지만, 달리는 차 안에 브랜던과 단둘이 있는 이 상황이 불편하고 두려워서 일단 그에게 사과부터 했다. 하지만 브랜던은 오히려 더 화를 내며 말했다.

"어떻게 네가 나한테 이럴 수 있지?"

"브랜던 왜 그래? 우린 친구잖아."

"친구?"

"그래, 친구. 난 널 한 번도 남자로 생각해본 적 없어."

순간, 브랜던의 얼굴이 급격히 어두워졌다. 그러더니 무언가를 결심한 듯 입술을 굳게 다물었다. 그는 운전하면서 핸드폰을 꺼내 어두워져가는 저녁 무렵 고속도로를 찍었다. 그리고 그 사진을 자신의 인스타그램에 올리면서 이렇게 덧붙였다.

지옥으로 가는 길이 열렸어. 이건 구원이야. 맞지?

"브랜던, 운전 중이잖아. 나 무서워. 운전에만 좀 집중해."

"야, 비앙카."

"왜?"

"마지막 선물이야."

브랜던의 손에는 어느새 날카로운 칼이 들려 있었다. 그는 순식간에 비앙카의 목을 칼로 찔렀다. 비앙카의 가느다란 목에서 새빨간 핏줄기가 분수처럼 뿜어져 나왔다…….

그 뒤는 앞에서 설명한 대로다. 그는 자신의 범행 과정을 인스타그램에 실시간으로 올리기 시작했다. 피투성이가 된 비앙카의 시신을 사진으로 찍었다. 이어 피 묻은 자신의 손과 옷, 정신이 나간 듯한 광기 어린 자신의 얼굴, 길가에 놓인 방수포로 덮어놓은 비앙카의 시체, 심지어 시신을 덮어놓은 방수포 앞에서 노래 한 곡을 틀어놓고 앉아 있는 영상을 올렸다. 노래 가사에는 '난 아주 긴 드라이브를 원해', '널 다음 생에서 다시 만날게'라는 구절이 담겨 있었다. 브랜던은 자신의 가족에게 전화를 걸어 범행 사실을 자백하고 현장 사진까지 보냈다. 그리고 경찰이 그를 체포하러 오자 자신의 목을 찔러 자살을 시도했던 것이다.

경찰이 신속하게 응급처치를 한 데다 병원에 빠르게 이송된 덕분에 목숨을 건진 브랜던은 결국 2급 살인범으로 기소됐다. 그가 구치소에서 찍은 피의자 사진을 보면 목에 가로로 상처 자국이 뚜렷이 남아 있다. 그런데 경찰의 수사가 진행될수록 브랜던의 살인이 우발적인 것이 아니라 치밀하게 계획된 것으로 보이는 증거가 속속 드러났다.

"반장님, 이 녀석이 몇 주 전부터 인터넷에서 살인 방법을 검색했습니다! 특히 목 주위 혈관 구조를 아주 꼼꼼하게 검색했는데요?"

"그래?"

"그리고 브랜던의 차 트렁크에서 노끈이랑 방수포가 여러 개 더 발견됐습니다. 납치나 살인을 미리 계획했을 가능성이 높습니다."

"우발적인 범죄가 아니란 말이지?"

"네. 범행에 사용된 칼도 최근에 구입한 것입니다."

재판이 시작되자 브랜던의 변호인은 해당 검색이 자살을 하기 위해 알아본 것이지 계획범죄의 증거는 아니라고 설명했다. 그리고 브랜던의 불행한 유년 시절을 끌어들여 심신미약을 주장했다.

"존경하는 재판장님, 피고인 브랜던은 열두 살 때 아버지가 엄마의 목에 칼을 대고 죽여버리겠다고 인질극을 벌이는 것을 지켜봐야만 했습니다. 그 때의 정신적인 충격으로 9년이 지난 지금도 브랜던은 분노 조절 장애와 조울증으로 고통받고 있습니다. 피고의 심신미약 진단 검사를 신청합니다."

"검사 측, 변호사의 주장이 사실입니까?"

"네, 그…… 9년 전이군요. 피고 브랜던의 아버지가 아내의 외도를 의심해서 목에 칼을 대고 열 시간 동안 인질극을 벌였다는 기록이 있습니다."

"피고의 아버지가 피고의 어머니 목에 칼을 대고 협박하는 장면을 피고가 직접 봤다는 게 사실인가요?"

"네, 그렇습니다. 당시 열두 살이었던 피고는 인질극이 끝난 후 집 안에서 발견됐습니다. 인질극이 벌어지던 열 시간 동안 집 안에 함께 있었던 건 사실입니다."

변호사의 주장이 받아들여진 것일까? 브랜던은 법원에서 가석방이 가능한 25년 형을 선고받았다. 비앙카의 유족들은 분노할 수밖에 없었다.

"말도 안 돼요! 사형에 처해야 해요!"

"25년 형이면 46세가 되면 출소하는 거잖아. 게다가 가석방이 가능할 수도 있다고?"

비앙카의 유족은 항소했지만, 브랜던의 형은 그대로 확정되고 말았다. 더 큰 문제는 비앙카의 죽음과 그 과정이 인스타그램을 통해 전 세계에 알려져버렸다는 것이다. 비앙카는 죽고 나서도 '잊힐 권리'를 갖지 못하고 사람들에게 계속 이야깃거리로 소비됐다. 아니, 오히려 죽고 나자 그녀의 인스타그램은 팔로워 수가 급격히 늘어났다. 진심으로 추모의 글을 남기고 비앙카의 영혼을 달래는 댓글도 많았다. 하지만 개중에는 정말 눈살을 찌푸리게 만드는 관종들, 또는 비앙카의 죽음을 이용해 자신의 팔로워를 늘리려는 인간 말종들도 있었다. 이들은 이런 댓글을 쓰기도 했다.

나한테 이 여자가 살해당하는 범행 과정을 찍은 동영상이 있다. 나를 팔로우하면 그 영상을 보내주겠다.

그런데 이 어처구니없는 댓글 아래 '나한테도 제발 그 영상을 공유해줄 수 없느냐'고 구걸하는 댓글이 수십 개나 달렸다. 익명성 뒤에 숨은 인간의 관음증이란 얼마나 추악한가.

또 하나, 유가족에게는 청천벽력 같은 소식이 전해졌다. 브랜던이 비앙카와 성관계를 맺은 뒤 끔찍하게 살해하는 영상을, 한 다큐멘터리 제작진이 확보했다는 것이다. 그 제작진은 대중의 알 권리를 운운하며 담당 검사에게 보도 허가를 요청했고, 검사는 유가족의 동의도 없이 허락해줘버렸다. 비앙카의 어머니는 딸의 마지막 모습이 더 이상 처참하게 세상에 알려지지 않도록 하기 위해 방송사를 상대로 소송을 제기한 상태다. 비앙카가 세상을 떠난 지 3년이 지났지만, 그녀의 어머니는 여전히 딸을 조롱하고 패러디한 게시물이 여기저기 올라오고 있어서 고통받고 있다.

자신이 사이버 스토킹한 여성을 현실 세계에서까지 찾아가 잔인하게 살해하고 그 과정을 인스타그램에 생중계한 희대의 관종 브랜던 클라크. 이 모든 비극의 책임이 그 한 사람에게만 있을까? 브랜던의 계정을 스무 시간이나 그대로 방치한 인스타그램 역시 그 책임에서 자유로울 수 없다. 모든 것이 애플리케이션이나 플랫폼으로 직결되는 현대 사회에서는 이를 통제하는 질서와 법규가 당연히 필요하다. 게다가 단순히 흥밋거리로 잔혹한 비극의 사진들을 공유하고 퍼 나른 것은 우리와 같은 평범한 인터넷 사용자들이었다. 어쩌면 우리 역시 손가락으로 몇 번 클릭하는 것으로 우리 자신도 모르게 범죄에 동참하고 있을지도 모른다. ★

12.

유튜브에선 불쾌해야 뜬다?

기이한 유튜버 모음

21세기는 영상 문화의 시대다.

지난 20세기에는 책, 라디오, TV, 영화 등 다양한 매체를 통한 문화가 공존했다면, 지금 우리가 살아가는 21세기는 영상의 힘이 압도적이다. 이렇게 된 데는 인터넷과 스마트폰의 보급이 큰 역할을 했다. 인터넷은 전 세계 모든 사람을 동시에 연결하는 네트워크를 만들었다. 스티브 잡스가 발명한 스마트폰은 사람들의 손에 언제 어디서나 인터넷에 연결될 수 있는 단말기를 쥐어주었다. 스마트폰은 단순한 전화기가 아니다. 카메라였다가 캠코더였다가 사진과 영상을 편집하고 업로드할 수 있는 내 손 안의 작은 컴퓨터가 되기도 한다.

인터넷과 스마트폰을 기반으로 하는 무수한 애플리케이션과 플랫폼들은 콘텐츠 제작자와 사용자의 쌍방향 소통을 가능하게 해주었다. 상호작용(INTERACTIVE)하는 쌍방향 소통의 영상 문화. 이 21세기 영상 문화를 이끌어가는 세계 최대의 플랫폼이 바로 유튜브다.

유튜브에서 개인 방송을 하면 사람들의 관심을 받을 수 있을 뿐만 아니라, 동영상이 인기를 얻으면 광고를 방송에 삽입해 조회 수에 따라 수익을 얻을 수 있으므로 이는 또한 하나의 시장으로 자리 잡았다. 이런 상황에서 최근 구독자 및 조회 수를 늘리기 위해 자극적인 동영상을 만드는 등 무슨 짓이든 하는 사람들이 늘어나고 있다. 문제는 개인 방송에서 과연 무슨 영상이 나오고, 그것이 시청자들에게 무슨 영향을 미칠지 알 수 없다는 점이다. 범죄를 저지르는 과정이 아주 자세히 올라갈 수도 있다. 심지어 실제 범죄 장면으로 여겨지는 영상이 올라와 경찰이 출동하는 소동이 벌어진 적도 있다.

1990년대부터 떠돌았던 것으로 추정되는 영상이 하나 있다. 약 27분 분량의 이 영상은 제목이 '바보들을 위한 무덤 훔치기(Grave Robbing for Morons)'다. 영상이 시작되면 가죽 재킷을 입은 한 젊은 남성이 등장한다. 그의 손에는 두개골이 하나 들려 있다.

"안녕하세요, 여러분. 이건 제가 얼마 전 무덤에서 발견한 해골입니다!"

얼핏 보면 고고학이나 인류학 관련 전문가일까 하는 생각이 든다. 하지만 그의 설명을 들어보면 전혀 그렇지 않다. 그는 도굴꾼이다.

"무덤을 팔 때는요, 반드시 자리를 잘 봐야 합니다."

남의 무덤을 파헤치고 시신을 꺼내 해골을 분리해서 가져온 사람. 그는 당당하게 영상을 통해 자신만의 유골 훔치는 비법을 설명한다.

"잘 보세요. 이 사람은 갈색 머리카락을 갖고 있었습니다. 죽기 전에 머리를 짧게 깎았나 봐요. 가끔 긴 머리카락이 그대로 붙어 있는 두개골도 나오는데, 전 별로 안 좋아해요. 머리카락이 많이 붙어 있으면 두개골을 처리하기가 번거롭거든요."

그는 천연덕스럽게 두개골을 분리하는 방법을 설명한다.

"자, 여기가 중요해요. 살점을 벗길 때는 이렇게 이쪽 방향으로 해야 합니다. 그 반대로 했다간 뼈에 심각한 손상을 줄 수도 있습니다. 애써 훔쳐온 건데 망가지면 곤란하잖아요?"

더 큰 문제는 그가 도굴한 시체를 처리하는 법까지 설명한다는 점이다.

"유골을 가져올 때, 그게 가짜가 아니고 진짜 무덤에서 꺼내왔다는 걸 증명할 증거품을 같이 가져와야 해요. 이빨이 좋아요, 이빨. 치아는 잘 상하지 않아서 제일 오래 가거든요. 근데 눈알은 정말 골치 아파요. 시체에서 제일 먼저 썩는 게 눈알이거든요. 그래서 오늘은 제가 특별히 눈알을 쉽게 제거하는 법을 알려드리죠."

도굴꾼은 자신이 하는 일이 불법이라는 것도 잘 알고 있다.

"여러분, 남의 시체를 훔치다가 걸리면 바로 현행범으로 체포돼요. 그럼 진짜 골치 아프거든요. 그러니까 절대로 걸리지 마세요."

그렇게 충고하면서 그는 앞으로도 도굴을 계속해갈 것이라고 말한다.

연쇄살인범들이 살인 범죄를 저지른 후 일종의 기념품으로 피해자의 신체 일부를 수집하는 경우가 있다. 이를 범죄학 용어로 '트로피'라고 한다. 물론 이 도굴꾼은 연쇄살인범이 아니지

만 무덤을 파헤쳐 남의 유골을 훔쳐 오는 일은 엄연히 범죄다. 이처럼 단순한 장난이라고 치부하기에는 심각한 일을 저지르고 그걸 영상으로 만들어서 인터넷에 올리는 이들이 많아지고 있다.

실제로 이 영상이 많은 사람들에게 이슈가 되면서 사실적으로 만든 조작 영상, 그러니까 일종의 페이크 다큐라는 소문이 돌기 시작했다. 일종의 실험예술 프로젝트일 가능성이 있다고 본 것이다. 그렇게 생각하는 이유는 간단하다. 들키지 않고 무덤을 파기란 결코 쉬운 일이 아니며, 시체를 꺼낼 정도로 파려면 많은 시간과 노력이 든다. 무엇보다도 도굴 사건이 일어났다면 틀림없이 유족이 경찰에 신고했을 텐데, 당시 경찰 기록에는 그런 신고가 접수된 적이 전혀 없다.

그렇다 해도 이 영상을 단순히 실험예술이나 장난으로 치부하고 넘어가는 것은 곤란하다. 27분간 이어지는 영상에서 그가 설명하는 내용은 너무나 사실적이다. 게다가 일부 전문가는 그의 설명이 해박한 해부학 지식을 바탕으로 실제 도굴범에게 악용될 소지가 다분하다고 지적했다.

만약 이 영상이 진짜 도굴범이 제작한 거라면, 그는 왜 이런 영상을 만든 걸까? 자신의 행동이 자랑스러워서였을까? 아니면 뭔가 기록으로 남기고 싶어서였을까? 실제가 아니라 가짜라면? 그렇다면 이유는 간단하다. 다른 이들의 관심을 끌려는 목적이다. 그래야 자신의 영상이 인기를 얻고 수익도 올릴 수 있기 때문이다.

그런데 이 영상은 어쩌다가 유튜브에까지 올라오게 되었을까? 영상을 맨 처음 올린 사람에 대해서도 확실히 밝혀지지 않았다. 그저 기괴한 영상을 모으는 취미를 가진 누군가가 익명으로 올린 것이라는 추측만 무성할 뿐이다.

두 번째로 소개할 영상은 더 기괴하고 심각하다. '안녕, 월터! 나 오늘 새 여자친구 생겼어!(HI, WALTER! I GOT A NEW GIRLFRIEND TODAY!)'라는 제목의 56초짜리 짧은 동영상이다. 제목 그대로 월터라는 친구에게 새 여자친구가 생겼다고 알리는 내용이다. 영상은 다음과 같은 말로 시작된다.

"월터, 나 오늘 새 여자친구가 생겼어. 정말 멋지지 않아? 오늘 종일 데이트를 했다고. 백화점에 가서 옷도 사고, 함께 공원도 산책하고. 세상이 전혀 달라 보여. 어제랑은 완전히 다른 세상이야. 너무 행복해!"

여기까지는 그저 사랑에 빠진 한 남자의 행복한 고백처럼 보인다. 그런데 영상의 끝부분에 다다른 40초 즈음, 이해하기 어려운 상황이 펼쳐진다.

"지금 우리 집에 여자친구를 데려왔어. 근데 그녀가 카메라를 좀 싫어하네. 그래도 너한테 꼭 자랑하고 싶어!"

그러더니 영상 속 남성이 방 한쪽 구석의 화장실 문을 연다. 그런데 화장실 안에는 한 여성이 밧줄로 꽁꽁 묶인 채 엎드려 있다.

"저, 저기요. 저한테 왜 이러시는 거예요?"

카메라가 비추자 여자는 울먹이는 목소리로 말한다. 하지만 남자는 개의치 않고 화장실 안으로 들어가 문을 닫는다. 그리고 이어지는 여자의 끔찍한 울부짖음! 아무런 설명도 없이 영상은 여기서 끝나고 만다.

이 영상은 큰 파문을 불러일으켰다. 만약 영상 속 상황이 실제라면, 이 여성은 아주 위험한 상황에 처한 게 틀림없을 것이기 때문이다. 문제는 여기서 시작된다. 그 영상을 본 한 시청자가 엎드려 있던 여자를 어디선가 본 것 같은 느낌이 들었던 것이다.

"맞아! 실종 소녀 포스터!"

그 시청자는 케일라 버그라는 16세 소녀가 실종되어 경찰이 수사에 나섰고, 그녀를 찾는다는 내용이 담긴 포스터를 본 적 있었다. 영상 속 여자는 그가 포스터에서 봤던 실종 소녀의 모습과 무척 닮은 것 같았다. 동영상이 올라온 날짜는 실종 사건이 일어나고 두 달쯤 후였다. 그는 바로 경찰에 신고했다. 그의 신고로 곧 경찰이 출동했다. 경찰은 영상 속 여자의 신원을 파악하기 위해 우선 케일라의 어머니에게 그 동영상을 보여줬다.

"따님이 맞습니까?"

"다, 닮은 것 같은데……, 확실하지 않아요."

화면이 흐려서 누구인지 금방 알 수 없었다. 그때 케일라의 남동생이 외쳤다.

"우리 누나 맞아요. 실종된 날, 누나가 입었던 옷이랑 비슷해요!"

경찰은 곧바로 그 영상이 올라온 IP를 추적했다. 의외로 한 가정집에서 올라온 영상이었다. 집주인은 36세의 마이클 메이턴이라는 남성이었다. 아무런 전과도 없는 평범한 사람이었다. 잠시 후, 경찰은 그의 집에 출동했다. 초인종을 누르자 동영상에 나왔던 남자가 문을 열었다. 마이클은 갑자기 눈앞에 내밀어진 경찰 신분증을 보고 놀란 듯했다.

"마이클 메이턴? 당신 10월 11일 유튜브에 이 영상을 올렸죠?"

"영상이요? 아, 네. 제가 올린 영상 맞습니다."

"이 여자 지금 어디 있습니까? 당신은 지금 케일라라는 소녀 실종 사건의 유력한 용의자입니다!"

"제가 용의자라고요?"

경찰은 유튜브 동영상에 나온 여자가 납치 사건의 피해자라는 제보가 들어왔다고 말했다. 그 말을 들은 마이클은 껄껄 웃기 시작했다.

"뭐가 웃깁니까?"

출동한 경찰들은 황당함을 감출 수 없었다. 잠시 후, 웃음을 멈춘 그가 말했다.

"그거, 제가 그냥 실험 삼아 올려본 페이크 영상입니다. 그 여자는 그날 잠깐 채용한 파트타임 배우예요. 그 방송을 같이 제작한 프로듀서도 있습니다."

"배, 배우라고요? 그러면, 월터라는 사람은 누굽니까?"

"그것도 그냥 제가 지어낸 이름입니다. 장난삼아 한 번 찍어봤는데, 진짜 경찰이 우리 집에 오다니, 이거 제대로 헛걸음하셨네요. 하하하!"

"그 여자 연락처 알고 있습니까?"

경찰이 보기에도 용의자라고 하기엔 너무도 천연덕스러웠다. 그래도 확인이 필요했다.

"배우 에이전시에 연락해서 소개받은 배우니까…… 그때 어디에 연락했더라? 잠시만 기다리세요."

마이클이 건네준 배우 에이전시 연락처를 조사한 경찰은 확인하기 위해 주소지까지 찾아가서 영상에 출연한 여배우를 만났다. 그녀는 실종된 케일라가 아니라, 36세의 아마추어 배우 루시 케이보였다.

"네, 제가 그날 그 집에 가서 일부러 납치된 여자처럼 연기했어요."

"정말입니까?"

"네, 정말이에요. 제가 열여섯 살짜리 여고생처럼 보이나요? 어머, 정말

기쁘네요."

루시는 자신의 연기가 진짜처럼 보였다는 생각에 뿌듯한 표정을 지었다. 루시의 증언 외에도 그녀가 출연료로 받은 영수증까지 있었기 때문에 의심의 여지가 없었다. 그 두 사람은 그저 리얼리티를 가장한 페이크 범죄극 연기를 했을 뿐이다. 경찰의 출동은 허무하게 끝나고 말았다.

물론 이런 페이크 영상을 제작하는 것 자체가 잘못된 일은 아니지만, 실종된 딸의 시신이라도 찾을 수 있을 거라고 기대했던 가족은 크게 실망할 수밖에 없었다. 케일라 버그 실종 사건은 아직도 해결되지 않은 채 미제로 남아 있다. 그런데 이 영상을 보고 경찰까지 출동했다는 사실이 알려지면서 해당 영상은 뒤늦게 역주행하며 인기를 얻었다. 이 영상은 아직도 검색 몇 번이면 인터넷에서 쉽게 찾아볼 수 있는 유명한 영상이다.

세 번째로 소개할 영상은 '블랭크 룸 수프(BLANK ROOM SOUP)'라는 제목의 영상이다. 우리말로 직역하면 '빈방 수프'라는 뜻이다. 이 영상 또한 사람들의 많은 관심과 의혹을 받으며 여전히 인터넷에 떠돌고 있다. 이 영상은 대체 누가 왜 만들었는지 이해하기 어렵다. 총 길이 1분 정도의 짧은 영상이지만, 그 안에 무슨 의미가 담겨 있는지 아무도 모른 채 의혹만 남아 있을 뿐이다.

영상이 시작되면, 하얀 방 안에서 러닝셔츠 차림의 남성이 테이블 앞에 앉아 수프를 허겁지겁 먹는다. 며칠은 굶었는지 그릇 주변에 건더기가 흘러내리는데도 아랑곳하지 않고 엄청난 속도로 수프를 먹어치운다. 영상 속 남자의 눈은 검게 블라인드 처리되어 신원을 확인할 수 없다. 단지 아시아계 인종인 것만 알 수 있다. 수프 그릇은 중국음식점에서 쉽게 볼 수 있는 국수용 그릇처럼 보인다. 특이한 점은, 그가 손에 든 숟가락이 웬만한 국자보다도 더 큼지막해서 수프를 떠먹는 게 여간 불편해 보이지 않는다는 것이다.

그런데 영상 중간쯤 한 남자가 방으로 들어온다. 얼굴에는 정체가 불명확한 괴상한 인형 탈을 쓰고 있고, 검은색 셔츠와 바지를 입고 있으며, 손에는 벙어리장갑을 끼고 있다. 그는 수프를 먹는 남자에게 다가가더니 이내 남자의 등을 쓰다듬기 시작한다. 그러자 허겁지겁 수프를 먹던 남자가 갑자기 울음을 터뜨린다. 하지만 울면서도 계속해서 수프 먹기를 멈추지 않는다. 영상의 끝 무렵인 45초쯤 인형 탈을 쓴 남자가 아예 바닥에 앉아서 울면서 수프를 먹는 남성을 다정하게 위로하는 듯한 행동을 보인다. 그리고 그대로 끝. 어떤 설명이나 대사 한 마디 없다.

이 영상은 유튜브에 올라온 이후 많은 이들에게 큰 혼란을 일으켰다. 이런 영상을 누가 왜 만든 것일까? 저 아시아계 남성은 누구일까? 이 캐릭터는 무엇을 의미하는 걸까? 저 인형 탈은 어디서 만들어진 것일까? 많은 네티즌들이 기발한 상상력으로 댓글을 달았다.

숟가락은 큰데 그릇은 너무 작아서 저 사람이 울고 있는 거다.
저 사람은 시리얼 먹고 있는데, 우유가 없어서 물에 타서 먹는 게 너무 슬퍼서 우는 거야.
밥 다 먹지 않으면 디저트 없다, 아가야?
저 사람이 울고 있는 건지 웃음을 참고 있는 건지 모르겠다.
고든 램지(영국 출신의 유명한 요리사)가 저 수프를 싫어해서 저 사람이 울고 있는 거다.

그런데 좀 괴기스러운, 기담에 가까운 댓글이 달리기도 했다.

사형수는 집행 전 마지막 식사로 원하는 걸 먹을 수 있잖아? 혹시 저 사람, 살인 피의자 아닐까? 저거 최후의 만찬이야. 그래서 저렇게 우는 거고.
저 사람은, 사실 사이코패스 살인범 일당에게 납치당한 거야. 범인들은 저 사람을 며칠 동안 굶기다가 겨우 먹을 걸 줬는데 저건 저 사람 아내의 유골로 만든, 인육 수프라고! 저 사람은 그래서 울고 있는 거야! 죽기 전의 마지막 음식이라고!

물론 이는 영상을 보고 다양하게 해석한 댓글들일 뿐이다. 영상에는 실제로 무슨 일이 일어났는지 추정할 만한 단서가 없다. 아니, 실제로 어떤 일이 생기기는 했는지도 의문이다. 네티즌 수사대는 인형 탈에 대해서도 자세히 조사했다. 그 결과, '레이먼드 페르시'라는 공연기획자가 만든 '레이레이(RAYRAY)'라는 이름의 캐릭터 인형이라는 것이 밝혀졌다. 그렇게 인기 있는 캐릭터는 아니었다. 그렇다면 혹시 레이먼드가 자신의 캐릭터를 홍보하려고 일부러 이 기괴한 영상을 만든 건 아닐까? 한 네티즌이 레이먼드에게 직접 이메일을 보내 문의해보았는데, 레이먼드는 그런 영상을 제작한 적이 없다고 딱 잘라 말했다.

오늘날 유튜브에 업로드되는 많은 영상들 중에는 보기만 해도 불쾌해서 사람들의 시선을 끄는 채널이 여럿 있다. 그것들 중 어느 것이 실제이고 어디까지가 거짓 연출인지 구분하는 게 불가능한 경우도 많다. 유튜브는 문제가 될 만한 영상을 규제하고 가이드라인을 제시하고 있지만, 하루에도 수십만 건씩 올라오는 영상 모두를 일일이 모니터링하고 규제할 수는 없다. 유튜브를 시청하는 우리 사용자들이 보다 바람직한 우리 시대의 영상 문화를 위해 고민해야 할 때다. ✶

13.

24개의 인격을 가진 연쇄 살인범

미국인 빌리 밀리건 사건

영화 〈식스 센스(Sixth Sense)〉로 반전 영화의 최고 감독으로 떠오른 M. 나이트 샤말란. 그의 영화 중 또 다른 흥미로운 스릴러 영화로 〈23 아이덴티티〉가 있다.

이 영화는 제목 그대로 한 사람의 내면에 23개의 서로 다른 인격이 들어 있다는 설정에서 출발한다. 이러한 증상을 심리학에서는 '다중인격' 혹은 '해리성 정체 장애'라고 부른다. 여기서 '해리(解離)'는 '나누어져 있다', '분리되어 있다'는 뜻으로, 쉽게 말해 한 인간의 인격이 여러 개로 분리되어 있다는 뜻이다. <23 아이덴티티>의 영어 원제목은 '스플리트(Split)'. 이 역시 '쪼개져 있다'는 뜻이다.

영화 속 주인공 케빈이라는 남성의 내면은 23개의 다양한 인격으로 쪼개져 있다. 그런데 어느 날 24번째 인격이 등장해서 여고생 3명을 납치하라고 지시한다. 그리고 서서히 드러나는 24번째 인격의 정체……. 이 마지막 인격이 케빈을 지배하게 되면 그는 통제할 수 없는 괴물이 된다. 이 영화에서는 특히 주인공 역할을 맡은 배우 제임스 맥어보이의 신들린 연기가 압권이다. 그의 연기가 얼마나 놀라웠는지 수많은 사람이 해리성 정체 장애에 대해 검색해보고 공부하기 시작했다고 한다. 그런데 이 영화가 실존 인물을 모티브로 삼았다면 믿겨지는가? 그것도 영화와 똑같이 24개나 되는 인격이 한 사람 안에 들어 있었다면…….

1978년 빌리 밀리건이라는 한 미국 남성이 오하이오대학 여대생 3명을 연쇄 성폭행한 혐의로 붙잡혔다. 그런데 그는 재판 끝에 무죄 판결을 받았다. 대체 왜? 그 이유는 빌리라는 한 인간의 내면에 무려 24개의 인격이 존재한다는 것이 증명됐기 때문이다. 즉, 연쇄 성폭행을 저질렀을 때의 인격은 빌리 밀리건이 아닌 다른 인격으로, 빌리에게 또 다른 인격이 저지른 범죄에 대한 책임을 물을 수는 없다는 것이 법원의 판결이었다. 한 사람의 몸에 24개의 인격이 공존한다는 것도 놀라운데, 더 특이한 것은 24개의 인격이 각각 이름과 나이, 성별, 외모, 체격, 성격, 학식, 증상, 정치적 성향, 심지어 국적, 출신지, 모국어, 인종까지 다 달랐다는 사실이다.

1955년생인 빌리 밀리건. 어렸을 때 부모가 이혼한 뒤 그는 어머니와 함께 살게 된다. 다섯 살이 되었을 때, 그는 처음으로 자신 안의 또 다른 인격을 발견한다. 바로 영국 국적의 세 살짜리 여자아이 크리스틴. 사탕을 좋아하고 아직 글을 읽을 줄 모르는 활발한 꼬마 아이다. 이 외에도 3명의 어린아이 인격이 이때 빌리 안에 만들어진다.

사실 빌리 안의 24개 인격에 대한 자세한 정보는 알려져 있지 않다. 그를 지배했던 인격들 중 주된 인격 몇 개의 정보만을 찾을 수 있을 뿐이다. 그 정보도 웹사이트마다 조금씩 다르기 때문에 비교적 확실한 정보만 소개한다.

아홉 살 무렵인 1964년, 빌리의 어머니는 재혼한다. 그런데 양아버지가 빌리에게 성적 학대를 한다. 그 충격 때문일까? 빌리의 몸에 새로운 인격들이 들어온다. 그중 하나가 열여섯 살 토미라는 남자아이이다. 토미는 갇힌 공간에서 탈출하는데 일가견이 있고, 그림 그리기를 좋아하며, 손재주가 꽤 좋은 인격이었다. 토미라는 인격이 고등학교 화학실험실에서 폭탄을 제조하는 바람에 빌리는 학교에서 퇴학당한다.

퇴학당한 이후 빌리는 해군에 입대한다. 그런데 입대한 지 한 달 만에 새로운 인격들이 몸의 주도권을 두고 서로 싸우고 반목한다. 부대 지휘관으로선 당연히 '이 자식, 좀 이상한 정신병자 아니야?'라고 생각하게 되고, 결국 빌리는 군에서 강제 전역당하고 만다.

그의 인격 중 하나인 필립은 폭력적인 성향이 강한, 브루클린 억양을 쓰는 스무 살 청년이었다. 1975년 필립, 정확히 말하자면 필립이라는 인격의 지배를 받은 빌리가 고속도로 휴게소에서 강도짓을 벌인다. 그 결과, 오하이오주 교도소에 수감됐다가 1977년 석방된다. 석방된 이후 또 다른 인격, 그것도 여성의 인격이 빌리의 몸을 지배하게 된다. 그녀의 이름은 에이들라나. 에이들라나는 19세 여성으로, 집안일과 시 쓰기를 좋아했다. 그런데 그녀는 여성이면서도 같은 여성을 사랑하는 동성애자였다. 이 시기에 앞서 말했던 여대생 3명에 대한 연쇄 성폭행 사건이 일어났다. 즉, 빌리가 아니라 에이들라나의 인격이 여대생들에게 접근해 범행을 저지른 것이다.

이후에도 어느 인격이 저지른 범죄인지는 정확하지 않지만, 빌리는 납치 사건을 벌이기도 하고, 무장 강도 사건에 세 번이나 엮이기도 하고, 강간 사건을 네 번이나 저지르며 교도소를 들락거렸다. 이쯤 되자 범죄심리학 분야에서는 빌리를 대상으로 세밀한 심리 검사를 실시하기로 한다. 윌리스 드리스콜 박사는 빌리에게 조현증과 정신질환이 있다고 진단했다. 그리고 오하이오주 콜럼버스시 정신건강의학센터의 도로시 터너 박사는 빌리 밀리건이 해리성 정체 장애(다중인격)라는 것을 밝혀냈다.

빌리는 고등학교 중퇴 학력이다. 그런데 그의 인격 중 하나인 22세 영국인 아서는 아랍어와 아프리카어를 유창하게 구사하며 수학, 물리학, 의학에 탁월한 전문가 수준의 지식을 보여줬다. 레이건이라는 또 다른 인격은 유고슬라비아인이다. 크로아티아어를 자유자재로 구사하며, 내면에 커다란 증오심을 가지고 있고, 총기를 능숙하게 다뤘다. 빌리 밀리건이 연루된 세 건의 무장 강도 사건이 일어났을 때 빌리의 몸을 지배하던 인격이 혹시 레이건이었던 것은 아닐까? 앨런이라는 또 다른 남성 인격은, 24명의 인격 중 유일한 흡연자다. 앨런은 화려한 언변을 자랑하며 타인과 협상하는 능력이 뛰어나고 드럼 연주에 아주 능숙했다.

빌리를 수사하던 경찰은 두 손 두 발 다 들었다. 한 사람이 연기한다기엔 너무도 다양한 능력과 지식, 언어 구사, 목소리와 성격의 변화가 있었던 것이다. 결국 마지막으로 심리 검사가 행해진 1978년, 빌리는 정신이상을 이유로 그동안 기소됐던 모든 범죄 행위에 무죄를 선고받고 정신병원에 수용된다. 정신병원에 수용되고 나서도 빌리 밀리건에 대한 심리학 연구는 계속됐는데, 이를 통해 1978년까지 발견된 10개의 인격 외에도 14개의 새로운 인격이 발견되는 놀라운 일이 벌어진다.

빌리 밀리건의 내면에 담긴 24개의 인격을, 몸을 지배했던 시간이 많았던 순서로 정리해보자.

01. 빌리. 부모가 이름을 지어준 생물학적인 핵심 인격.

02. 아서. 22세 영국인. 언어와 의학적 지식이 풍부한 남성.

03. 레이건. 23세 유고슬라비아인. 크로아티아어가 가능하고 총기를 잘 다루는 남성.

04. 앨런. 18세 남성. 사기꾼 기질이 강한 유일한 흡연자.

05. 토미. 폭탄을 제조해서 고등학교에서 퇴학당하게 한 인격. 손재주가 뛰어나고 색소폰 연주가 가능할 만큼 음악적 재능도 뛰어난 소년.

06. 대니. 14세 아이. 겁이 많고 성인 남자를 무서워함.

07. 데이비드. 8세. 예민한 성격을 가진 아이. 다른 인격들이 가진 감정적인 고통을 잘 수용하는 역할.

08. 크리스틴. 3세. 영국 국적의 사탕을 좋아하는 꼬마 아이.

09. 크리스토퍼. 크리스틴의 오빠. 13세. 하모니카 연주를 좋아함.

10. 에이들라나. 19세 여성. 집안일과 시 쓰기를 좋아하는 꼼꼼한 성격. 눈이 심하게 떨리는 안진증 증세가 있음. 동성애자적 성향.

11. 필립. 20세. 폭력적 성향인 남성.

12. 케빈. 20세. 범죄자 성향이 강하며 범죄 계획을 세우는데 능숙함.

13. 월터. 22세 호주 남성. 자신을 사냥꾼이라고 믿고 있음.

14. 에이프릴. 19세 여성. 성격이 못됐고 보스턴 억양을 씀. 빌리의 양아버지에게 엄청난 증오심을 가지고 있음.

15. 새뮤얼. 18세 유대인. 유일하게 신을 믿는 인격. 조각과 목각에 재능이 있음.

16. 마크. 16세 남성. 큰 특징이 없는 평범한 인격.

17. 스티브. 21세. 사기꾼 흉내를 잘 냄.

18. 리. 20세. 코미디언 기질을 가진 인격.

19. 제이슨. 13세. 극도의 히스테리를 가진 인격. 빌리가 겪은 기억상실증의 주된 원인이 된 인격.

20. 로버트. 17세. 여행과 모험을 좋아하는 몽상가적 기질이 많은 소년.

21. 션. 4세. 귀머거리. 신체적 장애를 가지고 있음.

22. 마틴. 19세. 속물. 뉴욕 출신의 천박한 자랑쟁이. 뽐내고 거만한 태도.

23. 티모시. 15세. 자기 세계에 틀어박혀 사는 아이.

24. 이름 모를 인격. '선생'이라고 불렸으며 24개 인격을 하나로 융합할 수 있는 인격. 총체적인 관리자 역할을 했던 것으로 여겨짐.

더 놀라운 것은 이 24개의 인격들이 서로 의사소통을 하고, 이야기를 나누고, 서로 놀기도 하고, 사랑에 빠지기도 했다는 점이다. 이러한 내용은 모두 정신감정을 통해 빌리의 말과 행동으로 표출된 것들을 한 권의 책으로 정리한 보고서에 들어 있다.

정신병원에서 빌리가 미술 심리 치료 중 그린 그림들도 인격별로 다 다른 특징을 보였다. 그중 앨런은 그림 그리기를 참 좋아해서 앨런에게 각 인격의 초상화를 그려달라고 요청했다. 앨런은 크리스틴, 아서, 에이들라나의 초상화를 그려주었는데, 너무나 정교한 초상화는 정말 다른 인격이 있다는 것을 믿게끔 하는 증거가 되기도 했다.

1991년, 빌리는 영화감독이자 영화 프로덕션 운영자로 일하기 시작했다.

1996년까지 캘리포니아에 거주했던 것으로 확인되지만, 그 이후로의 행방은 묘연했다. 그러다가 2014년 12월 12일, 빌리는 59세의 나이로 한 요양원에서 생을 마감했다.

우리는 여기서 한 가지 질문을 던져볼 수 있다. 빌리 밀리건이 아무리 24개 인격으로 쪼개져 있었다고 한들, 빌리가 빌리 혹은 빌리 안의 여러 인격들이 저지른 범죄에 대한 책임에서 완전히 자유로울 수 있을까? 그가 기소된 모든 범죄에서 무죄 판결을 받고 정신병원에 이송된 것을 과연 법적 정의의 실현이라고 볼 수 있을까?

근대 민주주의 시스템의 형법에서는 범인이 자신이 저지른 범죄를 자각할 만한 지적 능력이 없거나 범행 당시 정상적인 의식이 없는 경우에는 죄를 물을 수 없게 되어 있다. 그래서 조현증 환자나 어린아이의 지능 수준을 가진 뇌성마비 환자, 심각한 정신분열증 환자 등은 범죄를 저질러도 교도소에 수감되지 않고 무죄 판결을 받는 대신 정신병원에 이송된다. 촉법소년도 마찬가지다. 만 14세 미만의 청소년은 아직 인격이 완전히 성숙하지 않아 범죄를 자각하지 못한다는 이유로 어떤 법적 처벌도 받지 않는다.

이런 심신미약이나 촉법소년 제도의 허점을 악용한 범죄가 나날이 증가하고 있는 추세다. 그다지 심각한 증세의 정신질환이 아님에도 불구하고 자신의 증세를 과장해서 법망을 교묘히 피하려 하거나 약물 복용 상태, 혹은 음주로 인해 필름이 끊긴 상태라는 이유로 형을 줄여보려는 심신미약 신청이 많은 형사 법정에서 남용되고 있다. 자신이 법적으로 아무런 처벌을 받지 않는다는 것을 이용해 뻔뻔하게 범죄를 저지르고도 경찰에게 "나

잡아가봤자 촉법소년이라 훈방 조치밖에 못 해!"라고 소리치는 중학생 범죄자들도 있다. 어린 나이의 청소년을 보호하려는 촉법소년 제도가 어른 범죄자들에 의해 악용되는 경우도 있다. 촉법소년들을 모아서 소매치기단이나 폭력단 등 범죄 집단을 구성해서 그들에게 범죄를 사주하고도 아무런 처벌을 받지 않는 사례도 종종 볼 수 있다.

법은 모두에게 공평하게 적용되어야 한다. 이 전제를 지키면서도 억울한 희생자가 나오지 않게끔 지금의 형법 제도를 좀 더 세밀하게 살피고 고쳐 나가야 하는 노력이 필요하지 않을까? 적어도 심신미약이나 촉법소년에 대한 새로운 사회적 합의가 필요한 시점임에는 틀림없다. ★

14.

은밀한 그곳을 찾던 탐험가의 최후

51구역 실종 사건

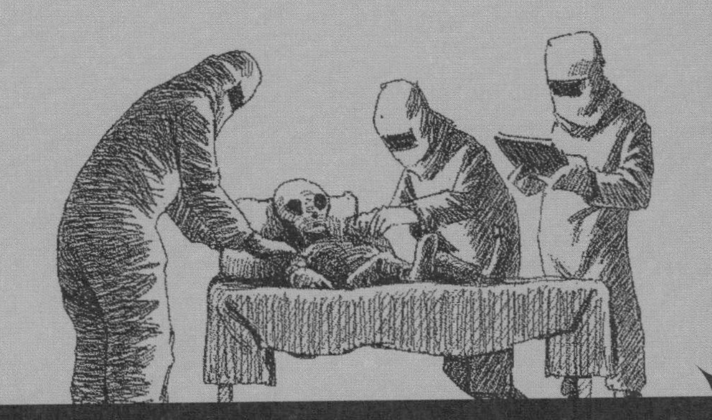

독자 여러분은 외계인의 존재를 믿는가?

이 끝없이 넓은 우주 안에서 우리 인류만이 유일한 지적 생명체일까? 아니면 우리 같은 지성을 가진 생명체가 어딘가 멀리 떨어진 행성에서 살아가고 있을까? 이 존재론적 질문에 대한 위트 넘치는 대답을, 영화 <콘택트(His Master's Voice)>의 마지막 장면에서 찾을 수 있다. 우주망원경 관측소에 견학 온 초등학생들이 "외계인은 진짜로 있나요?"라고 묻자 여주인공 역의 조디 포스터는 이렇게 대답한다.

이 넓은 우주에 우리밖에 없다면, 그건 정말 엄청난 공간의 낭비겠지?
(If it's just us, seems like an awful waste of space.)

이 마지막 대사는 이 영화의 원작 소설 《콘택트(contact)》, 그리고 20세기 우주과학을 집대성한 걸작 《코스모스(Cosmos)》의 저자이자 천체물리학자인 칼 세이건이 입버릇처럼 자주 했던 말이라고 한다. 칼 세이건은 외계 생명체의 존재를 굳게 믿었으며, 그들을 찾기 위한 우주 탐사 계획에 그의 전 생애를 바쳤다.

그런데 어쩌면 우리 인류는 우리가 알지도 못하는 사이에 이미 외계인의 방문을 받았을 수도 있다. 우리보다 훨씬 더 진보한 과학기술을 가진 외계 문명의 비행체가 지구 곳곳에서 목격됐다는 진술은 이미 오래전부터 있었다. 이른바 미확인 비행 물체(Unidentified Flying Object). 줄여서 UFO. 물론 찬반 양론이 분분하지만, 20세기 초반부터 지금까지 거의 한 세기 동안 UFO에 대한 논쟁은 끊이지 않고 있다. 그중 찬성론자들이 제시하는 가장 강력한 증거로 미국 네바다주에 위치한 '51구역(Area 51)'이라는 비밀스러운 기지가 있다.

'51구역'. '미국의 50개 주 외에 또 다른 비밀스러운 하나의 주가 더 있다. 그게 바로 51구역에 있는 비밀연구기지다'라는 뜻을 가진 일종의 별명이다. 기지의 정식 명칭은 '그룸 호수 공군기지(Groom Lake Air Base)'다. 이 공군기지는 네바다주 라스베이거스에서 북서쪽으로 129km 떨어진 곳에 위치해 있는데, 미국 국방부 관할의 1급 군사 기지 및 연구소다. 넓이가 무려 서울의 두 배나 되며, 이곳을 지키는 경비군은 미 국방부에서도 소속이 정확히 알려지지 않은 비밀 병력이다. 일반인의 접근은 엄격히 통제되며, 기지를 둘러싼 철조망에는 침입할 시 즉각 체포한다는 경고문이 곳곳에 붙어 있다. 모든 언론이 취재 불가며, 기지 주변을 촬영하는 일도 엄격히 금지되어 있다. 심지어 이곳 상공을 비행하는 것도 금지돼 있으며, 이 기지의 위성사진도 얼마 전에야 대중에게 공개될 정도로 철저한 비밀에 싸여 있는 곳이다.

수많은 의혹 속에서 2013년 6월 미국 CIA는 58년 만에 51구역의 존재를 인정했다. CIA는 그룸 호수 공군기지에 대해 냉전 시대 소련 영토를 감시하기 위한 초고도 첩보기 U2의 설계 및 생산, 운영을 위한 비밀기지라고 설명했다. 그렇다면 왜 58년이라는 긴 세월 동안 기지의 존재를 철저히 비밀에 부쳐왔을까? 이런 질문에 CIA는 이 기지와 U2 첩보기의 존재 자체가 국가 안보에 직결된 사항이기 때문에 당연히 비밀로 할 수밖에 없었다고 답했다. 왜 51구역 주변에서 UFO를 목격했다는 증언이 많은 걸까? 51구역에 UFO가 숨겨져 있는 것은 아닐까? 이에 대해서도 CIA의 보고서는 답을 내놓았다. U2 첩보기가 고공비행을 할 때 날개에 태양광이 반사되면서 그 빛이 UFO로 오인되는 경우가 많다는 것이다. 즉, UFO의 정체는 비밀 첩보기 U2라고 설명했다.

하지만 이런 미국 정보부의 해명을 믿는 사람은 별로 없다. 과연 이 비밀 기지에 미국 정부는 무엇을 꽁꽁 숨겨두었던 걸까? 바로 1950년대 초반 이곳에 추락한 UFO의 잔해와 그 안에 타고 있던 외계인의 시체가 보관되어 있다는 게 많은 이들의 추측이다. 지금도 51구역에서는 외계 비행물체의 진보한 기술과 외계인의 시신에 대한 생체 실험이 계속되고 있다는 소설 같은 이야기가 널리 퍼져 있다.

1989년 5월, 라스베이거스의 지방 방송국 KLS의 조지 냅 기자는 데니스라는 제보자와 인터뷰하게 된다. 제보자는 자신을 네바다 사막 비밀 공군 기지의 전 직원이라고 소개하면서 51구역의 S4섹터에서 외계인의 비행선과 비행 원리를 연구하고 있다고 폭로했다. 기자는 제보자를 끈질기게 설득해서 그의 본명을 밝혀냈다. 제보자는 로버트 스콧 밥 라자르. 1959년생으로 MIT에서 물리학을 전공한 과학자다. 그는 칼텍에서 석사학위를 취득한 후 로스 알라모스 국립연구소에 취업했다. 로스 알라모스 연구소는 제2차 세계대전 당시 핵무기 개발을 위한 맨해튼 프로젝트의 일환으로, 지금도 미국의 에너지 자원을 연구하는 대표적인 연구소다. 밥 라자르는 로스 알라모스 연구소에 출근한 지 얼마 되지 않아 새로운 곳으로 전근을 가게 됐다. 그곳이 바로 51구역 S4섹터였다. 그는 그곳에서 UFO, 특히 UFO의 동력원인 반중력 물질에 대해 연구했다. 더 놀라운 것은 51구역에 모두 9대의 UFO가 존재한다는 것이다. 밥 라자르는 또한 본인이 직접 본 것은 아니지만 그가 읽은 서류에 의해 51구역 내 다른 섹터에 외계인이 실제로 거주

하고 있다는 사실을 알게 되었다고 했다.

그동안 51구역의 진실에 목말라하던 많은 대중은 밥 라자르를 지지했다. 그런데 밥 라자르는 갑자기 어디에서도 찾아볼 수 없게 종적을 감춘다. 무수한 억측과 소문에도 밥 라자르의 행방을 도저히 알 수 없었다. 그러다가 2018년 밥 라자르는 다시 대중 앞에 등장한다. 그는 제목부터 그의 이름이 들어간 <밥 라자르 — 51구역과 비행접시의 진실>이라는 다큐멘터리에 출연해서 그동안 미국 정부로부터 자신과 가족의 신변까지 위협받았기 때문에 진실을 감추고 은둔할 수밖에 없었다고 말했다. 그리고 지금도 자신을 감시하고 있을 미국 정부에 이렇게 경고했다.

"지금은 1989년과는 다르다. 이제는 모든 정보가 투명하게 공개된다. 정부가 통제될 수 있는 시대는 이미 지났다. 더 이상 나와 내 가족을 탄압하지 마라!"

51구역의 비밀을 밝히려다가 홀연히 종적을 감춘 사람이 또 있다. 라스베이거스에 거주하던 47세의 케니 비치. 그는 20년 경력의 노련한 사막 하이킹 탐험가였다. 그는 최소한의 장비인 GPS나 나침반 또는 지도조차 없이 네바다 사막을 여행했다. 그런데 케니가 2014년 10월, '51구역 기술자의 아들(Son of an Area 51 Technician)'이라는 제목의 유튜브 영상에 댓글을 하나 달았다.

> 51구역 근처의 넬리스 공군 기지에서 약간 떨어진 곳에서 사막 탐험을 하던 도중에 입구가 M자 모양인 이상한 동굴을 발견했습니다. 호기심에 그 안으로 들어가보려고 했습니다. 그 순간, 오한이 들어 온몸이 떨리고

난생 처음 느껴보는 기괴한 기분에 바로 도망쳤습니다.

이 영상은 51구역 비밀기지에서 일했다고 주장하는 한 기술자의 경험담을 인터뷰한 것으로, UFO 신봉자들 사이에서 아주 유명한 영상이다. 270만 명 이상이 시청했고 수많은 댓글들이 달려 있다. 케니의 댓글은 곧 많은 사람들의 관심을 받게 되었다. 사람들은 케니에게 그 동굴의 자세한 위치와 찾아갈 수 있는 방법을 물어왔다. 케니의 유튜브 채널은 순식간에 구독자가 급증했고, M자 동굴에 다시 한 번 찾아가보라고 거의 읍소하는 듯한 권유가 댓글로 계속 이어졌다.

"좋습니다. M자 동굴을 여러분에게 다시 한 번 보여드리겠습니다."

케니는 비디오카메라와 9mm 권총까지 준비해서 구독자들이 원하는 대로 M자 동굴을 찾아 다시 사막으로 나섰다. 그는 열 시간 이상을 걸어서 험난한 사막 깊은 곳으로 들어갔고, 그곳에서 찍은 21분 길이의 영상을 'M 동굴 여행(M Cave Hike)'이라는 제목으로 자신의 유튜브 채널에 올렸다. 영상 초반에는 M자 동굴이 아닌 수직으로 깊게 뚫린 동굴이 찍혀 있다. 사다리가 세워져 있는 것으로 볼 때 자연적으로 만들어진 동굴이 아니라 버려진 광산 입구로 추정됐다.

"먼저 이곳을 소개해드리겠습니다."

"우와, 아래를 내려다보니 아주 깊어요. 이 사다리는…… 많이 부식됐네요. 이걸 타고 내려가는 건 위험할 것 같습니다. 아주 오래된 광산 입구 같은데…… 뭘 캤는지는 모르겠군요. 아무튼 이 주변에는 산과 계곡이 많으니까 다양한 광물들이 있었겠죠."

이어지는 영상에는 M자처럼 보이는 구멍 입구가 보이고, 사막에서 사는 산양이나 거북이 같은 동물도 등장한다. 하지만 정작 중요한 M자 동굴은 찾을 수 없다.

"이상하네요. 한 번 와봐서 금방 찾을 수 있을 줄 알았는데…… 구독자 여러분께는 미안하지만 이젠 돌아가야겠어요. 물도 식량도 한계입니다. 일단 이번 탐험은 여기서 마칩니다."

이 영상은 지금도 케니의 유튜브 채널에서 시청할 수 있다. 누적 조회 수가 무려 150만 회에 달한다. 이 영상을 보고 실망한 구독자들은 악성 댓글을 달기 시작했다.

M자 모양 동굴이라니. 처음부터 없었던 거 아냐?
괜히 구독자 수 늘리려고 거짓말을 하다니!
오늘 부로 구독 끊습니다. 인생 그렇게 살지 마세요.

그런데 줄줄이 달린 악성 댓글 중, 케니를 말리고 자제시키는 댓글 하나가 유독 눈에 띄었다.

안 돼요. 다시는 거기 가지 마세요. 동굴 입구를 찾아도 들어가지 마세요!
한 번 들어가면 다시는 나오지 못할 겁니다.

하지만 악성 댓글과 거짓말쟁이라는 비난을 참을 수 없었던 케니는, 결국 2014년 11월 10일 다시 한 번 M자 동굴을 찾아 탐험을 떠났다. 그는 가족과 여자친구에게 "짧은 밤 여행을 다녀올게. 걱정하지 마"라는 메시지를 남기고 홀로 길을 나섰다. 그리고 케니는 그 후로 영영 돌아오지 않았다.

탐험을 떠난 지 사흘이 지나도 그가 돌아오지 않자, 여자친구 셰리온 필그림은 경찰에 실종신고를 냈다. 케니의 실종은 라스베이거스 지역 뉴스에 대대적으로 보도되면서 본격적인 수색이 시작됐다. 네바다 사막 한가운데서 그의 차가 발견됐다. 하지만 케니의 발자국은 모래바람이 이미 다 지워버린 후였다.

실종 사건이 일어난 지 12일 만인 11월 22일, 케니의 'M 동굴 여행' 유튜브 영상에 나왔던 수직 광산 입구가 발견됐다. 그리고 그곳에서 수색대원이 케니의 핸드폰을 찾아냈다. 케니가 두 번째 여행에서 찍었던, 'M 동굴 여행' 영상에 등장한, 바로 그 수직 광산 지점에서 수색대원 한 명이 그의 핸드폰을 찾아낸 것이다. 즉, 거기까지는 그가 다시 한 번 찾아왔던 것이다. 하지만 단서는 거기서 끝이었다. 핸드폰을 포렌식해봐도 별다른 사진이나 단서가 발견되지 않았다. 이때쯤 핸드폰을 발견한 것이 자작극이라는 비판이 터져나왔다.

핸드폰이 너무 뻔하게 눈에 띄는 곳에 있잖아? 이건 케니가 일부러 만들어낸 트릭이야. 그 M자인지 N자인지 하는 모양의 동굴도 다 지어낸 거라고.

M자형 동굴이 어디 있나? 애초에 동굴 이야긴 지어낸 거고, 쪽팔려서 어딘가로 도망쳐버린 거 아니야?

그 외에 케니가 실종됐을 거라는 주장도 나왔다.

그 수직으로 된 광산 갱도 말인데, 혹시 케니가 거기 떨어진 거 아냐? 그래서 즉사한 거고.
설마, 그랬으면 시신이라도 발견됐겠지! 동굴 안에서 시신이 혼자 일어나 사라졌겠어?

그런데 여러 추측성 댓글 중에서 가장 신빙성이 있는 것은, 바로 케니의 여자친구 셰리온이 올린 베스트 댓글의 내용이다. 그녀는 실종 사건이 조작이라는 설을 완강히 부인하며 케니의 실종 원인을 추측하는 장문의 댓글을 달았다. 그 내용을 요약하면 아래와 같다.

저는 케니의 여자친구입니다. 저에게 많은 사람들의 질문이 도착했습니다. 많은 사람들이 함부로 케니의 실종 원인을 추측하고 그를 비난하고 있어요. 하지만 저는 그가 자살했다고 생각합니다. 그리고 앞으로 그의 어떤 흔적도 발견되지 않을 겁니다.
케니는 사막에서 하이킹하는 것을 정말 좋아했습니다. 우리는 함께 네바다 사막 곳곳을 하이킹하면서 많은 갱도와 동굴을 탐험했지요. 우리는 우리가 보았던 모든 것들을 멋진 사진으로 찍었습니다. 녹슨 자동차, 오래되어 무너져 내린 건물들, 묘지들, 광산들, 야생 동물들. 그 사진을 본다면 황량한 사막도 아름답다고 느낄 겁니다.
그는 수년간 우울증과 싸워왔지만 약을 복용하지도, 의사를 찾아가지도 않았습니다. 그는 실종되기 1년 전에 직장을 그만뒀습니다. 수입이 없어서 저축한 돈은 거의 바닥나고 있었지요. 사업을 하려다가 실패하자, 그의 우울감은 점점 더 깊어져만 갔습니다. 이 무렵, 그는 자살에 대한 그의 생각과 고민을 저한테 털어놓았습니다. 그의 아버지는 케니가 20대 초반 무렵에 자살했습니다. 케니는 또 그가 만약 자살한다면 아무도 찾지 못하는 곳에 가서 혼자 죽을 거라고 말했어요. 그가 네바다 사막 얼마나 깊은 곳까지 갈 수 있는지 저는 알 수 없습니다. 제 생각에 그가 차와 핸드폰까지 버려두고 간 이유는, 자신의 시신을 GPS로도 찾을 수 없게 하려는 의도 같아요.

제가 이런 사실을 여러분과 공유하는 이유는 두 가지입니다. 첫째, 악성 댓글을 다는 사람들이 케니가 누구였고 어떤 삶을 살았는지 좀 더 이해하기 바라기 때문입니다. 둘째, 만약 여러분 중 누군가가 케니의 시신이나 M자 동굴을 찾기 위해 네바다 사막으로 나가기를 결심했다면, 충분한 물과 음식을 챙겨 가시고 GPS 기기를 가져가서 가족과 지인들이 여러분의 위치를 알 수 있도록 하세요. 그리고 꼭 다시 돌아오세요.

케니 비치 실종 사건을 떠나서 그가 발견했다던 M자 동굴은 실재하는 것일까? 51구역 신봉자들은 케니가 찾아낸 M자 동굴은 51구역으로 연결되는 비밀 통로일 것이라고 주장했다. 심지어 M자 동굴은 UFO 내부로 연결되어 있고, 케니는 외계인에게 납치되어 생체 실험의 희생양이 되었을 것이라는 허무맹랑한 주장도 있다.

세상에는 수많은 음모론이 있다. 비밀 결사 조직인 프리메이슨이 세상을 배후에서 조종한다는 음모론도 있고, 아돌프 히틀러가 아직 살아 있으며 제3차 세계대전을 준비하고 있다는 음모론도 있다. 엘비스 프레슬리와 마이클 조던이 사실은 외계인이라는, 영화 <맨 인 블랙(MEN IN BLACK)>에도 차용되었던 귀여운 음모론도 있다. 하지만 UFO와 51구역에 관한 음모론만큼 오랜 세월 확고한 지지를 받아온 음모론도 드물다.

우리 인류는 미지의 존재를 두려워하면서도 동시에 갈망하고 만나고 싶어 한다. 어쩌면 UFO에 대한 가설은 이 드넓은 우주에 우리 인류 같은 지적 생명체가 존재하기를 바라는 염원의 다른 얼굴인지도 모른다. 우리가 진짜 외계인을 만나는 '퍼스트 콘택트'가 이뤄질 때까지 UFO와 51구역에 대한 음모론은 계속 이어질 것이다. ★

15.

시신은 없지만 범인은 알아

일본 유학생 실종 사건

사랑에 의해 행해지는 것은 언제나 선악을 초월한다.

_프리드리히 니체

"나루미, 나와 결혼해주겠어?"

2016년 6월, 일본 이바라키현 쓰쿠바시의 고급 레스토랑. 한 외국인 남성이 나루미라 불린 일본 여성에게 청혼했다. 남자의 이름은 니콜라스 세베다 콘트레라스. 칠레 국적 청년이었다. 니콜라스와 구로사키 나루미는 1년 넘게 교제를 이어오고 있었다. 그는 구로사키가 자신의 청혼을 받아줄 거라고 확신했다. 하지만 돌아온 대답은 전혀 뜻밖이었다.

"니콜라스, 난 아직 누구와도 결혼할 생각이 없어."

"뭐, 뭐라고?"

"난 아직 젊어. 그리고 이 세상에서 하고 싶은 일이 너무 많아. 너랑 결혼하면 난 어디서 살아야 해?"

"당연히 내 고국인 칠레에서 살아야지. 이제 곧 일본 유학을 마치면 나는 칠레로 돌아가서 아버지 사업을 물려받을 거야. 너를 세상 어떤 여자보다 행복하게 해줄 자신이 있어."

"난 칠레에서 살고 싶지 않아."

"하지만, 나루미……."

"봐! 벌써부터 넌 너 하고 싶은 대로만 계획을 세우고 나를 옭아매려 하잖아. 난 결혼이라는 틀에 갇히고 싶지 않아. 내 꿈은 프랑스에서 많은 걸 배우고 일본으로 돌아와 소외 받은 사람들을 평생 돕는 거야. 칠레에서 네가 벌어다 주는 돈으로 공주처럼 사는 게 아니라."

이 말은 남기고 구로사키는 레스토랑을 떠나버렸다. 그녀의 뒷모습을 황망히 바라보는 니콜라스의 표정에는, 청혼을 거절당한 남자의 슬픔과 함께 잔인한 증오가, 육체적 욕망 속에 숨어 있는 격렬한 복수심이 스쳐 지나가는 것 같았다.

니콜라스와 구로사키가 처음 만난 것은 2015년 2월 일본 쓰쿠바대학 캠퍼스에서였다. 일본의 명문 국립대인 쓰쿠바대학으로 유학 온 칠레의 부유한 집안 청년인 니콜라스는 구로사키를 보자마자 첫눈에 반했다. 서글서글한 눈매하며 살짝 낮은 코, 뽀얀 피부. 약간 살이 쪄 얼굴은 전체적으로 조금 둥글게 보였다. 풍만한 몸을 감싼 회색 원피스는 소박하면서도 우아했고, 염색한 듯한 검은 머리는 단정하게 파마를 했다.

니콜라스는 그녀를 바라보며, 넋이 나간 채 용모와 자태를 훑었다. 칠레 여성들하고는 조금 다른, 우아하고 묘한 매력이 구로사키에게는 있었다. 어디선가 달콤한 라일락 향기가 진하게 풍겨 와 코끝에 와닿는 것 같기도 했다. 그때 온몸에 짧은 전율이 일었다. 니콜라스는 감상적인 사랑의 느낌에 금세 빠져들었다. 정말 그랬다. 그리고 곧 두 사람은 다정한 연인 사이로 발전했다.

구로사키는 그녀의 친구들에게 니콜라스가 아주 박식하고 배울 점이 많은 남자라며 자랑했다. 교제하기 시작했을 무렵에는 박학다식하고 다정한 외국인 남자친구에게 상당한 동경과 존경심을 가졌던 것으로 보였다. 하지만 여느 커플이 그렇듯, 시간이 지남에 따라 두 사람 사이는 어긋나기 시작했다. 이유는 구로사키를 향한 니콜라스의 과도한 집착에 있었다.

"니콜라스, 이게 대체 뭐야?"

어느 날, 구로사키는 매우 화를 내며 니콜라스에게 따져 물었다.

"응? 뭐가?"

“왜 내 페이스북 계정에 함부로 로그인해서 남의 사진을 지워? 그리고 내 친구들을 왜 자기 마음대로 언팔하는 거야?”

“너한테 왜 그렇게 많은 친구가 필요해? 그리고 왜 그렇게 남자 팔로워가 많은 거야? 대체 그 많은 남자들은 다 뭐하는 놈들이야?”

“야! 넌 페이스북이 뭔지 모르니? 거기 친구들은 대부분 다 온라인 친구들이야!”

“아무튼 난 싫어. 너한테 남자는 나 하나로 충분해.”

구로사키는 도저히 이해할 수 없었다. 연인 사이에 어느 정도 질투는 자연스러운 감정이지만, 니콜라스의 행동은 단순한 질투가 아니라 집착에 가까웠다.

“아무리 사귀는 사이라도 지켜야 할 선이 있어. 애당초 내 페이스북 비밀번호는 어떻게 알아낸 거야?”

“네 어머니 생일. 너무 쉽던데?”

“니콜라스!”

구로사키는 더 이상 참을 수 없어 소리를 빽 질렀다. 그제야 니콜라스는 미안한 표정을 지으며 처량한 목소리로 애원했다.

“미안해. 정말 미안해. 페이스북 남자 팔로워들 중에 누가 너한테 데이트 신청이라도 할까 봐…… 무서웠어. 그래서 그랬어.”

“내가 네 페이스북 계정에 똑같은 짓을 하면, 넌 기분 좋겠어?”

“기분 나빴다면 미안해. 하지만 너도 알잖아. 나한텐 너밖에 없다는 거. 내가 널 얼마나 아끼는지 알지?”

“됐어. 아무튼 다시 한 번만 더 이랬다간 그땐 끝이야!”

니콜라스는 남미 칠레인답게 때로는 열정적이고, 때로는 부드럽고 다정했다. 무뚝뚝하고 가부장적인 일본 남자들과는 달랐다. 그런 점이 구로사키에게 큰 매력으로 다가왔다. 하지만 점점 심해져만 가는 니콜라스의 집착은 구로사키를 힘들게 했다.

2016년 5월, 구로사키가 그토록 바라던 프랑스 브장송대학에서 유학 허가를 받았다. 일본 명문대 중 하나인 쓰쿠바대학에서 학사와 석사 과정을 마치고, 그 어렵다는 서류 전형과 온라인 면접까지 통과해내며 그녀가 이뤄낸 성과였다. 하지만 니콜라스는 구로사키를 이대로 떠나보낼 수 없었다. 그래서 그가 꺼내 든 비장의 카드가 바로 청혼하는 것이었다.

'내가 결혼하자고 하면 바로 승낙하겠지? 우리 가문이 칠레에서 얼마나 알아주는 명문가인데. 그깟 프랑스 유학은 다 포기하고 바로 나랑 결혼해서 칠레로 가고 싶다고 할 거야.'

그는 사실 칠레의 명문대를 졸업하고 프랑스어, 스페인어, 일본어까지 능숙한 수재였다. 또한 젊은 나이에도 칠레의 최고급 주택가에 집을 소유하고 있을 정도로 재력 있는 '영 앤 리치'였다. 물론 그의 재력은 그의 노력이 아니라 그의 부모로부터 나온 것이었지만 말이다. 이렇듯 지금까지 언제나 원하는 것을 쉽게 얻으면서 살아온 부잣집 도련님이었는데, 자신의 청혼이 거절당했다는 사실에 니콜라스는 큰 충격을 받았다.

그 뒤 며칠 동안, 니콜라스는 자신의 페이스북 계정에 구로사키와 다정했던 순간들의 사진을 올리며 '네가 돌아왔으면 좋겠다', '우리 관계를 회복하고 싶다'라는 게시글을 전체공개로 올렸다. 아마도 공개적으로 자신의 심경을 표현해서 구로사키와 그녀의 친구들에게 알리려는 심산인 듯했다.

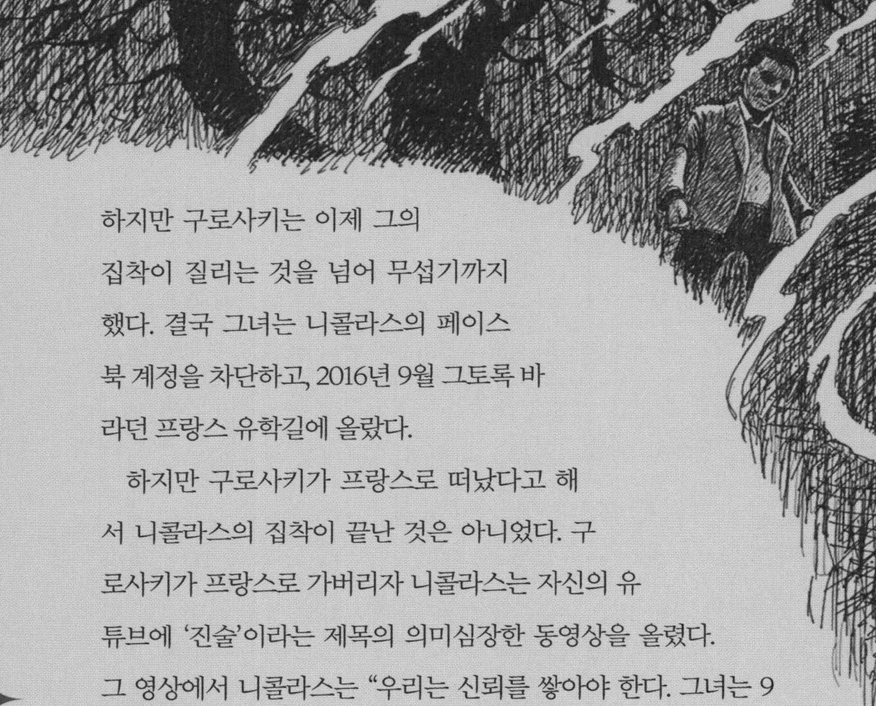

하지만 구로사키는 이제 그의 집착이 질리는 것을 넘어 무섭기까지 했다. 결국 그녀는 니콜라스의 페이스북 계정을 차단하고, 2016년 9월 그토록 바라던 프랑스 유학길에 올랐다.

하지만 구로사키가 프랑스로 떠났다고 해서 니콜라스의 집착이 끝난 것은 아니었다. 구로사키가 프랑스로 가버리자 니콜라스는 자신의 유튜브에 '진술'이라는 제목의 의미심장한 동영상을 올렸다. 그 영상에서 니콜라스는 "우리는 신뢰를 쌓아야 한다. 그녀는 9월 21일! 즉, 2주 후까지 자신이 한 일에 대해 상응하는 비용을 지불해야 한다. 그러기만 하면 나는 그녀를 용서할 것이다. 하지만 그러지 않는다면 큰 대가를 치러야 할 것이다"라고 말했다. 여기서 니콜라스가 말하는 '그녀'는 두말할 필요 없이 구로사키다. 두 사람 사이의 결별이 깔끔하게 마무리된 것이 아님을 짐작할 수 있는 대목이다.

2016년 12월 5일, 브장송대학 댄스팀 동아리 회원들은 연습실에서 구로사키를 한참 동안이나 기다리고 있었다.

"아니, 성실한 구로사키가 오늘은 웬일이지? 누구 오늘 구로사키랑 연락한 사람 있어?"

구로사키는 결국 그날 댄스 연습에 나타나지 않았다. 그녀에게 몇 번이

나 전화를 걸었지만 응답이 없었다. 걱정된 친구들은 그녀의 기숙사로 찾아갔다. 그런데 구로사키의 방문 바로 옆 비상계단에서 뭔가 붉은 흔적이 보였다. 친구들이 확인해보니, 그건 핏자국이었다. 이상한 느낌이 든 친구들은 바로 경찰에 신고했고, 출동한 경찰은 혈흔과 구로사키의 머리카락 DNA를 대조한 결과 구로사키의 피라는 것을 확인했다. 프랑스 경찰은 일단 지난 이틀간 그녀의 행적을 추적하기로 했다.

사건 당일 브장송 교외의 한 레스토랑 CCTV에서 구로사키의 모습을 찾아낼 수 있었다. 레스토랑 직원들은 동양인 여성 구로사키를 정확히 기억하고 있었다. 그런데 문제는, 그녀와 동행한 남자의 신원이었다. 한눈에 봐도 그 남자는 프랑스인은 아니었다. 라틴계 인종 특유의 곱슬곱슬한 머리카락과 구릿빛 피부. 그렇다! 그녀와 동행한 남자는 바로 전 남자친구 니콜라스였다!

경찰은 CCTV를 통해 두 사람의 행적을 계속 추적해 나갔다. 두 사람은 함께 차를 타고 레스토랑을 떠났다. 그리고 50여 분 후, 구로사키의 기숙사 정문 CCTV에 동일한 차량이 나타났다. 두 사람은 함께 기숙사 건물 안으로 들어갔다. 그리고 얼마 후 니콜라스가 황급히 뛰쳐나와 급하게 차를 몰고 기숙사를 떠나는 모습이 CCTV에 담겼다. 기숙사 정문 앞에는 그가 서둘러 차를 돌려 나가느라 생긴 스키드 마크가 선명하게 찍혀 있었다.

프랑스 경찰은 급하게 니콜라스를 수배했다. 하지만 수배령이 내려지기 바로 전날, 니콜라스는 이미 칠레로 출국해버리고 난 뒤였다. 경찰 조사는 니콜라스 없이 정황 조사만으로 진행됐다. 그런데 정황 증거만으로도 상당히 유력한 혐의점이 나타났다. 니콜라스는 프랑스에 입국해서 브장송에 도착하자마자 차를 렌트했다. 그러고는 대형 마트에서 휘발유 5리터와 성냥, 중성세제, 대용량 쓰레기봉투 여러 장을 구입했다. 이런 물건들은 범행 증거를 없애기 위한 준비물로 여겨지기에 충분했다. 더군다나 렌터카 업체에 차를 반납했을 때, 그가 렌트한 차량의 타이어에는 온통 진흙이 묻어 있었다. 마치 깊은 숲으로 여행을 다녀온 것처럼 말이다. 구로사키가 실종된 지 이틀 뒤인 12월 7일, 니콜라스는 구로사키의 페이스북 계정에 로그인해서 "남자친구와 헤어졌다"라는 게시물을 올리기도 했다. 경찰은 그가 구로사키를 해친 뒤 그녀가 살아 있다는 흔적을 남기기 위해, 혹은 자신이 더 이상 구로사키와 연인 관계가 아니라는 사실을 증명하기 위해 일부러 그런 게시물을 남긴 것이라고 의심했다.

모든 정황 증거가 니콜라스를 용의자로 지목했다. 하지만 경찰은 한 가지 큰 난제에 부딪혔다. 바로 구로사키의 사체가 발견되지 않은 것이다. 우리나라나 일본은 피해자의 사체가 발견되지 않더라도 정황 증거만으로 용의자를 긴급체포하거나 구속 기소할 수 있다. 하지만 미국이나 유럽에선 사체가 발견되지 않으면 체포가 불가능하다. 증거불충분이란 이유로 법원에서 체포영장이 아예 발부되지 않기 때문이다. 게다가 니콜라스는 이미 칠레로 출국한 뒤였다.

프랑스 경찰은 구로사키의 시체를 찾는 데 집중했다. 니콜라스의 핸드폰을 위치 추적한 결과, 그가 실종 사건이 일어난 다음 날 렌트카를 몰고 브장송에서 남서쪽으로 약 30km 떨어진 숲에 들렀다는 게 확인됐다. 당연히 시체를 은닉하기 위한 행동으로 추측됐다. 경찰은 모든 수단을 동원해 숲을 수색했지만, 안타깝게도 그 숲은 면적이 2만 헥타르에 달하는, 프랑스에서 두 번째로 넓은 숲이었다. 구로사키의 시체는 끝내 찾을 수 없었다.

그럼에도 불구하고 프랑스 경찰은 포기하지 않고 니콜라스를 용의자로 지목하고 칠레 정부에 그를 압송해줄 것을 요청했다. 그러나 프랑스와 칠레 사이에는 범죄자 인도 조약이 맺어져 있지 않았다. 게다가 칠레 검찰은 니콜라스를 자기들이 조사하겠다며 출국금지 조치를 내려버렸다. 사실상 자국민 보호 조치였다. 앞서 말했듯, 니콜라스의 아버지는 칠레에서 상당한 재력가이며, 정재계에 넓은 인맥을 가지고 있었다. 일이 이렇게 되자 일본 정부는 칠레와 프랑스 양국 경찰에 강력하게 합동수사를 요청했다. 일본, 칠레, 프랑스 3개 국가가 얽힌 이 복잡한 실종 사건은 자칫하면 외교 문제로 비화할 우려도 있었다.

영원히 미궁에 빠질 것만 같던 사건은, 프랑스 경찰과 일본 외교부의 끈질긴 노력으로 해결의 실마리를 잡게 된다. 2020년 5월 칠레 대법원은 마침내 니콜라스를 프랑스 경찰에게 인도하라는 최종 판결을 내렸고, 그해 7월 24일 니콜라스는 프랑스로 압송됐다. 샤를 드골 공항에서 기다리던 경찰은 니콜라스가 출국장을 빠져나오자마자 그의 손목에 수갑을 채웠다.

"니콜라스 세베다 콘트레라스, 당신을 구로사키 나루미 살인 혐의로 체포합니다."

니콜라스가 체포된 후, 사건 수사는 드디어 4년 만에 공식적으로 재개됐다. 예상대로 니콜라스와 그의 집안의 저항은 강력했다. 니콜라스는 묵비권을 행사했고, 그의 아버지는 프랑스에서 가장 비싼 로펌의 변호사들을 대거 고용했다. 재판은 장기전으로 흐를 것이 확실시됐다. 실제로 재판은 아직도 진행 중이다.

이 사건에서 가장 측은한 대상은, 사랑하는 딸을 한순간에 잃고 그 시신조차 찾지 못한 채 길고 긴 재판을 견뎌야 하는 구로사키의 부모님이다. 그들은 딸의 실종 사건에 대한 사소한 단서라도 찾기 위해 프랑스를 직접 방문하기도 하고, 일본과 프랑스, 칠레 3개 국 정부 및 사법부에 수십 차례 탄원서를 제출하기도 했다. 구로사키의 어머니가 칠레 법원에 제출한 탄원서에는 이런 구절이 있다.

> 우리 부부는 니콜라스가 프랑스 법원에서 혐의에 합당한 재판을 받기를 기도한다. 이를 위해 우리는 목숨도 바칠 수 있다.

니콜라스의 혐의를 입증하려면 무엇보다 먼저 구로사키의 시신을 찾아야만 한다. 자신의 고국도 아닌 머나먼 이역만리 어디에 묻혔는지 알 수도 없는 그녀의 원혼은, 지금 어느 땅을 떠돌며 통곡하고 있을까……. 착잡한 심정을 금할 길 없다. ★

16.

풀리지 않은 프랑스 최대 미제 사건

자비에르 가족 몰살 사건

'앙시앵 레짐(ANCIEN RÉGIME)'이라는 프랑스어가 있다.

직역하면 '구(舊)체제', '구제도'라는 뜻으로, 유시민 작가가 방송에서 사용하면서 우리에게 널리 알려진 개념이다. 앙시앵 레짐은 긍정적인 의미로 쓰면 '물려받아야 할 좋은 전통'이라는 뜻일 수도 있고, 부정적인 의미로 쓰면 '타파해야 할 악습'이라는 뜻을 가질 수도 있다. 이처럼, 프랑스 대혁명 이전의 군주제를 지탱하는 제도인 앙시앵 레짐은 긍정적인 면과 부정적인 면 모두를 가지고 있다.

유럽은 미국과는 다르게 전통에 대한 존중이 상당히 강한 곳이다. 콜럼버스가 아메리카 대륙을 발견한 이후 신대륙에 세워진 미국은 아무것도 없는 땅에서 일궈낸 새로운 국가이지만, 유럽은 이미 2000년 넘는 과거의 제도가 굳건하게 자리 잡고 있으며 지금도 국가 체제나 유럽인들의 일상생활에 큰 영향을 미치고 있다. 영국뿐만 아니라 스페인, 벨기에, 네덜란드, 룩셈부르크, 덴마크, 스웨덴, 노르웨이, 모로코 등 여러 국가가 군주정을 유지하고 있다. 영국은 지금도 왕가에서 기사 작위를 내려주고 있으며, 이 기사 작위는 큰 명예로 여겨진다. 영국만큼은 아니지만 프랑스 역시 과거 부르봉 왕조 시대부터 내려오는 귀족 집안의 위세와 명예심이 아주 대단하다. 하지만 지금은 모든 인간이 평등하다는 신념이 보편화된 근대 민주주의 시스템이 널리 퍼진 21세기가 아닌가. 왕이니 귀족이니 기사 작위니 하는 전통들, 유럽의 앙시앵 레짐은 적어도 민주주의 사회에서는 타파해야 할 악습이 아닐까?

2019년 10월 11일, AFP통신을 비롯한 프랑스의 수많은 언론사가 일제히 대서특필한 뉴스가 있다. 프랑스 경찰이 10년째 추적해온 일가족 몰살 사건의 범인이 드디어 붙잡혔다는 소식이었다. 경찰은 범인이 영국 글래스고로 도망치려 한다는 제보를 입수하고 공항에서 잠복 중이었다. 하지만 샤를 드골 공항에서의 검거는 실패하고 말았다. 범인이 경찰의 눈을 피해 비행기에 탑승해버렸기 때문이다. 경찰은 곧바로 영국 경찰에 도움을 요청했다. 범인의 인상착의를 전달받은 영국 경찰은 글래스고 공항에서 범인을 검거하는 데 성공했다. 프랑스와 영국, 두 국가의 경찰 협조가 빛나는 순간이었다.

드디어 악마가 검거됐다!

프랑스 언론들은 모두 이 사건을 1면 톱기사로 다뤘다. 그런데 이런 환호도 잠시뿐. 사건 현장에서 발견된 용의자의 DNA와 검거된 사람의 DNA가 전혀 일치하지 않았다. 프랑스 경찰의 허술한 실수 때문에 이런 어처구니없는 일이 벌어진 것이다. 범인 잡기에 급급했던 경찰이 부분적으로만 일치하는 지문과 제보에만 의지해서 확증편향에 빠진 탓이었다. 심지어 체포된 사람은 프랑스인도 아닌 포르투갈 출신의 평범한 남자였다. 10년이면 강산도 변한다는데, 프랑스 경찰의 10년 노력에도 사건은 원점으로 돌아가고 말았다.

프랑스 북서부에 위치한 도시 낭트. 낭트는 청동기 시대부터 사람들이 교류한 흔적이 남아 있을 정도로, 그 역사가 무척이나 깊고 오래된 유서 깊은 항구 도시다. 낭트는 오늘날에도 프랑스 북서부의 중심지이자 주요 항구 도시로 꼽히며, 부자들의 요트가 즐비하게 정박돼 있는 부유한 도시다.

낭트의 부자 동네에서 사업가 자비에르 뒤퐁 드 리고네는 아름다운 아내 아녜스와 함께 4명의 자녀를 두고 행복하게 살아가고 있었다. 자비에르는 유서 깊은 프랑스 귀족 가문 출신으로, 자신의 출신 성분에 대한 자부심이 아주 대단했다. 그는 아내와 자녀들에게 엄하면서도 다정한 전형적인 '멋진 아빠'였다. 그림으로 그린 듯 행복하고 아름다운 가족의 삶이었다. 그 비극이 그들을 덮치기 전까지는…….

2011년 4월 13일, 자비에르의 이웃집 부인은 무언가 낯선 낌새를 느꼈다.

"아니, 이상한데? 리고네 씨 집 말이야, 평소 이 집 옆을 지나가기만 하면 개 두 마리가 왕왕하고 짖었잖아. 그런데 왜 요즘은 아무 소리도 나지 않지? 그리고 창문은 왜 다 셔터가 내려져 있는 거야?"

그녀는 함께 산책하던 친구에게 이렇게 말했다. 자비에르의 집에서는 송아지만 한 대형견 두 마리를 키우고 있어서 늘 개 짖는 소리가 크게 들렸는데, 이날은 그 소리가 들리지 않았다. 게다가 자비에르의 집 우체통에 수상한 쪽지가 하나 붙어 있었다.

모든 우편물은 발송인에게 반송해주시기 바랍니다.

"여행이라도 갔나 보지. 이 집 사람들 귀족이라고 늘 빼기며 살잖아?"

부인의 친구는 비꼬듯이 말했다.

"애들 방학도 아닌데, 무슨 가족 여행? 거기다 저길 봐. 저건 아네스의 차야."

"그게 뭐?"

"자비에르 씨의 차 한 대에 여섯 식구랑 대형견 두 마리를 다 태울 순 없다고. 뭔가 이상하다니까. 이상해. 정말 이상해."

"캠핑카라도 빌렸나 보지. 넌 참 오지랖도 넓다. 그 집 사람들이 뭐가 부족해서 네가 나서서 걱정을 하니. 귀족의 후예니 뭐니 하도 고개를 빳빳하게 들고 다녀서 꼴도 보기 싫은데."

친구는 빈정대듯 말했지만, 이웃집 부인은 어딘지 심상치 않은 낌새를 느꼈다. 여행을 가더라도 자비에르 식구들은 문단속 같은 것을 잘 하지 않았다. 낭트가 워낙 치안이 좋은 도시이기도 하지만, 자비에르에게서는 뭐랄까, 그런 것 따위는 필요 없다는 여유가 느껴졌다. 그런데 모든 문과 창문이 굳게 잠긴 데다 커튼까지 다 쳐 있고, 며칠째 아무런 기척이 느껴지지 않으니 이상한 느낌이 들었다.

결국, 그녀는 경찰에 신고했다. 잠시 후 출동한 경찰들은 자비에르의 집 문을 두드렸지만, 예상대로 아무 인기척도 없었다. 경찰들은 강제로 문을 열고 진입했다. 안에 들어가자, 우려와 달리 내부엔 누가 침입했거나 범죄가 발생한 흔적이 전혀 보이지 않았다. 그나마 침실 옷장 문이 열려 있고 침대 시트가 구겨진 채 벗겨져 있는 것 외에 특이점은 발견되지 않았다.

"거 참, 연락은 되지 않는 거야?"

"그렇습니다."

"이웃집에서 신경과민인가 봐. 아니면 부인이 탐정 영화를 너무 봤거나."

경찰들은 자비에르 가족이 장기간 여행을 떠났을 거라 결론 내리고 철수했다. 하지만 문제는 바로 다음 날인 4월 14일 일어났다. 사위가 가족과 지인들 모두에게 이상한 메일을 보내고 사라졌다며 자비에르의 장모가 실종 신고를 해 온 것이다. 자비에르가 보낸 메일의 내용은 충격적이었다. 그 메일에는 자비에르가 사실은 DEA(Drug Enforcement Administration, 미국마약단속국) 소속 스파이이며, 국제 마약 조직 소탕 작전에 참여하게 되어 신변의 안전을 위해 온 가족이 당분간 미국으로 이주하게 되었다고 적혀 있었다. 하지만 자비에르는 프랑스의 유서 깊은 귀족 가문 사람이며, 미국과는 아무런 관련 없이 프랑스에서만 평생 살아왔다. 그런데 난데없이 미국마약단속국 요원이라니, 황당하기 짝이 없었다.

최초 신고로부터 6일이 지난 4월 19일, 자비에르 가족의 행방을 찾기 위한 전담 수사팀이 꾸려졌다. 이들은 가장 먼저 다시 집을 샅샅이 살폈지만, 여전히 범죄의 흔적을 찾을 수는 없었다. 혹시 자비에르 가족이 정말로 미국으로 출국한 것은 아닐까? 경찰은 가족의 출입국 기록을 살펴봤지만, 누구 한 사람 외국으로 나간 기록이 없었다. 그렇다면 자비에르는 정말로 미국마약단속국 스파이일까?

4월 21일, 경찰이 다시 집 근처를 꼼꼼히 살펴보다가 뒷마당과 연결된 테라스를 둘러봤다.

"반장님! 여기 나무판자가 있는데, 최근에 뜯어본 것 같습니다!"

경찰들은 나무판자를 조심스럽게 뜯어봤다. 그러자 그 안에서 뭔가 심상치 않은 것이 나왔다. 검은 비닐봉지에 싸인, 묵직해 보이는 덩어리였다. 첫눈에 봐도 시신을 유기한 정황이 분명했다. 검은 비닐봉지 안에는 뭔가 이

불에 둘둘 말린 것이 들어 있었다. 이불을 걷어내자 마침내 그 안에서 숨겨진 시체가 나타났다.

비닐에 싸인 채 묻혀 있던 시신은 총 4구였다. 신원은 자비에르의 아내 아녜스, 스무 살이던 첫째, 열여섯 살이던 셋째, 겨우 열세 살이던 넷째였다. 남편 자비에르와 둘째를 제외하고 모두 발견된 것이다. 대형견 두 마리의 사체도 함께 묻혀 있었다.

일가족 몰살 사건! 현장에는 곧바로 폴리스 라인이 쳐지고 감식반이 출동했다. 사인은 명확했다. 자비에르의 가족들은 모두 머리에 총을 두 발씩 맞았다. 저항한 흔적은 없었다. 시신에서는 수면제 성분이 검출됐다. 즉, 잠들어 있는 상태에서 죽임을 당한 것이다.

이런 사건은 매우 드물었다. 노련한 형사들도 놀랍기만 했다. 그렇다면 가장인 자비에르와 둘째 아들 토마스의 행방은 어떻게 된 것일까? 그 둘이 다른 가족들을 죽이고 달아났거나, 아니면 그 둘만 다른 곳에 묻혀 있는 게 틀림없었다. 경찰은 다시 한 번 정원을 철저히 수색했다. 마침내 정원 한구석에서 흔적을 발견하고 파보니, 거기에서 토마스의 시체가 나왔다. 다른 피해자들과 마찬가지로 수면제 성분이 검출됐고 머리엔 두 발의 총상이 있었다. 이제 결론은 둘 중 하나다. 자비에르의 시신을 찾거나, 혹은 자비에르를 일가족 몰살범으로 잡거나. 그의 흔적은 어디에도 보이지 않았다. 프랑스 전역에 자비에르에 대한 긴급수배령이 내려졌다.

경찰은 가족의 과거를 조사하던 중 자비에르 부부가 숨겨온 비밀을 알게 됐다. 스무 살인 첫째는 자비에르의 친아들이 아니었다. 아내 아녜스는 결혼하기 전 다른 남자의 아이를 출산한 미혼모였다. 하지만 자비에르는 남의 자식도 자기 아이들과 다름없이 사랑으로 키웠다. 그는 지난 20년간 모든 아이들을 동등하게 대해주었다. 그토록 자상했던 아버지가 아이들을 몰살하다니……. 친척들과 지인들은 도저히 믿을 수 없었다.

또 한 가지, 자비에르는 평소 허리 통증이 심해서 제대로 구부려 앉지도 못했다. 그렇게 심각한 허리 디스크 환자가 구덩이를 직접 파고 시신을 묻었다는 게 이상했다. 모든 정황이 그를 범인으로 지목했지만, 자비에르의 행방을 찾을 수 없다는 것 외에는 아무런 물적 증거가 없었다. 가족의 시신에는 모두 각각 두 발씩 총상이 있었다. 그런데 집 안 어느 곳에서도 혈흔이 발견되지 않았다. 집 안에서 총을 쐈다면 분명 피가 튀었을 것이다. 이웃들 중에 총소리를 들었다는 증언도 없었다. 그리고 범죄 현장에서 자비에르의 지문은 발견되지 않았다. 그렇다면 자비에르가 정말로 미국마약단속국의 스파이로, 마약 밀매 조직의 보복 범죄에 의해 일가족이 살해당한 것은 아닐까?

그런데 자비에르의 은행 계좌를 살펴보니 의외의 사실이 발견됐다. 그는 주변 사람들에게 아주 능력 있고 부유한 사업가라고 말하고 다녔지만, 사실은 달랐다. 그가 운영하는 회사는 거의 유령회사에 가까운 페이퍼컴퍼니로, 1년 수입이 4000유로(한화 530만 원)에 불과했다. 물론 처음부터 그가 이렇게 쪼들렸던 것은 아니다. 결혼하고 둘째를 낳을 때까지만 해도 그는 능력 있는 사업가였다. 하지만 이후 회사의 사운이 점점 기울어가기 시작했다. 집을 담보로 잡고 여기저기 빚도 많이 졌다. 은행뿐만 아니라 사채업자들에게서도 돈을 빌려 빚 독촉을 받는 신세였다. 그런데도 자비에르는 이런 사실을 가족에게 알리지 않았다. 귀족 출신이라는 자부심만은 어떻게든 지키고 싶었던 것이다.

사건이 일어나기 석 달 전쯤 자비에르는 부친상을 당했다. 아버지의 죽음에는 별다른 의문점이 없었다. 그저 노환으로 인한 심장마비였다. 그런데 자비에르의 부친 역시 파산 상태여서 아들에게 물려줄 유산이 단 한 푼도 없었다.

"동네 사람들 이야기를 들으니까 아버지도 파산 상태여서 유산도 없었는데, 유일하게 물려받은 게 바로 총이었다는군요."

"총?"

"네. 그리고 집 안을 다 뒤졌는데 그 총은 발견되지 않았습니다."

"총기 종류는?"

"22구경 라이플이라고 합니다."

"22구경. 가족들 시체에 남겨진 총상의 크기와 일치하잖아?"

"네. 자비에르는 부친상을 치르자마자 총기 면허를 획득하고 총알을 구입했답니다."

"그래? 수상한 점이 한두 가지가 아니네."

"맞습니다. 자비에르의 3개월간 카드 지출 내역을 살펴보니, 그가 시멘트와 삽, 곡괭이 등은 물론 암매장할 때 사용된 비닐까지 구매한 게 밝혀졌어요. 자비에르가 자신의 가족을 모두 죽였다는 정황이 확실합니다."

그러나 어찌 된 일인지 사건 직후 자비에르는 낭트를 떠나 그가 예전에 가족들과 함께 머물던 곳들을 차례대로 돌아보는, 일종의 순례 여행을 다녔다. 그는 또한 태연히 자신 명의로 된 신용카드를 사용했고, 호텔에 묵을 때도 신분을 그대로 노출했다. 얼굴을 가리거나 CCTV를 피하는 일도 없었다. 물론 그때까지만 해도 경찰에 신고가 접수되기 전이었다.

신고를 받은 경찰이 집에 출동한 바로 다음 날, 자비에르는 계좌에 남아 있던 40유로 정도의 현금을 인출한 후 '포뮬'이라는 호텔에 묵었다. 그리고 그다음 날, 타고 온 차량을 호텔 주차장에 버려둔 채 무거워 보이는 검은색 가방을 메고 호텔 뒤 산속으로 걸어 들어갔다. 그가 담장을 넘어 산속으로 들어가는 모습이 호텔 CCTV에 고스란히 담겼다.

자비에르는 산에 들어간 다음, 극단적인 선택을 한 것일까? 경찰은 대대적인 수색을 펼쳤지만 별다른 성과를 얻지 못했다. 자살했다면 시체라도 발견돼야 할 텐데, 자비에르의 시체는커녕 사소한 흔적조차 찾지 못했다.

사건이 일어난 지 10년이 넘은 지금까지도 자비에르의 행방은 묘연한 상태다. 그가 산속으로 몸을 감춘 뒤, 그를 보았다는 사람도 연락을 받았다는 사람도 없다. 대체 그는 무엇 때문에 사랑하는 가족을 몰살했을까? 많은 추측이 있지만 그중 가장 신빙성 있는 것은 가족들에게 비참한 모습을 보이기 싫었던 것이 아닐까 하는 가설이다. 귀족 출신으로 성공한 사업가 행세를 하면서 높은 자존감과 우월감을 보였는데, 결국 사업에 실패해서 빚쟁이가 되어버린 자신의 모습을 알리기 싫었던 것은 아닐까? 우리나라에서도 생활고를 견디지 못한 가장이 가족들을 몰살하고 극단적 선택을 하는 경우가 심심치 않게 있지 않은가. 자비에르의 자존심과 오만함이 어려울 때 함께 의지하고 견뎌 나가야 할 가족들을 죽인 결정적인 이유가 아닐까 추측된다.

자비에르 일가족 몰살 사건! 이 사건은 지금도 프랑스 최대 미제사건으로 남아 있다. 지금까지도 자비에르의 행방은 밝혀지지 않았다. 그는 정말로 아무도 모르는 산속 어딘가에서 회한의 삶을 마감했을까? 아니면 어느 하늘 아래에선가 자신의 죄를 참회하면서 기구한 삶을 살고 있을까? ★

17.

엘리베이터에서 감쪽같이 사라진 모녀

대만판 엘리사 램 사건

폭력을 사용하지 마라.

폭력에 관계하지 마라.

너희들이 적이라고 생각하는 자가 누구든 간에 악을 행하지 마라.

_레프 톨스토이

가정폭력은 지금도 전 세계 어딘가에서 일상적으로 벌어지는 악질적인 범죄다. 대체로 남성, 즉 남편이나 아버지가 아내나 자식들에게 벌이는 이 전근대적이고 가부장적인 범죄는 안타깝게도 서구보다는 아시아 지역에서 훨씬 더 자주, 그리고 강하게 일어나고 있다. 이제부터 소개할 사건은 남편의 가정폭력을 견디다 못해 아이와 함께 홀연히 종적을 감춰버린, 대만의 한 여성 이야기다.

2008년 1월 21일, 대만 중서부 쯔앙화현 경찰서에 다급한 실종 신고가 접수됐다.

"경찰이죠? 크, 큰일 났습니다!"

목소리만으로도 사건의 중대함이 느껴졌다. 신고자는 30대 후반 남자였다.

"아, 네, 우선 진정하시고 무슨 일인지 알려주십시오."

"아내가 네 살 된 딸을 데리고 집을 나갔는데, 지금까지 연락도 되지 않아요!"

"언제 나갔습니까?"

"어제 낮 2시쯤이요."

"그런데 왜 바로 실종 신고를 하지 않으셨죠?"

"하루 정도 지나면 집에 들어올 줄 알았죠. 그런데 아무래도 좀 이상해요. 처가에 연락해봤는데 아내가 아이를 안고 잠깐 들렀다가 바로 나갔다고 하는군요. 핸드폰도 지갑도 다 두고 나갔다는데……. 아무튼 이렇게 오래 집을 비울 여자가 아닙니다. 빨리 좀 찾아주십시오."

쯔앙화현에서 살아가던 장씨 부부. 아내가 사라진 날, 두 사람은 크게 다퉜다고 했다. 물론 남편의 폭력도 있었다. 장인은 아내가 아이를 스쿠터에 태우고 잠시 들렀다가 곧 집을 나갔다고 말했다. 아내의 친구들과 지인들 모두에게 연락해보고 그녀가 갈 만한 곳을 다 찾아봤지만 아내의 행적은 오리무중이었다.

아내의 이름은 리우 후이 쥔. 37세. 남편 장씨와의 사이에서 아이 셋을 낳았다. 남편은 사업체를 운영하며 3층짜리 맨션을 구입할 만큼 부유한 가정이었다. 문제는 장씨의 습관적인 가정폭력이었다. 평소 욱하는 성격을 가진 장씨는 신혼 초부터 아내에게 폭력을 행사했다. 참다못한 리우는 이혼 소송을 제기한 뒤 자녀들을 데리고 친정으로 갔다. 하지만 남편이 자신의 잘못을 사죄하며 제발 집으로 돌아오라고 애원하자 재결합을 결심했다. 지금도 그렇지만 2008년 당시 대만에서는 이혼녀를 보는 사회적 시선이 그리 곱지 않았다. 그리고 남편과 헤어지면 당장 생계를 어떻게 꾸려 나가야 할지 막막했다. 결국 남편의 사과를 받아들이기로 한 리우는 집으로 돌아왔다. 그리고 얼마 후 이들 사이에서 아이가 또 한 명 태어나면서 가정의 평화를 찾는 듯했다. 하지만 가정폭력은 일종의 악독한 습관이다. 사람은 쉽게 바뀌지 않기 때문이다. 아기가 태어난 지 얼마 되지 않아 장씨는 또다시 리우에게 폭력을 행사하기 시작했다.

사건 초기, 경찰은 남편 장씨를 의심했다. 평소 가정폭력을 일삼던 남편 장씨가 우발적으로 아내를 살해하고 이를 감추기 위해 허위신고를 한 것은 아닐까? 함께 사라진 네 살짜리 딸아이의 행방은 어찌 되었을까?

아무튼 리우의 행적을 찾는 게 급선무였다. 하지만 경찰은 사건이 발생한 후 나흘 동안 아무런 단서도 찾지 못했다. 그러다 걸려온 한 통의 제보 전화. 제보자는 고층 건물 관리인이었다. 나흘 전부터 건물 정문에 스쿠터 한 대가 세워져 있는데, 찾아가는 사람이 없었다. 그런데 그 스쿠터가 실종 전단에 실린 스쿠터와 비슷해 보여서 신고한 것이다.

경찰이 출동해서 확인해보니 리우가 타고 나간 스쿠터가 맞았다. 집에서 8km 정도 떨어진 위안린시에 위치한, 그 근방에서 가장 높은 주상복합건물이었다. 고가의 주거지이다 보니 경비원이 24시간 출입을 관리하고 있었다. 경찰은 건물 내외에 설치된 총 13대의 CCTV 영상을 분석해 리우가 그 건물에 들어서는 장면과 엘리베이터 내부 화면을 확보했다. 그런데 문제는 거기서부터 시작됐다.

리우가 집에서 도망쳐 나온 1월 20일 오후 8시경, 그녀가 신고된 주상복합건물 정문으로 들어서는 것이 CCTV에 선명히 찍혔다. 그녀는 스쿠터를 건물 앞에 세워두고 네 살배기 딸아이를 안은 채 빠른 걸음으로 내부로 들어가 곧장 엘리베이터 쪽으로 향했다. 그리고 엘리베이터 내부 화면. 리우는 머뭇거리는 기색 없이 맨 꼭대기 층인 11층 버튼을 눌렀다. 그런데 그 이후 그녀가 엘리베이터 안에서 보인 행동이 무척이나 괴이했다.

리우는 엘리베이터의 층수 디지털 숫자가 바뀌는 것을 응시하다가 갑자기 자신이 입고 있던 빨간색 겉옷을 벗어 던졌다. 그러고는 딸아이가 입고 있던 분홍색 겉옷도 벗기기 시작했다. 몹시 다급한 모습이었다. 엘리베이터가 11층에 도착하자 그녀는 신발을 벗더니 엘리베이터 안에 남겨두고 맨발로 아이를 안은 채 황급히 엘리베이터 밖으로 나갔다. 그 건물 11층에는 작은 불당과 공인중개업소만 입점한 상태였다. 오후 8시경에는 모두가 퇴근한 후라 11층에는 아무도 없고 복도는 어둑했다. 하지만 다행히 그녀의 모습이 CCTV에 잡혔다. 리우는 아이를 안은 채 옥상으로 가는 비상구 계단으로 황급히 향했다.

"어, 이거 이상한데요?" CCTV 화면을 보던 형사가 말했다. "신발을 벗었다……. 이건 일종의 자살 심리인 거 같은데……. 하지만 옥상에서 투신했다면 시신이 발견됐을 텐데 말이죠."

"아니, 투신자살을 할 거면 옥상 난간에 신발을 벗어놓지 왜 엘리베이터 안에 벗어놓겠어?"

담당 형사들은 우선 건물 옥상에 올라가 조사했다. 하지만 리우가 옥상에서 투신하는 것은 불가능해 보였다. 아이를 안은 여성이 올라가기에는 옥상의 담장이 너무나 높았기 때문이다. 그렇다면 옥상 물탱크? 하지만 물탱크 안에서도 리우와 딸아이의 시신은 발견되지 않았다. 11층 건물 내부를 샅샅이 수색했지만, 그 어디에서도 모녀는 발견되지 않았다. 하늘로 증발한 걸까? 그녀가 엘리베이터를 타고 내려온 흔적은 어디에도 없었다. 옥상으로 올라가는 비상구 계단에서 찍힌 모습이 마지막이었다.

혹시 옆 건물로 건너갔을까? 하지만 주변 건물들은 모두 5층 이하의 낮은 건물들이었다. 영화 주인공이 아닌 한, 까마득하게 낮은 옆 건물 옥상으로 건너뛰는 것은 불가능했다. 결국 남은 가능성은 하나. 그녀가 이 건물 안 누군가의 집에 숨어 있다는 추측이었다. 이 건물에 그녀의 지인이 살고 있어서 남편의 가정폭력을 피해 아이와 함께 며칠간 신세를 지고 있는 것은 아닐까? CCTV 화면 속 그녀는 건물 정문에 들어서자마자 마치 이곳에 여러 번 와본 것처럼 주저함 없이 바로 엘리베이터로 향했다. 그리고 엘리베이터 안에서도 다른 층이 아닌 11층 버튼을 곧바로 눌렀다. 혹시 그녀의 내연남이 이 건물에 살고 있는 건 아닐까? 경찰은 건물 내 모든 집을 차례차례 방문했다. 그런 다음 상가에 입점한 점포, 창고, 지하 주차장과 보일러실까지 경찰견을 동원해 다 뒤져보았다. 그럼에도 불구하고 리우와 딸아이의 행적은 도무지 찾을 수 없었다. 경찰은 마지막 수단으로 모든 입주민에 대한 탐문수사를 실시했다. 마침내 목격자가 한 명 나왔다.

"기억나요. 8시쯤 저는 건물 정문 앞에서 친구를 기다리고 있었습니다.

그런데 웬 여자가 아이를 안은 채 황급히 뛰어오더라고요. 하마터면 부딪힐 뻔했는데, 누군가에게 쫓기는 듯 불안하고 겁에 질린 표정이었어요. 그래서 선명히 기억합니다."

목격자의 진술은 거기까지였다.

경찰은 다시 한 번 건물의 구조를 면밀히 살펴보았다. 1층 정문 말고 이 건물에서 나갈 수 있는 통로는 B1과 B2 지하 주차장뿐이었다.

"그럼 주차장 차량 통행로로 빠져나간 걸까?"

"그건 아닌 것 같습니다. 이 건물 주차장은 차량용 엘리베이터로만 출입 가능하고, 입주자 전용 리모컨이 있어야 합니다. 경비원용 뒷문이 있긴 하지만 굳게 잠겨 있었어요. 오랫동안 열리지 않아서 먼지가 잔뜩 쌓여 있었어요. 손자국이나 발자국 같은 흔적은 전혀 없었습니다. 리우가 딸을 데리고 그 문으로 지나갔다면 분명 발자국 남았을 겁니다."

"그럼 뭐야? 진짜 땅으로 꺼지기라도 한 거야?"

"단 한 군데, 유일하게 CCTV가 없는 곳이 있어요."

"그게 어디야?"

"바로 불이 났을 때를 대비한 비상 탈출구입니다. 그런데 그 탈출구는 사다리로 연결돼 있어요. 여자가 네 살짜리 아이를 안고 올라갈 수 있는 구조가 아닙니다."

"그래도 이 통로 말고는 빠져나갈 곳이 없잖아? 우리가 CCTV를 다 찾아봤는데 말이야."

리우는 정말로 그 가파른 비상계단을 타고 건물 밖으로 나간 것일까? 그렇다 해도 왜 굳이 옷과 신발을 벗은 채 나가야만 했을까? 무엇 때문에 11

층까지 갔다가 다시 내려와야 했을까? 수사는 갈수록 미궁에 빠졌다.

"정말 이 건물에 아는 사람이 없을까요? 그녀의 지인이 숨겨주면서 우리한테 거짓말을 했을 수도 있잖아요."

"아니면 이 건물에 사는 누군가가 리우를 죽이고 시체를 은닉했을 수도 있지. 만에 하나라도 말이야. 법원에 수색영장을 청구해보자고."

하지만 법원에서는 이 사건을 단순 실종으로 보고 수색영장 발부를 기각했다. 경찰은 다시 한 번 일일이 방문하면서 탐문수사를 할 수밖에 없었다. 그러나 역시 아무런 소득 없이 끝났다. 리우와 그녀의 네 살배기 딸아이는 그 이후 지금까지 발견되지 않았다. 마치 다른 세상으로 가는 포털을 타고 사라져버린 것처럼, 그녀는 그렇게 이 세상에서 영원히 증발해버린 것이다.

그런데 실종 사건이 일어난 지 5년이 지난 2013년, 대만 언론에서 이 사건이 재조명됐다. 이유는 미국 로스앤젤레스의 한 호텔에서 일어난 엘리사 램이라는 이름의 중국계 캐나다인 대학생이 옥상 물탱크에서 시체로 발견되는 사건이 일어났기 때문이다. 엘리사 램이 죽기 전 마지막으로 목격된 모습이 바로 엘리베이터 CCTV에 찍힌 화면이고, 엘리사 램 역시 리우처럼 전혀 이해할 수 없는 행동을 했다. 그나마 엘리사 램은 물탱크 안에서 시체라도 찾을 수 있었지만, 리우와 그녀의 딸은 시신조차 찾을 수 없었으니 더욱 황당한 노릇이다. 엘리사 램 사건과의 동일성에 주목한 대만 사람들의 빗발치는 요청으로 수사는 5년 만에 재개됐다. 경찰은 리우의 신분증, 신용카드, 의료보험 사용 기록 등을 모조리 훑어보았지만, 지난 5년 동안 전혀 사용한 기록이 없었다. 그녀와 함께 사라진 네 살 딸아이도 초등학교에 입학할 나이가 지났지만, 대만 전국 어디에도 그 아이의 입학 기록은 없었다. 현재까지도 대만에서는 리우 모녀의 행방에 대해 많은 추측이 난무하지만, 명확한 단서는 단 하나도 찾지 못한 실정이다.

남편의 가정폭력을 견디다 못해 딸아이를 안고 집을 뛰쳐나간 리우 후이 쥔. 그녀는 명백한 가정폭력의 희생자다. 그녀를 불쌍히 여겨 하늘에서 동아줄이라도 내려 보내준 것일까? 전 세계 모든 가정폭력 피해자들의 고통에 공감하며, 그녀가 이 세상 어디에선가 딸과 함께 단란하게 살아가고 있기를 기도해본다. 끔찍한 가정폭력의 기억은 다 잊어버린 채 말이다. ★

18.

죽은 여자친구가 보낸 페북 메시지

미국 에밀리 미스터리

가끔은 영어 원제목보다 한글 번역 제목이 더 맛깔 나는 영화들이 있다.

그중 하나로 꼽을 수 있는 영화가 바로 <사랑과 영혼>이다.

이 영화의 영어 원제는 <고스트(GHOST)>. 직역하면 '혼령' 혹은 '귀신'이라는 뜻이다. 하지만 영화의 절절한 감동을 표현하기에는 어딘지 부족하다. 그래서 번역자는 살짝 의역을 덧붙였나 보다. <사랑과 영혼>으로.

영화는 사고로 죽은 남자친구의 영혼이 여자친구와 소통하기 위해 심령술사의 몸에 빙의해 결국 그녀에게 못다한 마지막 사랑의 말을 전하고 이승을 떠난다는 내용이다. 남자 주인공으로 1980년대 인기 절정의 청춘 스타였던 패트릭 스웨이지, 여주인공으로 갓 데뷔한 청초한 얼굴의 데미 무어, 그리고 둘 사이를 연결해주는 심령술사로 코미디 연기의 재능꾼 우피 골드버그가 출연했다. 이 영화를 보지 않은 젊은 세대들도 메인 테마곡인 <언체인드 멜로디(UNCHAINED MELODY)>에 맞춰 사랑하는 두 남녀가 도자기를 빚는 장면을 한 번쯤 본 적 있을 것이다. 죽음조차 뛰어넘는 간절한 사랑. <사랑과 영혼>이 우리에게 전하는 메시지는 바로 그런 감동이다.

그런데 영화가 아닌 현실에서도 죽음을 뛰어넘는 영혼의 메시지가 있었다. 듣는 사람에 따라 아름다운 사랑 이야기일 수도, 무서운 괴담일 수도 있는 이 이야기는 미국의 커플 네이선과 에밀리의 사연이다.

미국의 온라인 커뮤니티 중 하나인 '레딧(REDDIT)'에 기이한 글이 올라왔다. 이 글에 담긴 사연은 참 인상적이어서 많은 이들의 주목을 받았다. 글은 이렇게 시작한다.

안녕하세요. 제 이름은 네이선이라고 합니다. 저한테는 에밀리라는 여자친구가 있었습니다. 네, 과거형이죠. 우리는 지난 5년 동안 서로 사랑했어요. 헤어졌냐고요? 아니요. 그녀가 갑자기 떠나버렸어요. 교통사고였지요.

네이선은 에밀리의 모든 것을 사랑했다. 그녀와 만나기 전의 인생이 시시하게 생각될 정도였다. 에밀리는 무척이나 활동적이고, 매사에 긍정적인 밝은 여성이었다. 그녀는 네이선의 삶에 많은 에너지와 활력을 주었다. 그녀와 함께 캠핑과 하이킹을 즐기며 네이선은 자연을 알아가는 기쁨을 느꼈다. 그렇게 5년이라는 긴 기간 동안 서로 사랑을 나누던 어느 날, 갑자기 에밀리와 연락이 닿지 않았다. 걱정이 된 네이선은 그녀에게 여러 통의 문자와 음성 메시지를 남겼다. 하지만 그 시각, 에밀리의 몸은 차갑게 식어가고 있었다. 직장에서 일을 마치고 퇴근하던 중 보행 신호를 무시하고 달리던 신호 위반 차량이 도심 한복판에서 삼중 추돌 사고를 냈다. 에밀리는 그 사고에 휘말려 현장에서 몇 분 만에 사망하고 말았다. 에밀리의 가족과 남자친구 네이선은 슬픔에 빠졌다. 시간이 흐르면서 네이선의 고통은 조금씩 잠잠해지는 듯했다. 그런데 그때 기이한 일이 일어난 것이다.

네이선은 가끔 에밀리의 페이스북 계정에 로그인해서 그녀를 추억하곤

했다. 그녀가 남겨놓은 사진을 보면서 그리움을 달래고, '그곳에서 편히 쉬어'라는 댓글을 남기기도 했다. 페이스북 메시지로 장문의 글을 보내기도 했다.

아직도 네가 많이 그리워. 길을 가다가 네가 했던 것과 비슷한 머리끈이나 머리핀 같은 게 보이면 너한테도 잘 어울렸을 거라는 생각이 들어. 너는 이제 내 옆에 없는데……. 그럴 때면 늘 네가 그리워. 지금 이 글을 보고 있니?

정확히 2013년 9월 4일, 그녀가 죽은 지 1년이 조금 지난 날이었다. 네이선은 자신의 계정으로 페이스북에 접속해 친구들과 채팅을 하고 있었다. 그런데 갑자기 페이스북 메시지가 하나 도착했다. 발신자를 확인한 순간, 네이선은 두 눈을 의심할 수밖에 없었다. 메시지를 보낸 사람은 바로 에밀리였던 것이다! 메시지는 아주 짧고 간단했다.

안녕(Hello)?

몇 번이고 다시 확인했지만, 분명히 에밀리의 계정이었다. 네이선은 이미 한 달 넘게 에밀리의 페이스북 계정에 접속하지 않은 상태였다.

당신 누구야?

네이선은 일단 답장을 보냈다. 그러자 상대방은 다시 한 번 같은 메시지를 보냈다.

안녕?

'안녕'이란 인사말이 그렇게 섬뜩하게 느껴지는 건 처음이었다. 네이선은 마음을 다잡고 상황을 파악해봤다. 그와 에밀리는 5년 동안이나 사귀어서 주변 친구들 모두 두 사람을 잘 알고 있었다. 혹시 그중 1명이 에밀리 계정의 비밀번호를 알아내 장난치고 있는 건 아닐까? 그렇게 생각하니 네이선은 화가 치밀어 올랐다.

'아니, 아무리 그래도 그렇지 죽은 사람인 척하면서 장난치는 건 너무 심한 거 아니야?'

네이선은 잠시 머리를 식힌 후 새로운 메시지를 보냈다.

만약 그쪽이 저랑 연락하고 싶은 거라면, 이 계정 말고 본인 계정으로 하세요.

답장은 바로 왔다.

안녕.

섬뜩하면서도 화가 났다. '생각해보자. 나 말고 에밀리 계정의 비번을 알 만한 사람이 누가 있을까? 에밀리의 어머니인 수전?' 네이선은 잠시 시간을 두고 기다렸다가 수전에게 전화를 걸었다.

"네이선? 무슨 일이니, 이렇게 늦은 시간에?"

“아, 어머님 죄송해요. 그런데 혹시 저한테 메시지 보내셨어요?”

“무슨 메시지?”

네이선은 사정을 설명한 뒤 재차 물었다.

“혹시 어머님께서 에밀리 계정에 로그인하셨다가 실수로라도 저한테 메시지를 보냈나 해서 전화 드렸습니다.”

“무슨 말을 하는지 모르겠구나. 나는 에밀리가 죽고 나서는 그 계정에 들어간 적이 없어. 지금은 비밀번호도 기억나지 않아.”

전화를 끊고 난 네이선은 마음속으로 생각했다.

‘그렇다면 정말로 에밀리의 영혼이 보낸 메시지일까? 아니야. 그럴 리가 없잖아!’

그 뒤로 한동안 네이선은 이 일을 잊어버리고 있었다. 그런데 두 달 정도 지난 11월 16일, 다시 한 번 에밀리의 계정에서 그에게 메시지가 전송됐다.

안녕? 이번 주 일요일에 하이킹 가자!

대체 너 누구야?

버스 바퀴.

순간, 네이선의 머릿속을 스치는 기억이 있었다. 이 메시지의 내용은 에밀리가 죽기 전에 네이선과 나눈 페이스북 메시지의 반복이었다! 에밀리 생전에 그녀와 하이킹을 가서 무슨 노래를 부를까 페이스북으로 의견을 나눌 때 그녀가 농담처럼 건넨 노래 제목이 미국 동요인 <버스 바퀴>였다.

당신 도대체 누구야? 제발 이런 장난은 이제 그만해!

답장은 없었다. 네이선은 화가 머리끝까지 치밀어 올랐다. 누군가가 에밀리의 계정을 해킹해서 두 사람의 대화 내용을 살펴보고, 그걸 그대로 복사해서 붙여넣기하고 있다는 생각이 들었기 때문이다.

뭐 이런 사람이 다 있어? 당신 누구야?

그는 다시 메시지를 보냈다. 답장은 없었다. 네이선은 곧바로 에밀리의 계정에 접속해 비밀번호를 변경했다. 그리고 페이스북 고객센터에 이 사실을 신고하면서 방금 보낸 메시지의 IP 주소를 요청했다. 하지만 페이스북 측에서는 계정 주인 본인이 아니면 알려줄 수 없다는 대답만 되돌아왔을 뿐이다.

다시 3개월이 지난 2014년 2월, 네이선은 페이스북에 로그인했다가 자신이 다른 누군가의 사진 게시물에 태그되어 있다는 알람을 받았다.

"아니, 웬 태그?"

그 순간, 네이선은 얼어붙고 말았다. 그를 태그한 계정이 바로 에밀리의 계정이었던 것이다! 그런데 태그 알람이 뜨는 순간 찾아본 사진이 삭제되어 있었다. 다시 태그 알람이 떠서 사진 링크로 들어가보면 또 삭제. 그 태그에 함께 올라온 위치 태그는 그가 에밀리와 함께 자주 방문했던 추억의

하이킹 장소들이었다. 네이선은 정말 돌아버릴 지경이었다.

"아니, 어떤 미친놈이 이런 짓을 하는 거야? 대체 무슨 목적으로 나와 에밀리의 추억을 모욕하는 거야?"

네이선은 태그가 뜰 때마다 사진 링크를 타고 들어가 겨우 두 장의 사진을 삭제되기 직전에 캡처했다. 네이선이 캡처한 사진은 지금도 레딧에 그가 올린 글에 남아 있다. 첫 번째 사진은 네이선이 앉아 있는 소파 바로 뒤의 아무도 없는 빈 공간을 찍은 사진이다. 그런데 문제는 그 사진의 앵글이다. 마치 누군가가 네이선을 뒤에서 지켜보고 있는 듯한 느낌이 든다. 두 번째 사진의 앵글은 더 섬뜩하다. 네이선이 앉아 있는 소파 바로 옆자리 빈 공간의 사진이 찍혀 있고, 네이선의 이름이 태그되어 있었다.

"헉!"

네이선은 순간 머리털이 쭈뼛 서는 듯한 공포감에 사로잡혔다. 조심스레 주위를 둘러봤지만, 방 안에는 그 자신 말고는 아무도 없었다. 단지 모니터 화면 속 두 사진에 태그된 그의 이름이 깜빡거리고 있을 뿐이었다.

한 달 뒤인 3월 25일, 에밀리의 계정에서 또 다시 메시지가 도착했다. 이번에는 같은 말만 몇 번씩 반복하는 메시지였다.

안녕.

안녕.

안녕.

안녕.

네이선은 분노의 메시지를 타이핑했다.

이 미친놈아, 너는 이게 재미있니?

그때 다시 에밀리에게서 온 답장.

오 마이 갓, 계피향 나는 향초야!

네이선은 모골이 송연해졌다. 생전의 에밀리는 계피향을 무엇보다 좋아했다. 그런데 이 메시지 역시 과거 에밀리가 보냈던 내용을 복사해서 붙여넣기한 것이었다. 네이선은 화가 나서 메시지로 욕을 했다.

지옥에나 가버려(Go to hell)!

그러자 곧바로 답장이 왔다.

나한테 왜 그러는 거야?

그 메시지는 지금까지 복사해서 붙여넣기하는 듯한 메시지와 달리, 직접 대화를 나누는 듯한 느낌이 주었다. 네이선의 머리는 혼란으로 가득 찼다.

"대체 이게 뭐지? 에밀리, 진짜 에밀리 너 맞니?"

네이선은 혼잣말을 했다. 만약 이 메시지가 정말 죽은 에밀리의 영혼이 보낸 것이라면……. 그날 이후 네이선은 히키코모리처럼 방 안에 박혀 에밀리의 페이스북 메시지만 기다렸다. 5월 24일에는 네이선이 먼저 에밀리의 계정에 메시지를 보내기도 했다.

나 지금 엄청 취했어. 에밀리 진짜 너 맞니? 지금 네 메시지만 기다리고 있어. 네가 정말 그리워. 너무 보고 싶어. 제발 대답해줘…….

그런데 곧바로 답장이 왔다.

나 좀 걷고 싶어.

네이선은 놀랄 수밖에 없었다. 에밀리는 사고 차량의 대시 보드에 깔려 오른쪽 다리가 절단되어서 과다출혈로 숨졌다. 잘린 다리는 차량 뒷좌석에서 발견됐다.

'너 그래서 지금 걷고 싶다고 하는 거니? 다리가 없어서?'

네이선은 더 이상 견딜 수 없었다. 그는 에밀리의 계정을 죽은 이의 추모 계정으로 바꾸고 비활성화했다. 그런데 7월 1일, 추모 계정으로 바뀐 에밀리의 계정에서 또다시 메시지가 왔다. 그걸 읽은 네이선은 거의 기절할 뻔했다.

에밀리, 집으로 가고 있어? 이 메시지 보면 전화해줘.

에밀리, 제발……. 아무 일도 없는 거지? 직장에 전화했더니 이미 퇴근했다던데……. 나 너무 불안해. 제발 전화 좀 해줘……. 추워.

이 메시지는 에밀리가 교통사고를 당한 바로 그날, 그녀와 연락이 되지 않아 불안했던 네이선이 보낸 메시지의 내용 그대로였다. 하지만 마지막에 추가된 단어 하나!

추워(FREEZING).

이 단어는 네이선이 보낸 원문에는 없던 내용이다. 진짜 에밀리가 보낸 것일까? 죽은 에밀리의 영혼이 너무도 추워서 네이선에게 하소연한 것일까? 그 순간 '띠링' 하며 메시지가 하나 더 왔다. 그 메시지에는 사진이 한 장 첨부돼 있었다. 그런데 그 사진의 시선은…… 바로 네이선의 방을 창밖에서 바라보는 시선이었다. 순간, 네이선은 등골이 오싹해졌다. 도저히 고개를 돌려 창문 밖에 누가 있는지조차 확인할 수 없을 만큼 몸이 굳어버렸다.

죽은 여자친구에게서 온 페이스북 메시지. 이 이야기는 네이선이 글을 올린 레딧 커뮤니티뿐만 아니라 여러 SNS에 공유되면서 미국 네티즌들 사이에서 큰 화제가 되었다. 하지만 이후의 이야기는 네이선이 더 이상 글을 올리지 않았기 때문에 아무도 모르게 묻혀버렸다. 정말로 누군가가 장난을 친 걸까? 아니면 죽은 에밀리가 초자연적인 힘을 이용해 그리웠던 네이선에게 말을 건넨 걸까? 사이버 공간에서도 초자연적 미스터리가 일어날 수 있음을 보여준 사건이다. ★

19.

셀카로 찾아낸 18년 전 범인

남아공 제퍼니 너스 사건

자녀에 대한 부모의 사랑은 그 깊이를 측정할 수 없다.
그것은 다른 어떠한 관계와도 같지 않다.
그것은 삶 자체에 대한 우려를 넘는다.
자녀에 대한 부모의 사랑은 지속적이고 비통함과 실망을 초월한다.
_제임스 E. 파우스트

독일 출신으로 나치의 만행을 피해 미국의 망명한 철학자 에리히 프롬은 그의 저서 《사랑의 기술(The Art of Loving)》에서 부모 자식 사이의 사랑이야말로 한 인간에게 가장 큰 영향을 미치며, 개인 및 사회의 구조를 결정하는 근본적인 요인이라고 말했다. 남녀간의 사랑은 서로가 서로를 매혹하는 것. 그 매혹이 사라지면 사랑의 감정도 사라지지만, 어버이의 사랑은 언제나 그 자리에서 변함없이 한 사람의 일생을 지켜주는 든든한 받침목이 된다. 그런데 낳아준 부모와 길러준 부모가 다르다면? 낳은 정과 기른 정, 둘 중 어느 쪽이 더 크고 소중할까? 남아프리카공화국에서 드라마나 영화에서나 나올 법한 사건이 실제로 일어났다.

2015년, 남아공 케이프타운에 위치한 즈완스위크 고등학교의 새 학기가 시작됐다.

"미체! 나 아까 너랑 똑같이 생긴 애 봤어!"

"뭐? 무슨 소리야?"

미체 솔로몬. 그녀는 이 학교 5학년 학생이다. 남아공의 학제는 초등학교 7학년, 고등학교 5학년이다. 그러니까 미체는 우리나라로 치면 고등학교 3학년이었다.

"나, 방금 화장실에 갔다 오는 길에 너랑 똑같이 생긴 애를 봤어! 넌 줄 알고 인사를 했는데 날 모르는 척하는 거야. 근데 교복을 보니까 1학년인 거 있지? 진짜 놀랐어. 생긴 게 너랑 정말 똑같다니까. 너 혹시 숨겨둔 여동생이라도 있는 거 아냐?"

"무슨 소리야. 난 외동딸이라고."

그런데 바로 그다음 날, 미체는 학교 복도에서 친구 말대로 자신과 너무 닮은 한 여학생과 마주쳤다. 두 사람 다 동시에 깜짝 놀랐다. 심지어 주변에 있던 학생들도 모두 놀랄 만큼 둘은 꼭 닮은 모습이었다. 헤어스타일과 피부색, 갈색 눈동자, 심지어 코나 눈썹의 생김새까지. 친자매라고 해도 믿을 정도였다.

'뭐지? 도플갱어인가? 도플갱어와 마주치면 죽는다던데……'

미첼은 잠깐 두려운 마음이 들었지만, 마치 자석에 이끌린 것처럼 다가갈 수밖에 없었다. 미첼과 똑 닮은 여학생의 이름은 캐시디 너스. 이제 갓 이 학교에 입학한 신입생이었다. 네 살 나이 차이에도 불구하고 두 사람은 곧 절친이 됐다. 둘은 외모뿐만 아니라 관심사와 취미, 말투나 행동까지 비슷했다. 쉬는 시간마다 함께 화장실에 가서 화장을 고치기도 하고, 방과 후에는 같이 쇼핑몰을 다니며 시간을 보냈다. 시간이 지날수록 둘은 서로 통하는 점을 점점 더 많이 찾아냈다. 마치 오래전부터 알고 지내던 사이처럼 허물이 없었다. 두 사람이 함께 길을 걷고 있으면 주변 모든 사람들이 쌍둥이나 자매라고 오해할 만큼 둘은 너무도 닮아 보였다.

"캐시디, 새로 입학한 학교는 어떠니? 친구는 많이 사귀었니?"

"응, 엄마. 친구는 아니고 5학년 선배와 정말 친해졌어. 이 동네 살아. 차로 한 5분 거리쯤 되나? 근데 정말 나랑 통하는 게 많다? 그리고 생긴 것도 완전 똑같아. 엄마도 보면 깜짝 놀랄걸."

캐시디의 어머니 셀레스테 너스는 인자한 미소를 지으며 말했다.

"그래? 5학년 선배인데 그렇게 닮았어? 엄마도 한번 보고 싶네."

"여기 봐봐. 우리 같이 찍은 사진 보여줄게."

캐시디는 핸드폰 화면을 열어 미체와 함께 찍은 사진을 엄마에게 보여줬다. 그런데 그 사진을 보자마자 셀레스테는 동공이 확장되면서 큰 충격을 받은 듯 몸을 와들와들 떨기 시작했다.

"엄마? 엄마 왜 그래?"

"이, 이 아이 이름이 뭐니?"

"이름? 미체, 미체 솔로몬."

"호, 혹시 생일이 언제인지 아니?"

"생일? 잠깐만. 페이스북에 나와 있을 거야. 어디 보자……. 4월 30일!"

그 순간, 셀레스테는 그 자리에 주저앉아 울음을 터뜨렸다.

"엄마, 도대체 왜 그래? 무슨 일이야?"

"가서…… 가서 아빠 좀 오시라고 그래. 얼른."

"아빠! 아빠, 엄마가 좀 이상해. 아빠, 빨리 내 방으로 좀 와봐!"

캐시디의 아버지 몬너스 역시 딸과 미체가 함께 찍은 사진을 보자마자 표정이 굳어버렸다. 셀레스테는 절규하듯이 남편에게 말했다.

"여보, 여보, 이 아이 생일이 4월 30일이래. 그럼 그날 맞지? 우리 제퍼니, 우리 제퍼니가 유괴된 바로 그날이잖아!"

'제퍼니? 유괴? 도대체 무슨 얘기지?'

망연자실한 부모님을 보며 캐시디는 도무지 혼란스러워 견딜 수 없었다.

사건의 시작은 이때로부터 18년 전인 1997년 4월 30일이었다. 장소는 케이프타운의 그루트슈어 산부인과. 셀레스테 너스는 사흘 전 제왕절개로 첫 딸을 출산한 뒤 회복실에 머물고 있었다. 모두가 곤히 잠든 깊은 밤, 갑자기 한 간호사가 당황스러운 얼굴로 회복실로 들어와 셀레스테를 흔들어 깨웠다.

"음…… 무슨 일이죠?"

"저기, 어머님 그…… 너무 놀라지 말고 들으세요. 따님이 신생아실에서 사라졌어요."

"네? 아니 뭐라고요? 우리 제퍼니, 제퍼니가 사라지다니요?"

"지금 모든 간호사가 병원 전체를 돌며 찾고 있어요. 너무 걱정하지 마세요. 아마도 신생아라 헷갈려서 다른 산모님 회복실에 보내진 것 같아요."

"그게 무슨 말이에요? 어떻게 그럴 수 있어요?"

"신생아들은 다 비슷비슷해서……. 그리고 배냇저고리에 싸여 있기 때문에 가끔 헷갈리는 경우가 있어요. 죄송해요."

"이럴 게 아니라 나 좀 일으켜줘요. 우리 제퍼니, 제퍼니를 빨리 찾아야겠어요."

간호사들과 야간 경비원까지 총동원되어 병원을 다 뒤졌지만 제퍼니를 찾을 수 없었다. 아무리 봐도 누군가 아기를 데려간 게 분명했다. 병원 측은 바로 케이프타운 경찰에 연락했다. 곧바로 경찰이 출동했지만, 용의자를 추적할 만한 단서가 너무도 부족했다. 지금과 달리 1997년 남아공에선 CCTV가 일반적이지 않았다. 병원을 출입한 모든 사람의 기록을 일일이 대조해봤지만 마땅히 의심 가는 사람도 없었다. 그렇게 셀레스테의 첫 아기인 제퍼니 실종은 미제사건으로 남게 되고 말았다.

셀레스테와 그녀의 남편은 퇴원한 후에도 계속해서 제퍼니를 찾기 위해 노력했다. 전단지를 돌리고, 언론에 제보하고, 케이프타운의 모든 산부인과 신생아실을 헤매고 다녔다. 하지만 부부의 그런 노력에도 불구하고 제퍼니를 찾을 수 없었다. 태어난 지 사흘 만에 첫아기를 잃어버린 셀레스테는 절망의 나락에 빠졌다. 대체 누가 무슨 이유로 아기를 데려갔을까? 우리 아기는 과연 무사할까? 그들은 그렇게 몇 년 동안 지옥 같은 시간을 보내야만 했다. 그러는 사이 둘째 딸 캐시디가 태어났다. 두 사람은 캐시디를 보며 첫 아이를 유괴당한 아픔을 딛고 일어났다.

'그래. 제퍼니 몫까지 이 아이를 잘 키우자. 이 아기는 우리에게 신이 주신 두 번째 기회이자 선물이야.'

그런데 18년 만에, 그것도 둘째 딸의 친한 친구로 제퍼니가 나타난 것이다. 오랜 세월이 지났지만 부모가 자식을 못 알아볼 리 없었다. 셀레스테는 '미체 솔로몬'이라는 이름의 여학생이 자신의 잃어버린 첫째 딸 '제퍼니 너스'라고 확신했다.

그로부터 이틀 후, 미체 솔로몬은 교장 선생님의 호출을 받고 교장실로 갔다. 교장실에는 경찰 1명과 사회복지사 1명이 그녀를 기다리고 있었다. 경찰의 입회하에 사회복지사는 미체에게 18년 전 그루트슈어 산부인과에서 발생한 신생아 유괴 사건을 설명하고, 유괴된 아이가 바로 미체라고 말했다.

"그게 무슨 말이에요? 말도 안 돼요. 제가 태어난 병원은 리트리트 산부인과예요. 제 출생증명서에 그렇게 적혀 있다고요."

하지만 경찰은 고개를 저으며 말했다.

"리트리트 산부인과에 들러서 모든 걸 확인하고 왔어요. 1997년 4월 30일 리트리트 산부인과에서는 단 한 명의 아기도 태어나지 않았어요."

그랬다. 미체의 출생증명서에 기록된 날짜와 장소는 사실이 아니었다. 그렇다면 과연 진실은 무엇일까?

"당신의 어머니 라보나 솔로몬이 당시 그루트슈어 산부인과에 근무했던 기록이 있습니다. 우리 경찰은 당신 어머니가 병원에서 아기를 유괴했다고 믿고 있어요."

"미쳤군요. 우리 엄마는 그럴 분이 아니에요. 엄마는 나를 세상에서 가장 아끼고 사랑해주시는 분이에요!"

"일단 DNA 검사가 우선입니다. 미체 솔로몬 양, 저희에게 머리카락을 한 올 주세요. DNA를 감식해보면 당신이 누구의 자식인지 더욱 명확해질 겁니다."

"좋아요! 여기 있어요, 제 머리카락. 만약 이 모든 게 사실이 아니라면, 당신들 각오 단단히 해야 할 거예요!"

그러나 일주일 후 밝혀진 DNA 검사 결과, 미체 솔로몬은 너스 부부의 자식이며 18년 전 유괴된 제퍼니 너스인 것으로 결론이 났다. 무엇보다 그 때까지 보존해온 제퍼니 탯줄의 유전자와 미체의 유전자가 완벽하게 일치했다. 이보다 더 과학적이고 정확한 증거는 없었다. 결국 라보나 솔로몬은 유괴 및 사기, 아동보호법 위반으로 기소되어 재판을 받게 되었다. 이게 대체 어떻게 된 일일까? 그녀는 왜 남의 아기를 유괴하게 된 것일까?

미체 솔로몬의 엄마인 라보나 솔로몬은 두 차례 유산을 하고 나서도 아이를 갖기 위해 계속 노력했다. 그리고 세 번째 아이를 임신했다. 하지만 그 아기마저 유산되고 말았다. 산부인과 간호사였던 라보나는 누구보다 잘 알았다. 자신은 앞으로 평생 아이를 낳을 수 없을 거라는 사실을……. 절망에 빠진 라보나는 자신이 근무하던 그루트슈어 산부인과 신생아실에서 자신을 바라보며 방긋방긋 웃는 한 아기를 보자 이런 생각이 들었다.

'저 아기, 저 아기가 내 자식이 되었으면…….'

그녀는 마치 귀신에 홀린 것처럼, 그날 새벽 그 아기를 몰래 병원에서 데리고 나와 도망쳤다. 그러고는 두 달을 기다렸다가 병원에 사직서를 제출하고 남편에게는 유산했다는 사실을 숨긴 채 유괴한 아기를 자신이 낳았다고 속였다. 이후 라보나는 18년 동안 제퍼니 너스를 미체 솔로몬으로 키워왔던 것이다.

2016년, 라보나는 모든 혐의에 유죄가 인정되어 징역 10년 형을 선고 받았다. 그리고 곧바로 법정 구속되어 감옥에 수감됐다. 누구보다 놀라고 배신감을 느낀 사람은, 바로 18년 동안 유괴범의 손에서 자란 미체 솔로몬, 아

니 제퍼니 너스였다.

“제퍼니, 우리 제퍼니, 내가 널 얼마나 찾았는데……. 꿈에서도 널 잊은 적이 없단다.”

셀레스테 너스는 18년 만에 찾은 딸을 끌어안고 눈물을 흘렸지만, 미체는 혼란스럽기만 했다. 그녀에게 너스 부부는 그저 낯선 사람들에 불과했다. 낳아준 부모를 만났다고 해도 어떤 감격이나 기쁨을 느낄 수 없었다. 오히려 자신을 길러준 엄마 라보나가 10년 형을 받고 감옥에 갇혀 있다는 사실에 가슴이 미어지고 괴로웠다. 라보나와 마이클 부부는 그만큼 미체 솔로몬을 사랑과 정성으로 키워왔다. 비록 자신이 신생아실에서 유괴되어 친부모와 헤어지고 유괴범의 손에서 자랐다고 해도, 미체는 지금껏 평생 엄마 아빠로 믿고 사랑해온 양부모를 도저히 부정할 수 없었다.

남아공 정부는 그녀에게 원래 살던 집으로 돌아갈 순 없다고 말했다. 왜냐면 솔로몬 부부의 집은 그녀를 유괴한 범죄자의 주거지이며, 그녀는 범죄의 피해자이기 때문이다. 그녀는 친부모인 너스 부부의 집으로 가든지, 아니면 그녀가 성인이 되는 다음 해까지 청소년 보호소에서 지낼 수밖에 없었다. 결정은 온전히 그녀의 몫이었다. 생모인 셀레스테는 당연히 그녀가 자신에게 돌아올 것이라 기대했다. 하지만 그녀의 결정은 달랐다.

“전 제 집으로 돌아갈 거예요! 거기가 제 집이라고요!”

그녀는 또 이렇게도 말했다.

“저는 여전히 저를 길러주신 부모님을 사랑해요. 특히 우리 아빠는 저의 바위이고, 영웅입니다. 세상에서 가장 따뜻하고 다정하신 분이에요.”

그녀는 제퍼니 너스가 아닌 미체 솔로몬의 삶을 선택한 것이다.

지난 2019년, 미체 솔로몬은 자신의 이야기를 담은 책을 출간했다. 그녀는 지금도 수감돼 있는 양모이자 유괴범인 라보나를 주기적으로 방문해 면회하고 있다. 동시에 생모인 셀레스테와도 만남을 이어가고 있다. 셀레스테는 그녀가 자신의 딸로 돌아와주기를 여전히 바라고 있지만, 그녀는 이미 자신의 이름을 미체 솔로몬으로 정했으며 그것만은 평생 바뀌지 않을 것이라 말했다.

독자 여러분의 판단은 어떤가? 여러분이라면 낳은 정을 택하겠는가, 아니면 기른 정을 택하겠는가? 누구도 쉽게 답할 수 없는 문제다. 그만큼 부모 자식 사이의 사랑과 인연이란 끈끈하고 절박한 것이기 때문이다. ★

20.

무더기로 사라진 32명의 대학생들

중국 우한 연쇄실종 사건

죽(竹)의 장막.

지난 20세기 냉전 시대에 영국 총리 윈스턴 처칠이 소비에트 연방의 폐쇄성과 언론 및 인권 침해를 비판하며 사용한 '철의 장막'이라는 용어에 빗대어 중국을 풍자하고 비판하는 단어다. 물론 중국은 개혁개방과 경제 자유화를 거치며 죽의 장막을 걷어내고 세계 무대에서 미국에 견줄 만한 강대국으로 성장했다. 오죽하면 미국과 중국 두 나라를 묶어 'G2(GREAT 2)'라고 부르겠는가. 게다가 지금은 21세기, 인터넷상에 모든 정보가 투명하게 공개되며 지난 세기와 같은 정부에 의한 정보 통제나 여론 조작이 불가능한 시대다.

하지만 중국은 여전히 세계에서 언론 통제가 가장 심한 국가이자, 인권 탄압과 관련해서 UN인권위원회로부터 여러 차례 경고와 권고를 받아온 나라다. 신장 위구르 지역과 티베트에서 자행된 인권 탄압은 우리나라 언론에도 여러 차례 보도된 바 있다. 최근에는 대만과 중국 정부 사이의 양안(兩岸) 문제로 전쟁이 일어날지도 모른다는 일촉즉발의 상황이 계속되고 있다. 그런데도 중국 공산당 정부는 '하나의 중국'을 외치며 신장, 티베트, 홍콩, 대만 모두 중국의 영토이며 중국 정부의 영향권에서 놓아줄 수 없다고 강경책을 고수하고 있다.

중국의 주요 언론사들은 여전히 관영 언론, 즉 정부에서 운영하고 통제하는 언론이 대부분이다. 중국 정부는 심지어 페이스북이나 인스타그램 같은 SNS 서비스마저 자국에 대한 비판 여론이 일면 폐쇄해버리곤 한다. 아직도 20세기식 언론 통제가 가능한 것이다. 이런 중국 정부의 언론 통제에 과감히 용기를 내 진실을 보도하는 민영 방송인이나 인터넷 기자들이 있다.

2019년 9월 27일, 중국 최대 규모의 인터넷 매체 '바이두'에 충격적인 기사가 올라왔다. 기사의 내용은 2011년부터 2019년까지 8년여 동안 중국 우한에서 32명의 신체 건강한 대학생들이 잇따라 실종됐다는 것이다. 이 기사는 곧 많은 중국인들의 이목을 끌었다. 그 기사에는 실종된 대학생들의 이름과 나이, 가족들의 연락처까지 상세히 기재되어 있었다. 기사는 SNS에 공유되며 급속도로 퍼졌고, 외신에까지 알려지면서 전 세계가 우한 대학생 연쇄 실종 사건에 주목하게 됐다.

그러나 바로 다음 날, 이 기사는 바이두 홈페이지에서 흔적도 없이 사라지고 말았다. 몇몇 네티즌들은 삭제된 이유를 알려달라고 탄원했지만, 바이두 측에서는 알려줄 수 없다는 대답만 돌아왔다. 이후 중국의 대표 관영 매체 중 하나인 '신화망'에 이 기사를 비판하는 보도가 실렸다.

우한 대학생 연쇄 실종 사건은 명백히 날조된 사기이며, 이 기사는 거짓이다. 이 기사를 공유하거나 인터넷상에 유포하는 사람은 공범죄로 처벌하겠다.

더 놀라운 것은, 바이두의 기사를 작성한 인터넷 기자가 중국 공안에 구속되었다는 것이다. 갑작스러운 정부의 조치에 중국인들의 의심은 더욱더 커져만 갔다. 사람들은 어딘가 찝찝한 느낌을 지울 수 없었다. 용기 있는 몇몇 민영 언론사나 인터넷 신문 기자들이 실종자 가족을 찾아 인터뷰를 요청했다. 하지만 가족들은 모두 취재를 거부했다. 정부와 경찰의 손이 이미 뻗어 있었던 것일까?

그러던 와중에 마침내 한 남자가 인터뷰에 응했다. 그 남자의 이름은 린 사오칭. 그는 자신의 아들이 우한에서 실종됐다고 주장했다. 그가 인터뷰에서 내민 사진 속에는 환하게 웃고 있는 젊은 청년의 모습이 있었다.

"제 아들입니다. 이름은 린 페이양. 우한에서 실종된 32명의 대학생 중 1명입니다."

"무슨 일이 있었습니까?"

"도저히, 도저히 믿어지지 않습니다. 아니, 믿어지지 않는다기보다는 이해가 가지 않아요! 처음부터 끝까지, 아니, 아직 끝이 아닙니다! 제가 죽어도 끝낼 수 없습니다!"

린은 눈문을 흘리며 인터뷰를 이어 나갔다.

"제 아들은 어디에 있든 늘 부모를 생각하는 착한 아이였어요. 공부도 잘했습니다. 2015년 모스크바 국립대학 입학시험에 합격했지요. 그렇게 명문대에 유학까지 보냈는데…… 어쩌다가 이런 일이……."

그의 아들 페이양이 모스크바에서 착실히 유학 생활을 계속하던 2015년 11월 24일, 갑자기 집으로 전화가 왔다. 린의 아내가 전화를 받았다. 아들은 극도의 흥분 상태였다.

"페이양, 대체 무슨 일이니?"

"엄마! 아빠가 전화를 안 받아요! 무슨 일이 생긴 것 같아요! 혹시 공안에 연행된 건 아니에요?"

"아빠? 지금 집에서 다른 일을 하시는 중인데?"

"아, 아빠 집에 계세요?"

"그래, 핸드폰이 안방에 있어서 전화를 못 받으셨다는구나. 대체 무슨 일이니?"

"아니에요. 아빠가 무사하시면 됐어요. 요즘 나쁜 사람들이 많은 세상이니까 엄마도 항상 조심하세요."

"너 무슨 일 있니?"

어머니의 질문에 대답하지도 않고 페이양은 서둘러 전화를 끊어버렸다. 그렇게 허둥거리는 모습은 처음 접한 터라, 페이양의 부모는 내심 걱정이 됐다. 그리고 그 걱정은 현실이 됐다. 그 전화 통화를 마지막으로 아들과의 연락이 두절된 것이다. 사랑하는 아들과 며칠째 연락이 안 되자 걱정된 부모는 모스크바대학에 직접 연락했다. 그런데 더 충격적인 말을 들었다.

"페이양 학생은 지금 일주일째 무단결석 중입니다. 그렇지 않아도 중국의 부모님께 연락을 드리려던 참이었어요."

"무, 무슨 말입니까, 그게?"

린은 도저히 믿을 수 없었다. 초등학교 때부터 고등학교 때까지 지각 한 번 하지 않은 성실한 아들이었다. 아니, 결석이 문제가 아니었다. 진짜 문제는 페이양이 지금 어디에 있는지 아무도 모르고 있다는 점이었다. 부부는 백방으로 수소문했다. 모스크바까지 직접 가서 경찰에 실종신고를 하고, 혹시나 아들이 중국으로 귀국했을까 봐 중국 공안에도 도움을 요청했다. 그런데 출입국 관리사무소에 연락한 린은 이상한 사실을 알게 됐다. 페이양이 어머니와 마지막으로 통화하고 난 지 이틀 후인 11월 26일, 러시아에서 중국 베이징으로 입국했던 것이다. 그리고 그가 향한 곳은 부모님이 계신 고향이 아니라 우한의 톈허 국제공항이었다.

린은 곧장 텐허 국제공항으로 가서 관계자에게 상황을 설명한 후 CCTV를 확인하게 해달라고 요청했다. 11월 26일치 화면을 자세히 살펴보던 린은 배낭을 멘 채 공항 로비를 걸어가는 아들의 모습을 찾아냈다. 틀림없이 자신의 아들 페이양이었다. 린 부부는 서둘러 우한 공안에 실종 신고를 했다. 그런데 담당 공안 수사관의 태도가 어딘지 이상했다.

"모스크바에 있던 아드님이 갑자기 우한으로 왔다고요? 아니, 그래서요? 스무 살이 넘은 성인인 데다 CCTV로 아드님이 혼자서 자발적으로 입국한 게 확인됐잖아요? 이건 실종 신고가 아니라 가출 신고를 하셔야지요."

"아니, 우리 아들은 어디 갈 때 부모한테 말도 안 하고 사라질 아이가 아닙니다. 얼마나 성실하고 착한 아이인데요."

"아 거참, 두 분한테는 아이겠지만 아드님은 이미 다 큰 성인이라고요. 부모한테 말할 수 없는 비밀이 생겼는지도 모르죠. 뭐 여자친구랑 여행을 갔다거나."

"아니, 방학도 아니고 학기 중인데, 그렇게 열심히 노력해서 모스크바대학으로 유학을 갔는데 그걸 팽개치고 놀러 다닐 그런 애가 아니라니까요."

"그건 당신들 생각이고요. 아무튼 우리는 바빠서 이런 일에 할애할 인력이 없어요. 실종 신고는 접수해드릴 수 없습니다."

결국 린은 생업도 포기한 채, 자신의 차에 확성기를 달고 아들을 찾는다는 방송을 하고 실종 전단지를 뿌리며 중국 전역을 돌아다녔다. 그가 차로 운행한 거리는 무려 4만km에 달한다. 그래도 아들을 찾을 수 없자 그는 전 재산을 털어 한화로 8000만 원가량의 현상금을 마련했다. 이런 노력에도 불구하고 아들을 찾을 수 없었다.

그러던 어느 날, 한 남성이 린을 찾아와 충격적인 말을 전했다.

"저도 당신과 똑같은 일을 당했습니다."

그의 사정도 린과 비슷했다. 중국은 인구도 많고 그만큼 실종 사건도 많지만, 외국 유학 중이던 아들이 부모에게 말도 없이 귀국했다가 실종된 사건은 드물 것이다. 그리고 더 놀라운 것은 그 사람과 린뿐만 아니라 이런 유형의 실종 사건을 겪은 부모가 더 있다는 점이다. 그리고 결정적으로, 모든 실종자가 마지막으로 목격된 장소가 바로 우한이었다!

2019년 9월, 사건의 심각성을 파악한 기자가 바이두에 대학생 집단 실종 기사를 게재하게 된 것이다. 기사는 단 하루 만에 바로 삭제당했지만, 오히려 대중의 의심을 키우며 파급력을 높였다. 그리고 한 네티즌이 '왜 대학생들은 우한에서 실종됐는가?'라는 제목의 칼럼을 연재하기 시작했다. 이 칼럼 역시 국가에 혼란을 야기한다는 이유로 강제 삭제당하고 말았다.

32명이나 되는 젊은이들이 이렇게 사라진 이유는 뭘까? 많은 추측이 있었지만, 가장 신빙성 있는 것은 바로 '장기 매매' 설이다.

2015년 8월, 우한에서 대규모 회의가 있었다. 장기 이식에 관한 세미나였다. 이 자리에는 황제푸 전 중국 위생부 부장도 참석했다. 한국의 보건복지부 장관 같은 직위다. 그는 세미나에서 이렇게 말했다.

"우한의 기여가 없었더라면, 오늘날 중국의 높은 장기 이식 성공률은 없었을 것이다."

이 말은 뭔가 떳떳하지 못한 방법으로 인체 장기를 다량 공급하고 있는 조직이 우한에 있다는 사실을 간접적으로 내비치는 것은 아닐까 하는 의혹을 받았다. 실제로 2000년 이후 중국의 장기 이식 건수가 크게 증가했지만, 중국 정부는 공급된 장기의 출처 및 확보 과정 등을 공개하지 않고 있다. 이런 정황으로 볼 때 혹시 불법적으로 장기를 적출한 게 아닌가 하는 의심이 일고 있다.

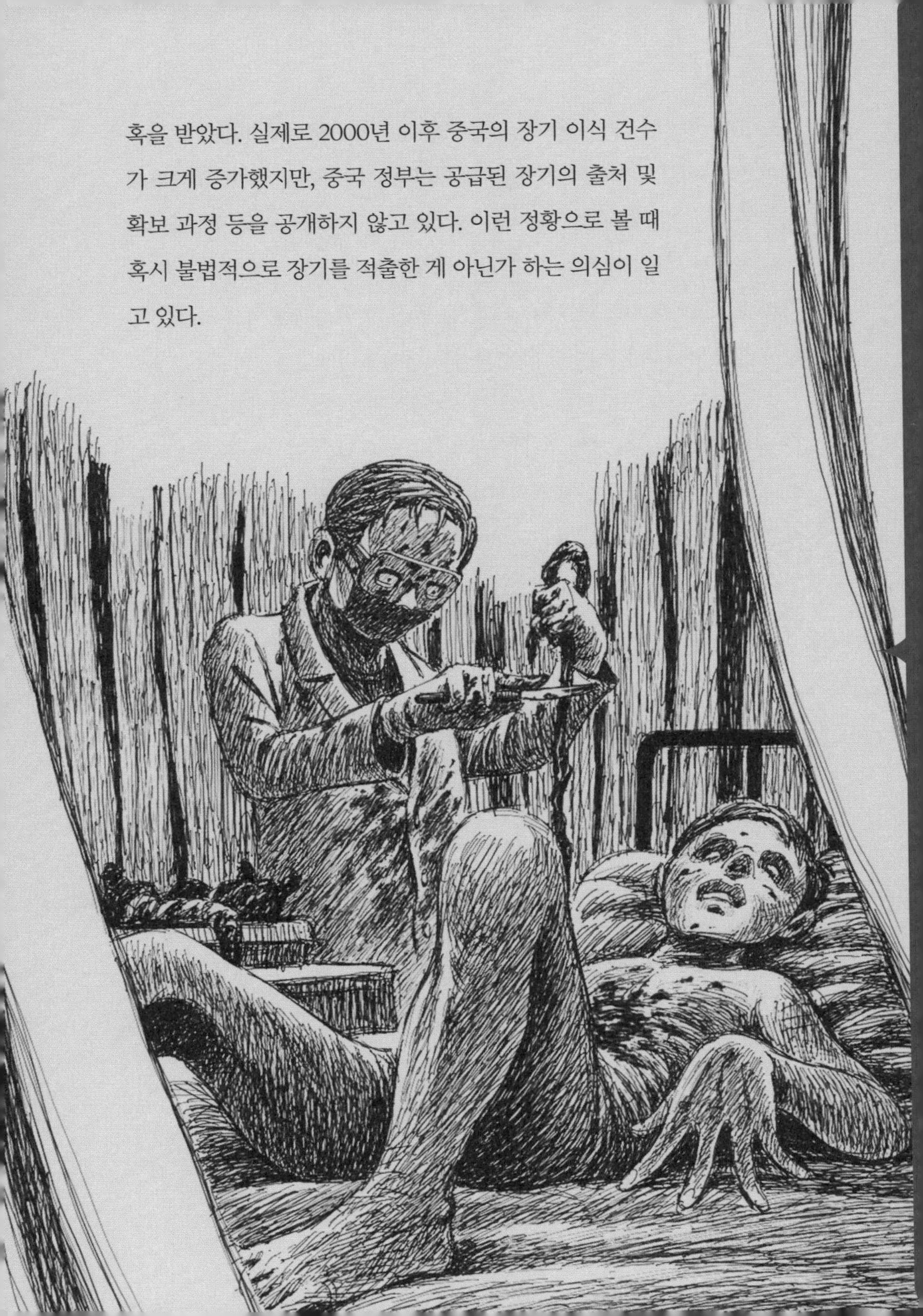

2020년 일본에 살던 중국인 여성이 급하게 우한의 셰허병원으로 이송되어 심장 이식 수술을 받게 됐는데, 셰허병원 장기이식센터는 그녀에게 이식 가능한 심장을 단 열흘 만에 3개나 구했다. 정상적인 기증 시스템에서는 불가능한 일이다. 대부분의 장기는 회복 불가능한 뇌 손상을 입은 환자 가족들의 동의를 얻어 제공되는데, 열흘 만에 그 여성에게 이식 가능한 심장을 가진 뇌사자가 3명이나 나올 확률은 거의 없다.

중국은 한국을 비롯한 여러 아시아권 나라에서 장기 이식을 위해 원정을 올 만큼 해당 분야에서 유명한 곳이다. 이렇게 많은 이식용 장기는 티베트의 파룬궁 수련자나 신장 지역의 위구르인들을 강제로 납치해서 장기를 적출해 마련해왔다는 의혹이 1990년대부터 꾸준히 제기되고 있다. 우한에서 실종된 32명의 젊은 청년들 역시 이 장기 밀매의 희생양일 가능성이 크다.

린 사오칭은 아직도 아들 페이양을 찾기 위한 여정을 계속하고 있다. 그는 자신이 눈을 감기 전까지는 이 일을 멈출 수 없다고 말했다. 아들의 시신이라도 찾을 수 있기를 바란다고 한 언론 인터뷰에서 절규하기까지 했다. 부디 그의 바람이 하루속히 이뤄지기를 함께 기도해본다. ★

21.

제발 아내를 찾아주세요!

중국 새신부 샤오민 실종 사건

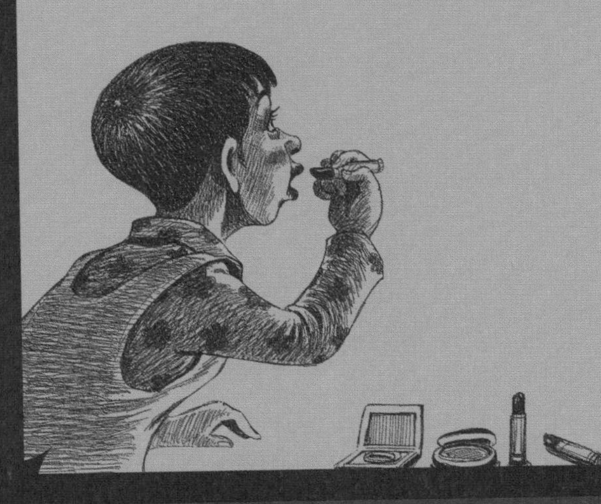

중국 사람들만큼 체면을 중시하는 사람들도 없을 것이다.

중국어로 체면을 '미엔쯔(面子)'라고 한다. 중국에서는 사람들간의 '관시(關係, 관계)'가 거의 모든 것을 결정한다. 관시가 좋은 관계라면 안 될 일도 되게 해준다. 하지만 관시가 좋지 않으면 될 일도 안 되는 경우가 허다하다. 관시는 서로의 체면을 세워주는 것이 중요하다. 중국인들은 체면을 목숨처럼 여기기 때문에 자신의 체면을 깎아내렸다는 이유로 폭력을 행사하거나 심지어 살인을 저지르는 경우도 허다하다. 반면에 자신의 체면이 깎일 수 있는 일은 무조건 쉬쉬하며 어떻게든 막으려고 한다.

남녀간의 혼례도 마찬가지다. 중국은 전통적으로 결혼 예물과 결혼식 피로연 비용을 모두 신랑 측이 부담한다. 준비한 예물이나 피로연 음식이 형편없으면 체면이 깎이는 일이다. 심한 경우 신부 측이 혼례를 거부하고 딸을 데리고 가버리기도 한다. 이번에 소개할 사건은, 이러한 중국인들의 체면을 중시하는 문화를 악용한 사기범죄극에 대한 이야기다.

2015년 10월, 중국 허난성 저우커우의 한 농촌 마을. 잠에서 깨어난 왕씨는 전날 마신 술 때문에 머리가 지끈지끈 아파왔다. 하지만 기분만은 최고였다. 어제는 그의 인생 최고의 날이었다. 그가 마흔 넘어 늦장가를 든 결혼식 날이었기 때문이다.

"아이고, 머리야!"

왕씨는 옆자리에 누워 있을 새신부에게 물었다.

"여보, 당신은 괜찮아? 당신도 어제 좀 마셨지?"

몸을 돌리는데, 옆에 있어야 할 아내가 보이지 않았다. 자리에 손을 대보니 일어난 지 오래된 듯 온기가 느껴지지 않았다.

'이 사람이 신혼 첫날부터 부엌일을 하고 있나' 하는 마음에 아내를 찾아 부엌으로 나간 왕씨. 하지만 부엌에 온기는 전혀 없고 인기척조차 없었다.

"아니, 이 여자가 아침 일찍부터 어디 갔지?"

그의 말투에선 왠지 모를 불안감이 느껴졌다. 집 밖까지 나가 찾아보았지만, 새신부의 모습은 어디에도 없었다.

"아니, 왕씨, 새신랑이 여기서 뭐해?"

마침 밖에 나와 있던 이웃집 아주머니가 그를 보고 물었다.

"아, 아주머니, 혹시 제 안사람 못 보셨나요?"

"어, 봤지. 새벽 일찍 장에 나가는 모양이던데."

"아, 그랬군요."

왕씨는 안도감이 들었다.

"그런데 자네 안사람은 장에 나가면서 무슨 짐을 그렇게 많이 들고 가나? 나를 보고 인사도 안 하고 허둥지둥 도망치는 사람처럼 읍내 가는 버스를 타러 뛰어가던데?"

그제야 왕씨는 정신이 번쩍 들었다. 그는 집으로 뛰어 들어가 전날 챙겨두었던 축의금과 결혼 예물이 들어 있는 가방들부터 찾았다. 하지만 가방 두 개가 모두 다 사라지고 없었다. 뒷덜미를 쓸고 가는 불안한 느낌. 혹시 내 아내가…… 도둑? 가난하고 나이도 많아 결혼할 수 있을까 늘 부모님께 걱정만 끼쳐드렸던 왕씨. 그런 그를 하늘에서 내려온 선녀처럼 구원해준 새신부 샤오민. 그런데 그녀가……?

왕씨는 공안을 찾아갔다.

"그래서, 샤오민과는 어디서 처음 만났죠?"

"인터넷 채팅 사이트에서 처음 만났습니다."

"채팅 사이트라……. 신종 사이버 범죄로군요."

"형사님, 제발 제 아내를 꼭 좀 찾아주십시오. 돈이나 예물 이런 건 다 필요 없습니다. 그 사람, 제 아내는 임신 중이에요."

"뭐라고요? 샤오민이 현재 임신 중이라는 겁니까?"

"네, 임신 3개월째예요. 그래서 서둘러 결혼식을 올린 겁니다. 제가 나이 마흔 넘어서까지 부모님께 늘 걱정만 끼쳐드리고 살아왔는데, 다른 건 몰라도 손주 하나는 꼭 안겨드리고 싶어요. 샤오민을 찾으면 제가 모든 걸 다 용서하겠다고, 그깟 돈 다 필요 없으니까 제발 돌아와서 우리 애를 무사히 낳아달라고 전해주세요."

"그런데, 진짜 임신인지 확인은 하셨습니까? 같이 산부인과에 가서 의사의 진료를 받은 적이 있나요?"

"네? 아니요. 아이고, 남자가 무슨 산부인과에 가고 그럽니까……. 그 사람이 애를 가졌다고 하니까 당연히 믿은 거죠."

"그렇군요. 왕 선생님, 미안하지만 그 임신했다는 말도 거짓말일 가능성이 높습니다."

"뭐라고요?"

"조사해봐야 알겠지만, 이런 종류의 혼인빙자 사기 범죄의 경우에는 임신했다는 말도 거짓일 확률이 매우 높습니다."

"아아아……."

왕씨는 하늘이 무너지는 듯한 절망감을 느꼈다. 이제 결혼도 하고 아이도 갖고 단란한 가정을 꾸려 행복하게 살 수 있을 줄 알았는데…….

그런데 사기꾼 샤오민에게 같은 수법으로 당한 남성이 중국 전역에 여러 명 존재했다! 중국 허난성 중서부 루저우시의 공안국 형사 수사팀에 한 남성이 고소장을 들고 찾아왔다.

"샤오민, 이 악녀를 제발 잡아주세요. 그 여자가 제 인생을 송두리째 말아먹었어요!"

그의 이름은 리우. 자신이 혼인빙자 사기를 당했다고 주장했다.

"흥분을 가라앉히시고 무슨 일인지 천천히 말씀해보세요."

"인터넷 채팅 사이트에서 어떤 여자한테 데이트 제안을 받았어요. 근데 만나고 보니 저랑 정말 잘 맞더라고요. 그래서 결혼까지 약속했습니다."

"그 여자 이름이 뭐죠?"

"먀오 샤오민이라고 했어요. 그런데 전부 가짜였어요!"

리우 역시 전 사건의 왕씨처럼 인터넷 채팅 사이트에서 먀오 샤오민이라는 여자를 만났다. 그녀는 자신이 아직 미혼이라며 결혼을 전제로 진지하게 만나보고 싶다고 말했다. 채팅 사이트에는 별의별 사람이 많기에 리우도 처음에는 그녀를 신뢰하지 않았다. 그런데 그녀가 루저우 시내에 있는 대형 부티크 매장 사진을 보내오며 자신이 그곳을 운영하는 사장이라고 말했다.

"우와, 어떻게 이런 큰 매장을 운영하게 됐죠?"

"우리 외삼촌이 사업을 크게 하시거든요. 그 덕에 이자 없이 자금을 빌려서 가게를 열었어요. 그래도 열심히 해야죠. 이 매장의 수입은 전적으로 저한테 달려 있는걸요."

리우는 그녀의 자신만만한 태도에 깜박 속아 넘어가고 말았다. 이후 리우와 그녀는 꽤 오랜 기간 인터넷 채팅과 화상통화를 주고받으며 친밀해져 갔다. 두 사람은 곧 연인 사이가 되었고, 계속해서 채팅과 전화를 통해 사랑을 키워 나갔다. 그러던 어느 날, 통화를 하는 샤오민의 목소리가 어두웠다.

"자기, 무슨 일 있어?"

"아무것도 아니야."

"숨기지 마, 우리 사이에. 무슨 걱정거리가 있어?"

리우는 무슨 일이냐며 그녀를 추궁했다.

"사실은……."

그녀는 울먹이며 이야기했다.

"이번에 우리 매장 인테리어를 맡은 업체 대표가 그동안 받은 돈을 몽땅 들고 도망쳤대. 나 말고도 당한 사람이 한둘 아니야!"

리우는 그녀의 일이 곧 자신의 일이라 여길 정도로 친밀한 감정을 가지고 있었기에, 진심으로 걱정됐다.

"저런. 그래서? 네 돈까지 다 들고 튄 거야? 얼마나 되는데?"

"어떡해? 빨리 다른 업체라도 불러서 공사하지 않으면 손해가 막심할 거야. 그런데 내가 새 매장에 들여놓을 옷을 사느라 돈을 다 써버렸어! 하필 지금 옷값을 대폭 할인한다고 해서 조금 무리해서 샀는데……. 어떡해, 이제?"

"왜 진작 말하지 않았어?"

"자기가 걱정할까 봐."

"내가 어떻게 해볼게! 어떻게 하면 돼?"

"다른 업체를 알아봤는데, 돈이 좀 모자라. 선금을 줘야 되거든. 외삼촌에게 손 벌리기도 너무 미안하고……."

곤경에 처한 여자친구가 안타까웠던 리우는, 은행 대출까지 받으며 수차례에 걸쳐 3만 위안이 넘는 돈을 송금해주었다. 그녀와 곧 결혼할 거라고 확신했기 때문이다. 하지만 며칠 후, 리우가 전화를 걸자 샤오민의 번호는 이미 사라진 번호라는 안내 음성만 나왔다.

"지금 거신 전화번호는 없는 번호니 확인하고 다시 거시기 바랍니다."

전화번호를 몇 번이나 확인했다. 하지만 달콤했던 연인의 목소리 대신 차가운 기계음만 들려왔다. 리우는 황급히 인터넷 채팅 사이트 계정에 접속했다. 그러나 거기서도 그녀의 계정은 이미 완전히 사라진 뒤였다.

그는 마지막 희망을 걸고, 인테리어 공사 중이라는 샤오민 소유의 부티크 매장을 찾아갔다. 직원에게 여기 사장님을 뵙고 싶다고 말하자 그의 앞에 나타난 사람은 먀오 샤오민이 아니었다! 관공서에까지 찾아가 그 매장의 소유자 이름을 확인하고 나서야 리우는 자신이 사기꾼에게 완전히 속았다는 걸 깨달았다. 그 길로 리우는 루저우시 공안국을 찾아온 것이다.

"또 혼인빙자 사기 사건이군요. 요즘 하도 이런 범죄가 많아서, 참."

리우의 진술을 다 듣고 난 형사가 혀를 차며 말했다.

"그래도 리우 당신은 결혼식까지는 치르지 않아서 다행이에요. 어떤 사기꾼은 혼례까지 치르고 차이리(彩礼)랑 예물까지 다 챙겨서 도망쳐버리는 경우도 허다해요."

차이리. 이는 중국의 전통문화로, 혼례를 올릴 때 신랑 측이 신부 측에 현금으로 건네는 일종의 결혼지참금이다. 지역별, 집안별로 그 규모는 차이가 크다. 리우가 살고 있는 허난성은 차이리가 꽤 큰 편이었다.

2017년 한 조사에 따르면 중국의 차이리 평균 금액은 1명당 20만 위안(한화 3500만 원 정도)이다. 당시 중국 농촌 지역의 1인당 월평균 소득이 한화 150만 원 정도라는 것을 감안해보면, 예나 지금이나 차이리는 중국 남성들에게 상당히 큰 부담이 되는 액수라는 걸 알 수 있다. 하지만 앞서 설명했듯, 차이리가 부족하거나 신부 측의 기대에 못 미치면 신랑 측의 체면이 크게 깎이고, 이 때문에 가끔 결혼식 다음 날 파혼하는 경우도 있다.

이처럼 결혼을 하면 거금의 차이리가 오가기 때문에 중국에서는 이를 노린 혼인빙자 사기 사건이 빈번하게 일어나고 있다. 먀오 샤오민처럼 결혼식을 올린 뒤 축의금과 차이리만 챙겨 달아나는 것이다. 중국 공안국에서는 이런 혼인빙자 사기 전담반까지 구성할 정도다.

여러 사람의 신고 내용을 토대로, 중국 공안국 전담반은 먀오 샤오민의 이메일과 채팅 사이트 계정들을 차례로 추적하면서 사이버 수사를 이어 나

갔다. 그러던 2016년 5월, 드디어 샤오민의 행방을 찾아냈다. 샤오민의 여러 계정으로 자주 접속을 시도했던 PC방에서 잠복하던 공안이 마침내 그녀의 아이디 중 하나로 사이트에 접속한 컴퓨터를 특정한 것이다. 수사관 3명이 동시에 그 자리를 덮쳤다.

"공안입니다. 먀오 샤오민, 당신을 혼인빙자 사기죄로 체포합니다."

"네?"

컴퓨터를 사용하던 사람이 고개를 드는 순간, 공안들은 깜짝 놀라고 말았다. 샤오민의 계정으로 접속해 한창 또 다른 남자에게 사기 채팅을 하고 있던 하고 있던 이는, 여자가 아니라 남자였던 것이다.

"먀오 샤오민 씨 아닌가요?"

"어……."

남자는 잠시 머뭇거리는가 싶더니, 갑자기 공안들을 밀치고 달아나려 했다. 하지만 3명이나 되는 수사관의 완력을 이기지 못하고 현장에서 체포되고 말았다. 결국 그 남자는 공안 수사에서 이렇게 자백했다.

"제가 먀오 샤오민입니다. 모두 제가 여성으로 변장하고 남자들을 만난 겁니다."

"뭐라고?"

사실이었다. 공안이 그의 집 안을 수색하자 놀랍게도 그곳에는 수많은 여성복과 가발은 물론 여자 속옷에 피부 관리용 마스크 팩까지 있었다. 하지만 그는 28살 남성이었다. 따로 공범은 없었다.

먀오 샤오민은 고향 시골 마을에서 고등학교까지 졸업했지만, 마땅한 직업을 찾을 수 없었다. 농사일은 너무나 힘이 들고 벌이도 시원찮았다. 그래서 큰 도시로 직업을 찾아 떠난, 이른바 '농민공'(고향 농촌을 떠나와 도시에서 일하는 중국의 빈곤층 노동자)이 되었다. 하지만 도시에 와서도 그의 고생은 계속됐다. 막노동이나 날품팔이를 해서 버는 돈으로는 생계를 유지하기도 어려웠다.

그는 어렸을 때부터 거울을 보며 화장을 하고 여자 흉내내는 것을 좋아했다. 때문에 중학교 시절에는 잠깐 성 정체성의 혼란을 겪은 적도 있었다. 사실은 여자 아니냐며 반 아이들이 그의 바지를 벗겨 확인해보는 등 괴롭힘을 당하기도 했다. 게다가 그는 목소리도 꽤 여성스러워 전화 통화를 하면 남자인지 여자인지 구분하기 어려울 정도였다.

'그래, 이걸 이용해서 남자들한테 사기를 치는 거야!'

그는 자신의 여성스러운 외모와 목소리를 이용해서 범죄를 저지르기로 했다. 게다가 그는 남자들이 결혼식 다음 날 사기인 것을 알아채더라도 체면 상하는 것이 두려워 신고하기 어려울 것이라고 판단했다. 결과는 그가 생각했던 대로였다. 그는 점점 더 대범해졌다. 동시에 서너 명의 남자들에게 한꺼번에 사기를 치기도 했다. 2015년부터 2016년까지 1년 사이에 그는 왕씨와 리우를 비롯해 도합 11명의 남성들을 상대로 사기행각을 벌였다.

"왕씨, 샤오민을 체포했습니다. 그런데 임신했다는 건 역시나 거짓말이었어요. 아니, 임신 자체가 불가능하죠. 샤오민은 남자니까요."

"말도 안 됩니다. 전, 저는 그…… 샤오민과 잠자리까지 같이했다고요!"

피해자들에게 샤오민이 남성이라는 사실을 밝히면, 모두 다 하나같이 믿으려 하지 않았다. 대체 그는 어떻게 그렇게 감쪽같이 자신을 여성이라 믿게 만들었을까? 무엇보다 그와 잠자리를 같이했다는 남성이 여러 명 나왔는데, 그건 또 어떻게 된 일일까?

그는 사기 대상과 만날 때는 짙은 화장을 하고, 가발을 쓰고, 목소리도 여성스럽게 바꿨다. 그리고 여름에는 스카프를 매고, 겨울에는 목까지 올라오는 터틀넥 스웨터를 입어 남성이라는 증거인 목젖을 가리고 다녔다. 그리고 주로 저녁 늦게 남자들을 만나 술을 곁들인 식사를 함께했다. 독주인 고량주를 여러 병 나눠 마시면 남자들은 모두 인사불성으로 취했다. 그러면 그 남자를 모텔이나 호텔 방으로 데려가 한 침대에서 잠든 후…… 아침에 일어나 술에서 깨면 옷이 모두 벗겨진 남자에게 사근사근한 목소리로

"어젯밤에 너무 즐거웠어요"라고 말했다. 이렇게만 하면 남자들은 다 속기 마련이었다. 결국 샤오민은 실형을 선고받고 현재 교도소에서 복역 중이다.

샤오민의 형편을 생각하면, 얼핏 측은지심이 들기도 한다. 그가 이런 사기범죄를 계획한 것은 농촌에서 가난하게 태어나 꿈을 찾아 도시로 떠났지만 모든 사정이 여의치 않았기 때문이다. 중국은 1990년대 이후 눈부신 경제 성장과 발전을 이뤄냈지만, 그 이면에는 도시와 농촌의 어마어마한 빈부격차라는 어두운 그늘이 자리하고 있다. 이 같은 경제적 불평등은 우리가 상상하는 것 이상이다. '농민공' 문제는 지금도 중국 사회통합의 큰 장애물이 되고 있다. 흙수저로 태어나 생계마저 어려워지자 결국은 혼인빙자 사기 범죄를 저지른 여장 남자 샤오민. 물론 그의 범죄는 용서할 수 없지만, 그럼에도 불구하고 가여운 마음이 드는 건 왜일까. ✶

22.

7개의 얼굴을 가진 여자

일본 후쿠다 가즈코 사건

우리나라를 비롯한 모든 국가의 사법 체계에는 공소시효제도가 존재한다.

단어 그대로 어떤 범죄에 대해 공소를 제기할 수 있는 기간을 정해두는 것이다. 이 공소시효제도는 국가의 경찰력과 수사력을 효율적으로 운영하기 위해 마련된 것이다. 해결되지 않은 사건이 쌓여만 가는데, 미제 사건에 매달리느라 새로운 강력 범죄를 수사하지 못하게 되는 우를 범하지 않기 위한 제도인 것이다. 그런데 공소시효를 악용하는 범죄자들이 나날이 증가하는 추세다. 또한 강력범죄자에게 '범죄를 저지르고 나서도 공소시효만 지나면 처벌받지 않는다'는 잘못된 인식을 심어줄 수도 있다. 우리나라는 살인죄의 공소시효가 15년이었다가 2015년 7월 31일 법이 개정되면서 살인죄에 대한 공소시효를 폐지했다. 폐지 이유는 사람을 죽인 잔혹한 범죄는 끝까지 책임을 물어야 한다는 국민적 공감대가 형성됐기 때문이다.

1997년 7월 29일, 일본 후쿠이시의 어느 작은 주점. 그날도 많은 손님들로 붐비고 있었다. 1997년이면 일본의 거품 경제가 정점에 다다른 시기로, 일본이 세계 2위의 경제 대국으로서 전성기를 누리던 시기의 거의 막바지였다. 주점 안의 분위기가 무르익자, 단골 중 한 명인 레이코라는 여성이 마이크를 들고 가라오케 반주에 맞춰 노래를 부르기 시작했다. 레이코는 이 주점에 일주일에 서너 번은 찾아오는 단골이었다. 예쁘장한 외모에 성격도 좋아 여주인과 언니 동생 하면서 친하게 지냈다. 레이코를 보기 위해 찾아오는 남성 단골들이 생길 정도여서, 가게 매출에 꽤 도움이 되기도 했다. 그런데 그렇게 친하게 지내던 레이코를 바라보는 여주인의 시선이 어딘지 초조하고 불안해 보였다. 잠시 후, 가게 전화벨이 울렸다. 여주인이 전화를 받자 한 남성의 낮은 목소리.

"확인했습니다. 범인이 맞습니다."

"네? 아, 그렇군요."

"지금 가게 안에 있나요?"

여주인은 노래를 부르는 레이코를 잠깐 바라보다가, 무언가를 결심한 듯 입술을 깨물고 말했다.

"네, 지금 가게 안에 있어요!"

밤이 깊어 다른 손님들은 다 돌아가고, 주점 안에는 여주인과 레이코만 남았다. 레이코는 오늘따라 좀 취했고 어딘지 방심한 표정이었다. 그녀는 여주인에게 "오는 8월에 결혼할 예정이다", "약혼자가 지금 외국에 있는데 곧 일본으로 돌아와 결혼식을 올릴 거다"라고 묻지도 않은 말을 내뱉었다.

여주인은 간간이 가게 문을 돌아보며 레이코의 말에 형식적으로 맞장구를 쳐주었다. 레이코는 자기 앞에 남아 있는 마지막 잔을 비우고 일어났다. 그녀가 가게를 나와 집으로 걷기 시작하는데, 갑자기 서너 명의 남성이 그녀를 에워쌌다.

"누, 누구세요?"

당황하는 그녀를 보며, 남자가 1명 나섰다.

"후쿠다 가즈코 씨, 경찰입니다."

"아, 아닌데요. 제 이름은 레이코예요."

"이미 다 알고 왔어. 후쿠다 가즈코!"

경찰 2명이 그녀의 팔을 양옆에서 붙잡았다.

"지금까지 잘도 도망다녔군. 공소시효가 22일밖에 남지 않았는데, 아쉽겠어? 후쿠다 가즈코, 당신을 살인 혐의로 체포합니다."

그 순간 레이코, 아니 후쿠다 가즈코는 자신도 모르게 기나긴 도피 시간을 되돌아보았다. 대체 몇 년이나 지난 걸까……. 그녀는 함께 일하던 동료를 살해한 뒤 도피 생활을 시작했고, 공소시효 15년을 단 3주 남기고 결국 체포된 것이다. 도피 기간을 헤아려보니 14년 11개월 10일, 무려 5459일이었다.

후쿠다 가즈코의 기구한 삶은 1948년 에히메현에서 시작됐다. 어린 시절부터 그녀의 삶은 행복과 거리가 멀었다. 부모가 이혼하면서 그녀는 어머니 손에서 홀로 길러졌는데, 그녀의 어머니는 생활비를 벌기 위해 매춘을 했다. 그런데 그 장소가 하필…… 어린 가즈코와 함께 살던 집 안이었다. 게다가 어머니는 딸인 가즈코에게 큰 애정을 보이지도 않았다.

이런 불우한 가정환경 때문이었을까? 후쿠다 가즈코는 고등학교 때 말썽을 일으켜 퇴학 통보를 받고, 이후 본격적으로 길거리를 전전하는 처지가 됐다. 그러던 어느 날, 당시 동거하던 남자와 주거침입 강도 행각을 벌이다 교도소에 가게 된다. 그리고 교도소에서 그녀 일생에 큰 트라우마를 안겨준 일을 겪고 만다.

후쿠다 가즈코가 복역하던 마쓰야마 교도소. 때마침 야쿠자 조직 간의 총격전 사건으로 조직원들이 대거 체포되어 이 형무소에 수감됐다. 야쿠자들은 교도소 간수들을 매수해서 자기들만의 놀이터를 만들어버렸다. 교도소를 돈으로 장악한 야쿠자들은 술을 마시고, 담배를 피우고, 도박을 하고, 심지어 간수에게서 열쇠를 받아 교도소 안을 마음대로 활개 치며 돌아다니기까지 했다. 그러다 여성 재소자들의 공간에까지 침입해서 강간을 일삼았다. 여기서 가즈코는 성폭행 피해자가 되었다. 정신적으로 큰 피해를 입은 그녀는 심신이 피폐해졌다.

형기를 겨우 마치고 출소한 가즈코, 하지만 갈 곳이 없었다. 그녀는 다시 어두운 뒷골목 세계로 돌아가 호스티스 일을 하게 된다. 시코쿠섬 마쓰야마현에서 호스티스로 일하다가 한 남자를 만나 결혼을 하고 아이를 낳으며 열심히 새로운 삶을 살려고 노력했다. 하지만 그녀의 삶은 여전히 피폐했고, 경제적으로 궁핍했다. 사채업자에게 진 빚은 눈덩이처럼 불어나 이자로 매달 100만 원에 가까운 돈을 뜯겼다.

1982년 8월 19일, 가즈코는 호스티스 동료인 아이의 집을 방문했다. 그녀는 같은 업소에서 일하는 호스티스 중 가장 인기있고 돈도 잘 벌었다. 가즈코는 자신의 단골마저 그녀에게 빼앗긴 터라 좋은 감정이 있지는 않았지만, 어려운 형편 때문에 자존심을 접고 그녀에게 돈을 좀 빌려볼까 하고 찾아갔던 것이다. 집에 들어가자마자 그 집의 호화로운 가구들이 가즈코의 눈에 들어왔다. 가구 말고도 아이의 화장대 위에는 값비싼 보석과 장신구들이 즐비했다.

"이거 다 네가 번 돈으로 산 거야?"

"팁으로 샀지. 손님들이 사준 것도 있고. 언니, 봐봐. 이 진주 목걸이 되게 고급스럽지 않아? 나한테 잘 어울리지? 그렇지?"

"어, 그래. 예쁘다, 얘. 잘 어울려."

처음에는 이렇게 맞장구를 쳐주던 가즈코. 하지만 자신의 처지와 아이의 호화로운 생활을 비교하면서 억하심정이 들었다. 아이는 빚도 없을 게 분명했다. 있더라도 돈 많은 남자 고객 하나만 물면 금세 해결될 것이다. 가즈코는 자괴감을 느꼈다. 그러면서 이런 생각이 들었다.

'왜 난 이렇게 살면 안 돼? 왜 너만 잘나가는 거야? 네가 뭔데!'

질투심과 분노에 사로잡힌 가즈코는 결국 동료 호스티스의 목을 졸라 살해했다.

'내가, 내가 사람을 죽였어!'

당황한 그녀는 일단 전화기를 들어 남편에게 연락했다. 남편이 곧 현장으로 달려왔다.

"자수하자. 실수로 말다툼하다가 죽였다고 하면 그렇게 오래 교도소에 가게 되지는 않을 거야. 응? 여보, 자수해."

"싫어! 안 돼. 내가 지난번에 교도소에서 어떤 일을 당했는데……. 교도소만은 다시는 가고 싶지 않아!"

결국 가즈코는 자신이 죽인 동료 호스티스의 시체를 남편과 함께 근처 뒷산에 파묻고, 집 안의 모든 귀금속과 현금을 들고 도망쳐버렸다. 그리고 이날부터 그녀의 오랜 도주 생활이 시작됐다.

가즈코는 자신과 함께 시체를 유기한 남편까지도 믿지 못했다. 남편이 자수하거나 신고할지도 모른다며 불안감에 떨던 가즈코는, 결국 남편과 아이를 버리고 혼자 도망쳐버렸다. 가즈코가 떠나버리자 실의에 빠진 남편은 자수해서 경찰에 모든 사실을 알렸고, 이 사건은 매스컴에 오르내리게 된다. '질투에 눈먼 어느 호스티스의 살인 사건'이라는 제목의 기사와 함께 가즈코의 사진이 신문 1면에 실렸다.

하지만 가즈코는 도피 중에 성형수술을 받아 이미 얼굴을 바꾼 뒤였다. 이후에도 여러 번 성형수술을 하고 이름까지 레이코로 바꾼 뒤 일본 전역을 돌며 도피 행각을 계속했다. 가즈코는 총 7번에 걸쳐 성형수술을 받았다. 성형수술 덕분에 아무도 자신을 알아보지 못하자 대범해진 가즈코는 가나자와시에 있는 '스낵'이라는 술집에서 다시 호스티스 일을 하기 시작했다. 성형수술로 예뻐진 그녀는 꽤 인기를 끌었고, 그러다가 한 단골과 가까운 사이가 되었다. 그 단골은 화과자 전문점의 사장으로, 이혼한 지 얼마 안 된 상태였다. 두 사람은 빠르게 가까워져 곧 동거하기 시작했다.

"당신, 손님 접대하는 솜씨가 상당하잖아. 이런 호스티스 일 그만두고 우리 가게에 와서 영업을 하면 어떨까?"

사장은 가즈코에게 호스티스 일을 그만두고 자기 가게에서 일하자고 했다. 그의 예상대로 그녀의 사근사근하고 정겨운 영업 방식에 가게는 평판이 좋아지고 매출이 올라가는 등 점점 더 번창했다. 가즈코에게 완전히 마

음을 빼앗긴 사장은 청혼까지 하게 된다. 하지만 가즈코는 결혼하고 혼인 신고를 하면 자신의 정체가 탄로 날 것을 두려워했다. 그러니 사장의 청혼을 받고도 결혼을 차일피일 미룰 수밖에 없었다. 그러자 과자점 사장의 사촌 누나가 그녀를 의심하기 시작했다.

'아니, 왜 둘이 결혼을 안 하는 거지? 혹시 저 여자한테 무슨 문제가 있나?'

그러다가 사촌 누나는 신문에 실린 호스티스 살인범 가즈코의 사진을 보게 됐다. 자신의 사촌 동생이 푹 빠졌다는 여자가 그 호스티스와 무척 닮았다는 생각이 들었다. 사촌 누나는 결국 경찰에 신고하지만, 간발의 차이로 가즈코는 도망을 쳤다. 가나자와시에서 일군 새로운 삶과 새로운 남자를 모두 버리고 가즈코는 다시 도망길에 오르게 된 것이다. 한편, 가즈코를 체포하는 데 실패한 경찰은 그녀가 성형수술로 얼굴을 바꿨다는 사실을 알게 됐다. 경찰이 새로운 얼굴 사진을 언론에 내보내면서 가즈코에게는 '7개의 얼굴을 가진 여자'라는 별명이 붙기도 했다.

세월이 흘러 드디어 공소시효가 만료되는 1997년이 되었다. 한 텔레비전 방송사에서 그녀의 공시시효가 만료되어감을 집중 조명하며 <후쿠다 가즈코 스페셜>이라는 특별 프로그램을 제작해 방송했다.

1982년 동료 호스티스를 교살하고 암매장한 뒤 도주한 후쿠다 가즈코. 아직도 붙잡히지 않은 가운데 공소시효는 어느새 한 달 남짓 남았습니다. 그녀는 여러 개의 가명을 쓰고 수차례 성형수술을 하여…….

가즈코도 그 다큐멘터리를 봤다. 그녀는 벽에 걸린 달력에서 공소시효가 끝나는 날을 찾아 동그라미를 쳤다. 이제 한 달이면 이 지긋지긋한 도피 생활도 끝이다. 그렇게 되면 이제 난 뭘 해야 할까…….

그 시각, 후쿠이시의 작은 주점 여주인도 그 방송을 보고 있었다.

'우와, 경찰이 내건 현상금이 100만 엔(한화 1000만 원)이나 되네. 무시무시한 범죄자인가 보다.'

그 순간, 가즈코가 도피 중 한 친척과 전화 통화한 것을 녹음해둔 게 방송됐다.

'어라? 저 목소리는? 레이코?'

그녀는 혹시나 하는 마음에 경찰에 신고했고, 곧 형사가 가게로 왔다.

"지문을 채취하는데 협력해주시면 감사하겠습니다. 맥주 컵이나 재떨이 등 그 여자가 만졌던 걸 경찰에 제출해주시면 됩니다."

여주인은 가즈코가 들었던 맥주 컵, 노래할 때 썼던 마이크 등을 경찰에 넘겼다. 지문 감식 결과는 완벽히 일치했다. 드디어 후쿠다 가즈코의 꼬리가 밟힌 것이다. 1997년 7월 29일, 잠복한 경찰의 추적 끝에 가즈코는 공소시효 만료를 3주 남기고 체포되고 만다.

체포된 가즈코는 오랜 법정 공방 끝에 2003년 11월, 살인 혐의로 무기징역을 선고받았다. 이후 2년이 채 지나지 않은 2005년 2월, 지주막하 출혈로 교도소에서 병원으로 이송됐으나 의식을 회복하지 못한 채 그해 3월 10일 57세의 나이로 사망했다.

후쿠다 가즈코는 감옥 안에서 회고록 《눈물의 골짜기—나의 도망, 14년하고도 11개월 10일(涙の谷…私の逃亡、十四年と十一ヵ月十日)》을 출간했다. 이 회고록을 바탕으로 제작한 드라마가 2002년 아사히 TV에서 방영되기도 했다.

7개의 얼굴을 가진 여자. 여러 차례 성형수술을 받으며 14년 11개월이라는 오랜 시간 도피 생활을 감행했던 잔혹한 호스티스. 하지만 주점 여주인의 말에 따르면 후쿠다 가즈코는 자신이 조만간 붙잡힐 수도 있다고 생각한 것으로 보인다. 그녀는 체포되기 며칠 전 여주인에게 이렇게 물었다.

"혹시 내가 후쿠다 가즈코라고 생각하는 거 아니죠? 날 신고했나요?"

낌새를 눈치채고도 왜 그녀는 다시 도망가지 않았을까? 어쩌면 오랜 도피 생활에 지쳐버렸던 것은 아닐까? 그래서 공소시효가 만료되기 전, 경찰이 자신을 체포해주길 바랐던 건 아닐까? ★

23.

전형적인 사이코패스 15살 소녀

미국 알리사 사건

사이코패스(PSYCHOPATH). 언론이나 미디어를 통해 이제는 일반인에게도 널리 알려진 단어다.

그런데 한 가지 잘못된 오해가 있다. 사이코패스는 무조건 다 범죄자라고 생각한다는 점이다. 그러나 사이코패스라고 해서 모두 다 범죄자가 되는 것은 아니다.

다들 아는 이야기지만 사이코패스는 '사이코(PSYCHO, 정신의)'와 '패스(PATH, 결핍)'가 결합된 신조어다. 정상적인 사람에 비해 정신적으로 무언가가 결핍되어 있다는 뜻이다. 그러면 뭐가 결핍된 것일까? 바로 '타인과 공감하는 능력'이다. 사이코패스들은 다른 사람의 감정이나 고통에 무감각하다. 그래서 심리학에서는 사이코패스 대신 '반(反)사회성 성격 장애'라는 용어를 쓴다. 정상적인 사회생활을 하려면 타인과 공감하는 능력이 필수적인데, 사이코패스들은 그게 불가능하다. 사회성이 형성될 여지가 없기 때문에 범죄에 대한 경각심이나 죄책감이 없다. 그래서 끔찍한 살인을 저지르고도 태연할 수 있는 것이다.

어떻게 사이코패스가 탄생하는가에 대해서는 아직도 의견이 분분하다. 유전적인 요인이 지배적이라는 설도 있고, 뇌에서 감정을 처리하는 전두엽이 선천적으로 덜 발달된 생물학적 장애라는 설도 있다. 불우한 환경, 어린 시절의 학대, 고통스러운 트라우마 등이 한 사람을 후천적으로 사이코패스로 만든다는 설도 있다. 하지만 이 중 어느 것도 사이코패스가 되는 이유를 완벽하게 설명하지는 못한다. 이번 이야기는 미국의 한 10대 사이코패스가 저지른 잔인한 살인 사건에 대한 이야기다.

미국 미주리주에 위치한 세인트 마틴스. 인구 1000여 명의 작고 평화로운 소읍이다. 2009년 10월 21일 오후 7시, 이곳 경찰서에 한 남성의 다급한 신고 전화가 걸려왔다.

"여보세요. 우리 딸이, 우리 딸이 실종된 것 같아요!"

"언제 어떻게 실종됐나요?"

"친구 집에 놀러 갔다가 거기서 6시에 나왔다고 들었는데 아직도 오지 않았어요. 친구 집에서 우리 집까지는 걸어서 5분밖에 안 걸린단 말이에요!"

"진정하세요. 한 시간 정도면 어딘가 다른 곳에서 혼자 놀고 있을 수도 있죠."

"아니에요. 식구들이 동네 근처를 다 찾아봤어요. 마땅히 다른 데 갈 곳도 없어요. 숲으로 들어가서 길을 잃었나? 너무 걱정됩니다."

"딸아이가 몇 살이죠?"

"아홉 살이요."

아홉 살이라……. 그 나이라면 길을 잃고 헤맬 가능성이 충분했다.

"따님 이름이 뭐죠?"

"엘리자베스, 엘리자베스 올텐입니다."

"엘리자베스. 혹시 엘리자베스가 핸드폰을 갖고 있습니까?"

"네, 네. 가지고 있어요. 근데 아무리 연락해도 받지를 않아요."

"우리가 기지국에 바로 위치추적을 요청하겠습니다. 아이 전화번호랑 댁의 집 주소를 알려주세요. 지금 곧 경찰이 출동할 겁니다."

"감사합니다. 감사합니다. 빨리 좀 와주세요."

처음에 경찰은 엘리자베스를 쉽게 찾을 수 있을 거라고 생각했다. 단순 실종으로 집 근처 숲에서 길을 잃은 것이라고 믿었던 것이다. 엘리자베스의 핸드폰을 위치추적한 결과, 역시나 집 근처 숲속에서 신호가 잡혔다. 그러나 문제는 그때부터였다.

수색팀이 밤 10시가 넘도록 숲을 샅샅이 뒤졌지만, 엘리자베스의 흔적은 어디에도 없었다. 기지국이 특정해준 핸드폰 GPS의 발신 범위는 5km 내외였다. 그 구역을 아무리 찾아봐도 엘리자베스나 엘리자베스의 핸드폰은 발견되지 않았다. 핸드폰이 발견되지 않자, 경찰은 실종이 아닌 다른 가능성을 의심하기 시작했다. 핸드폰이 아이와 함께 땅속에 묻혀 있을 가능성 말이다.

"안 되겠습니다. 너무 어두워요. 날이 밝으면 다시 수색에 나서는 게 좋겠습니다."

"안 돼요! 지금 찾아야 해요. 밤사이에 우리 베티(엘리자베스의 애칭)한테 무슨 일이 생길지도 모르잖아요!"

절규하는 엘리자베스의 어머니를 겨우 진정시키며 수색팀장은 철수를 지시했다.

"어이, 일단 오늘은 철수하자고. 그리고 우리 세인트 마틴스 경찰 인력으로는 어림도 없으니까 연방수사국(FBI)에 지원 요청해. 지금 당장!"

다음 날 아침이 밝았다. 해가 뜨자마자 헬리콥터와 드론, 경찰견까지 동원한 대규모 수색이 재개됐다. 혹시나 엘리자베스가 하천에 빠졌을 사고를 대비해 다이버 팀까지 투입됐다. 하지만 해가 기울도록 엘리자베스의 흔적은 발견되지 않았다. 인근 카운티의 아동성범죄 전과자들도 조사해보았지만, 모두 확실한 알리바이와 증인이 있었다. 지역 경찰들이 수색을 계속하는 가운데, 급하게 지원 나온 FBI 요원들은 엘리자베스의 부모와 이야기를 나눴다.

"엘리자베스가 친구네 집에 놀러 갔다고 했죠? 그 친구 이름이 뭔가요?"

"엠마. 엠마 부스타만테예요. 여섯 살짜리 여자아이예요."

"딸아이는 아홉 살이라고 하지 않았나요?"

"네, 그런데 여기 세인트 마틴스는 워낙 작은 동네라 같은 또래 친구는 별로 없어요. 세 살 차이지만 베티와 엠마는 친자매처럼 사이좋게 놀면서 지내는 사이예요."

"엠마 부스타만테에게 다른 형제는 없습니까?"

"쌍둥이 남자 형제가 하나 있어요. 그리고, 참 이런 말하긴 그런데, 배다른 언니가 한 명 있어요. 이름은 알리사예요. 열다섯 살인가. 근데 그 언니가 좀 이상한 아이예요."

"이상하다고요? 어떻게요?"

"화장도 괴상하게 하고 다니고, 욕도 함부로 하고, 그리고 자해를 습관처럼 해요."

"그래요? 습관성 자해라……. 공격적인 성향이 강한 아이일 수도 있겠군요. 알겠습니다. 바로 탐문수사를 하도록 하죠."

FBI 요원들은 바로 엠마 부스타만테의 집으로 향했다. 그런데 엠마는 부모님과 함께 살고 있지 않았다. 할머니 할아버지가 엠마를 키우고 있었다.

"자, 엠마, 우리는 FBI에서 나온 아저씨들이야. 어제도 다른 경찰 아저씨들과 얘기했겠지만, 다시 한 번 우리한테 말해주겠니? 엘리자베스랑 뭐하면서 놀았어?"

"인형 놀이 했어요."

"베티가 이 집에서 나선 게 6시라고 했니?"

"네, 5시에 놀러 와서 6시에 나갔어요."

"그래. 베티가 자주 놀러 오니? 너도 베티네 집에 자주 놀러 가고?"

"네. 베티 언니네 집에는 우리 집보다 인형이 더 많아요. 맛있는 과자도 많고요."

"그렇구나. 그런데 엠마, 엄마 아빠는 어디 가셨니?"

"엄마는 모르겠고요. 아빠는 돈 벌러 멀리 가셨어요."

그때 갑자기 거실 구석에서 앳된 소녀의 외침이 들려왔다.

"이 바보천치야. 아빠는 교도소 철장에 갇혀 있다니까. 범죄자라고!"

"아니야. 할머니가 그랬어. 아빠는 우리를 위해 멀리 돈 벌러 가셨다고."

거실 한구석에는 10대 중반으로 보이는 소녀가 삐딱하게 서 있었다.

"네가 알리사구나."

"네. 맞아요."

"아빠가 감옥에 있다고?"

"그래요. 우리 아빠는 무서운 범죄자거든요."

"엄마는? 엄마는 어디에 계시니?"

"우리 엄마요, 아니면 엠마네 엄마요? 우리 엄마는 아빠랑 결혼도 하기 전에 사고를 쳐서 저를 낳았고요, 엠마네 엄마는 쌍둥이를 낳고 이 집에서 살다가 도망쳐버렸어요."

여섯 살 어린 동생 엠마가 듣고 있는데도, 알리사는 한 치의 망설임도 없이 독설을 쏟아냈다.

"뭐 우리 집 사연이 좀 기구해요. 그렇다고 그렇게 불쌍하다는 듯 쳐다볼 필요는 없어요. 난 졸업만 하면 이 지긋지긋한 촌구석을 벗어나 도시로 가 성공할 거예요."

"그래, 알리사. 그런데 너 혹시 어제 베티를 본 적 있니?"

"봤죠. 우리 집에 놀러 왔는데."

"아니, 집 안에서 말고 베티가 집으로 돌아가는 길에 혹시 누군가와 말을 나누거나 낯선 사람의 차에 탔다거나 하는 걸 본 적 있냐고 묻는 거야."

"아니요. 그깟 아홉 살짜리 꼬마애가 집에 잘 가든 말든 저랑 무슨 상관이에요."

그러더니 알리사는 잽싸게 계단을 올라가 2층 자기 방으로 들어가버렸다. 결국 엠마 부스타만테 집의 탐문수사도 별 성과 없이 끝났다. 수색은 난항에 부딪혔다.

'부스타만테……, 특이한 성이네.'

FBI 요원은 알리사의 행동과 태도가 계속 마음에 걸렸다. 그는 인터넷으로 '알리사 부스타만테'라는 이름을 검색해보았다. 그러자 알리사가 운영하는 유튜브 채널이 검색됐다. 그 채널에는 충격적인 동영상 하나가 올라와 있었다.

"이 병신아, 사내자식이 그렇게 겁이 많아서 나중에 뭐가 되겠니? 아빠가 감옥에서 나오면 너 같은 겁쟁이를 보고 뭐라고 하실까?"

"나 겁쟁이 아니야!"

영상 속에서 알리사는 자신의 이복동생이자 엠마의 쌍둥이 형제인 남자 아이를 괴롭히고 있었다.

"그럼 증명해봐. 그 전선줄 있지? 그걸 한번 손으로 잡아봐."

"하지만 이건 할머니가 위험하다고 만지지 말라고……."

"그것 봐. 넌 어쩔 수 없는 겁쟁이라니까. 울보! 겁쟁이! 바보!"

"아니야. 아니라고. 알리사 누나, 잘 봐. 내가 이 전선을 이렇게……."

순간 아이의 몸이 부르르 떨리더니 2m쯤 퉁 하고 튕겨 나갔다. 전류가 흐르는 전선을 맨손으로 만져서 감전되어 그 충격으로 몸이 튕겨 나간 것이다. 아이의 몸은 계속해서 부르르 경련을 일으켰다. 그런데 도저히 이해할 수 없는 것은 알리사의 반응이었다. 아무리 배다른 반쪽짜리 동생이라도 아이가 그렇게 다치면 걱정돼서 소리치며 뛰어가야 정상이다. 하지만 알리사는 깔깔대면서 이복동생이 경련하는 모습을 계속 카메라로 찍고 있었다.

"병신, 그걸 진짜로 만지면 어떡하니? 정말 바보라니까, 크크크."

영상을 본 요원은 기이하다는 생각이 들었다.

'이건 전형적인 사이코패스 행동 패턴이잖아?'

게다가 영상 속에 드러난 알리사의 양쪽 팔에는 자해로 인한 것임이 분명한 흉터들이 나 있었다. 심지어 담뱃불로 지진 자국도 몇 개 보였다. FBI 요원은 지역 보건센터 전산망에 접속해 알리사 부스타만테의 진료 기록을 살펴봤다. 알리사의 정신감정 결과에는 분노, 공격성, 우울증, 반사회성 등의 성향이 크다고 적혀 있었다. 그녀는 열세 살 때 수면제를 몰래 모아서 한꺼번에 복용해 자살을 시도한 적이 있었다. 그 뒤로도 자해해서 병원에서 치료받은 기록이 30회가 넘었다. 게다가 알리사는 자신의 페이스북에 '취미=살인'이라고 올려놓기도 했다.

습관적인 자해는 강한 폭력성이 내재돼 있다는 증거다. 이 폭력성이 외부로 향하면 자신보다 약한 존재, 이를테면 작은 애완견이나 길고양이 같은 동물을 학대하거나 죽이기도 한다. 자신보다 약한 존재……. 옆집의 아홉 살짜리 여자아이?

생각이 거기까지 미치자 FBI 요원은 알리사의 집을 수색해야겠다는 필요성을 느꼈다. 그는 곧바로 알리사에 대한 수색영장을 법원에 요청했다. 실종 사건이 워낙 중대한 사안이라 다음 날 바로 수색영장이 발부됐다.

경찰은 알리사가 학교에 가고 없는 틈을 타 그녀의 방 안을 수색했다. 여느 10대 소녀의 방과는 전혀 다른 풍경에 경찰은 아연실색했다. 벽에는 피로 쓴 것이 분명한 메모들이 적혀 있었다. 자해와 자살에 관련된 시들이었다. 그리고 발견된 그녀의 일기장. 그 안은 자해, 부모에 대한 원망, 살인, 시체 유기 등에 관해 그녀가 상상한 내용들로 가득 차 있었다. 그런데 일기장의 맨 마지막

페이지, 엘리자베스 실종 사건이 일어난 10월 21일의 일기는 파란색 매직으로 쓱쓱 덧칠돼 있었다. 그런데 간신히 알아볼 수 있는 마지막 문장.

난 이제 교회에 가야겠다. lol

'lol'은 '래프 아웃 라우드(LAUGH OUT LOUD)'의 줄임말로 미국 10대들이 메신저나 채팅창에서 많이 쓰는 은어다. 번역하면 'ㅋㅋㅋ' 정도이다. 경찰은 매직으로 지워진 부분을 좀 더 자세히 살펴봤다. 그 결과, 완전히 지워지지 않은 두 개의 단어를 찾아냈다. 하나는 '슬릿(SLIT, 자르다)'이고, 다른 하나는 '스로트(THROAT, 목)'였다.

"모, 목을 자르다?"

경찰은 이 일기장을 증거로 곧바로 알리사에 대한 긴급체포영장을 발부했다. 그리고 하교하는 알리사를 기다렸다가 경찰서로 압송했다.

"알리사, 네 방에서 나온 일기장 말인데, 이거 네가 쓴 거 맞지?"

"네, 맞아요."

"그런데 왜 마지막 일기는 매직으로 다 지워버렸지?"

"그냥요. 내용이 맘에 들지 않았어요."

"그런데 여길 보렴. 미처 지우지 못한 단어가 있어. 목을…… 자르다?"

알리사는 대답 없이 경찰의 얼굴을 빤히 쳐다봤다.

"네가, 엘리자베스의, 목을 그었니? 칼로?"

아무런 동요도 없이 너무나 뻔뻔하게 대답이 나왔다.

"네, 제가 그랬어요."

"대체 왜? 왜 그랬지?"

"그냥요. 사람의 목을 칼로 그으면 어떤 기분이 들지, 그게 정말 궁금했거든요."

마치 자신은 아무 잘못도 없다는 듯 한 점 죄책감 없는 얼굴로, 알리사는 태연하게 자신의 범행을 자백하기 시작했다.

사건 당일, 알리사는 엘리자베스가 혼자 집으로 돌아가는 것을 보고는 보여줄 게 있다며 숲속으로 유인했다. 평소 자주 보던 친구의 언니여서 엘리자베스는 아무런 의심도 없이 그녀를 따라갔다. 알리사는 미리 준비한 장소에 도착하자마자 아이의 목을 졸랐다. 하지만 열다섯 살 여자아이의 힘으로는 맨손으로 사람을 목 졸라 죽이는 게 쉽지 않았다. 알리사는 준비해간 칼로 엘리자베스의 가슴을 여섯 번도 넘게 찔렀다. 피 흘리며 쓰러진 엘리자베스의 몸 위에 올라탄 알리사는, 마치 확인사살이라도 하듯 아홉 살 아이의 목을 칼로 천천히 그었다…….

가엾은 엘리자베스의 목에서 시뻘건 선혈이 뿜어져 나왔다. 범행이 끝나자 알리사는 미리 준비해둔 구덩이에 엘리자베스의 시신을 묻고 태연하게 집으로 돌아왔다. 그러고는 피 묻은 옷가지와 칼을 소각용 드럼통에 넣고 불태워 증거를 없앴다. 이 모든 범행을 공범 없이 알리사 혼자 계획하고 실행했다.

그런데 더 섬뜩한 사실은, 엘리자베스가 묻힌 구덩이 옆에서 또 하나의 빈 구덩이가 발견됐다는 것이다. 알리사는 미리 두 개의 구덩이를 파 놓았다. 그 이유를 묻자 알리사는 원래 자신이 죽이려고 계획했던 대상은 엘리자베스가 아니라 자신의 쌍둥이 이복동생들이라고 대답했다. 그러다 엘리자베스가 혼자 집으로 가는 것을 보자 충동적으로 유인해서 죽인 것이라고

했다. 이 모든 진술을 알리사는 일말의 동요도 없이, 때로는 실실 웃으며 경찰에게 늘어놓았다.

알리사의 자백 후, 경찰이 특수 알코올로 복원한 알리사의 마지막 일기에는 이런 문장들이 적혀 있었다.

> 방금 사람을 죽였다. 목을 조르고, 칼로 가슴을 쑤신 다음, 마지막으로 목을 땄다.
> 정말 멋진 일이다. 기분 최고다.
> 아직도 긴장되고 떨린다. 이제 교회에 가봐야겠다. lol

알리사는 1급 살인범으로 기소되었지만, 법원의 판결은 뜻밖에도 가석방이 가능한 종신형이었다. 그리고 30년이 지나면 가석방 신청이 가능하도록 했다. 알리사가 범행을 순순히 자백했고, 평소에 우울증을 앓았으며, 정신과 치료를 받았던 병력이 양형에 영향을 미쳤다.

엘리자베스의 유가족은 분노할 수밖에 없었다.

"이런 미친 사이코패스는 전기의자에서 바로 보내버려야 해요. 가석방이 가능한 종신형이라니! 말도 안 돼요."

"30년 후에 가석방을 신청해서 만약 승인되면, 고작 45세밖에 안 되잖아요. 그럼 다시 범행을 저지르지 않으리라는 보장이 있나요? 지금도 이렇게 잔혹한 범죄를 저지르고도 뻔뻔하게 아무런 죄의식도 없는데?"

하지만 법원의 판결은 바뀌지 않았다. 지금도 알리사는 가석방 신청이 가능한 30년이 지나기만을 기다리면서 미주리주 교도소에서 복역 중이다. ★

24.

신혼부부의 처음이자 마지막 여행

한국,
니코틴 살인 일기장
사건

나라마다 형법 체계나 기소 원칙이 조금씩 다르다.

물론 근대 형법의 큰 두 기둥은 '증거 원칙주의'와 '무죄 추정의 원칙'이다. 이 두 원칙은 동전의 양면처럼 서로 연결돼 있는데, 그 목적은 죄가 없는 사람이 자칫 누명을 쓰고 억울한 형벌을 부담하게 되는 일을 방지하기 위함이다. 간단히 말하자면 사건의 피의자에 대해 법원에서 최종 판결이 선고될 때까지는 무죄일 수도 있다는 가능성을 열어둔 채 수사에 임해야 하며, 수사기관인 경찰과 검찰은 피의자가 범인이라는 명백한 증거를 제시해야 한다는 것이다. 명백한 증거를 영어로 '스트라이킹 에비던스(STRIKING EVIDENCE)'라고 한다. 미국의 경우, 살인 사건이 일어나면 반드시 피해자의 시체를 찾아야만 한다. 아니면 범행에 사용됐음이 분명하게 밝혀진, 용의자의 지문이나 피해자의 혈흔이 남아 있는 총이나 칼 같은 범행 도구라도 발견돼야 한다. 시체도 발견되지 않고 범행에 사용된 도구도 발견하지 못했다면, 아무리 정황 증거가 뚜렷하게 용의자를 범인으로 지목하더라도 그것만으로는 실형을 선고할 수 없다. 용의자는 증거 불충분으로 무죄를 받게 된다. '증거 원칙주의'에 철저한 사법 체계 때문이다.

그러나 우리나라는 조금 다르다. 우리나라 역시 '증거 원칙주의'라는 대전제를 따르지만, 미국이나 유럽에 비해서는 정황 증거에 따른 범행 입증을 좀 더 유연하게 적용하는 판례가 많다. 게다가 현대 사회에서는 갈수록 범죄가 지능화되고 고도화되다 보니 결정적으로 범행을 입증할 수 있는 물적 증거를 찾기 어려운 경우가 많다. 이런 경우, 정황 증거를 십분 활용하는 범죄 수사와 재판 과정이 좀 더 널리 고려돼야 할 필요가 있다.

2017년 4월 24일, 정경철(가명)과 김나영(가명)은 혼인신고를 마치고 일본 오사카로 신혼여행을 떠났다. 새신부 김나영은 이제 겨우 열아홉 살, 남편 정경철은 스물두 살. 너무도 어린 부부였다. 비용상의 문제로 결혼식은 생략했지만, 양가 가족의 반대를 무릅쓰고 결혼에 성공한 두 사람은 이제 자신들의 앞에 행복한 미래가 펼쳐질 것이라는 기대에 부풀어 있었다.

두 사람은 정경철의 부모님이 운영하던 곰탕집에서 처음 만났다. 김나영은 곰탕집 아르바이트생이었고, 정경철은 가게 주인 아들이었다. 정경철이 곰탕집에서 부모님을 돕다가 아르바이트생 김나영과 얼굴을 자주 마주치게 되었고, 둘은 곧 교제하기 시작했다. 교제한 지 4개월밖에 되지 않았을 때, 정경철은 서둘러 김나영에게 청혼했다. 청혼할 당시 김나영은 아직 미성년자 신분이었다.

"아버님, 따님을 제게 주십시오!"

정경철은 김나영의 집에 찾아가 간곡히 말했다.

"이 사람아, 우리 나영이는 아직 미성년자야. 결혼이라니……. 몇 년 더 사귀어보고 그때 가서 식을 올려도 괜찮지 않겠나?"

"사실은…… 나영이가 임신했습니다."

"뭐라고?"

그런데 이 임신 얘기는 거짓으로 꾸며낸 것이었다. 정경철이 김나영과의 결혼을 그렇게나 서둘렀던 이유는 무엇일까? 여하튼 김나영의 부모는 거짓말까지 해가며 청혼하는 정경철이 마음에 들지 않았다. 그래서 두 사람의 결혼을 강하게 반대했다. 그러나 자식 이기는 부모 없다고 했든가. 김나영은 부모의 동의가 필요 없는 만 19세가 되고 나서 이틀 만에 정경철과 혼인신고를 해버린다. 김나영의 부모는 결국 정경철을 사위로 인정할 수밖에 없었다.

그런데 신혼여행을 떠난 다음 날, 김나영의 부모에게 청천벽력 같은 소식이 들려왔다. 딸이 일본 오사카에서 갑작스러운 발작과 마비 증세로 병원에 이송됐다가 결국 죽었다는 것이다. 사위 정경철은 국제전화비가 많이 나온다는 핑계를 대며, 이 중요한 소식을 카카오톡 메시지로 보냈다. 김나영의 부모는 어이없었다. 하늘이 무너지는 것 같았다. 그들은 곧바로 오사카행 비행기를 탔다.

그런데 오사카에서 만난 사위의 언행이 어딘지 수상했다. 정경철은 장인장모를 앞에 두고도 제대로 대화도 나누지 않고 친구들과 메시지 주고받기에 열중하더니, 급기야는 친구와 약속이 잡혔다며 나가버렸다. 아내가 신혼여행 와서 죽었는데, 그래서 장인장모가 와 있는데 친구와 약속이라니! 김나영의 부모는 정경철의 행동에 강한 의혹을 느꼈다. 김나영의 시신은 일본 현지 경찰에 의해 부검이 의뢰됐다. 부검 결과, 혈액에서 다량의 니코틴 성분이 검출됐다. 그리고 김나영이 쓰러져 있던 호텔 방 욕실에서 니코틴 원액이 담긴 병과 주사기가 발견됐다.

"사실, 나영이는 오랫동안 부모에게 학대를 받아왔습니다. 그래서 우울증이 심했어요. 제가 결혼을 서두른 이유도 나영이를 부모로부터 하루빨리 분리시키기 위한 것이었어요. 그런데 결국은 이런 일이……."

"사건 당일의 상황을 좀 더 자세히 말씀해주시겠습니까?"

"네. 신혼여행 첫날이라 우리 부부는 좀 들떠 있었어요. 그래서 술을 좀 많이 마셨습니다. 술에 취해 깜박 소파에서 잠들었는데, 갑자기 욕실 쪽에서 쿵 하고 큰소리가 나는 겁니다. 그래서 욕실로 뛰어가봤더니, 나영이가 주사기로 자기 정맥에 독극물을……. 제가 나영이를 지켜줬어야 하는데 제가 정말 못난 놈입니다."

일본 현지 경찰의 수사 결과, 김나영의 죽음은 자살로 결론이 났다. 외부인의 침입 흔적이 없고 몸에서 특별한 상처이나 저항흔이 발견되지 않았기 때문이다. 그녀의 시신은 화장되어 한국으로 이송됐다. 사체를 한국으로 가져오려면 전용 비행기 편을 따로 마련해야 하고 비용도 무척 많이 들기 때문이다. 하지만 한국 경찰은 김나영의 죽음에 남편 정경철이 관련됐을 것이라는 의심을 가졌다. 무엇보다 김나영의 보험금에 관련된 보험회사의 제보가 결정적이었다.

2017년 5월 4일, 세종경찰서 지능범죄팀에 보험회사의 신고가 들어왔다.

"정경철 씨 말이에요. 어제 우리 지점에 보험금 수령 문의를 위해 방문해서 상담했는데 말입니다. 아무래도 그 사람, 좀 이상해요."

"그래요? 어떤 점이 이상하던가요?"

"오사카로 신혼여행을 갔는데 아내가 거기서 죽었다며 사망한 지 열흘만에 보험금 청구를 했습니다. 그런데 그 금액이…… 1억 5000만 원입니다."

"1억 5000만 원?"

"네. 여행자보험치고는 상당히 높은 보상금이죠. 그런데 원래 여행자보험은 사망자가 자살로 죽었을 경우에는 지급 사항에 해당되지 않거든요. 그렇게 얘기해줬더니 이 인간이 성질을 부리며 화를 내는 겁니다."

"그래서요?"

"뭐 우리는 매뉴얼대로 약관을 보여주면서 자세히 설명했죠. 그랬더니 이 인간이 무척 실망한 표정을 지으며 묻는 거예요. '혹시 아내 명의로 들어 있는 다른 보험이 있는지 조회해주실 수 있나요?'라고."

"음, 확실히 수상하군요."

"네. 저도 보험심사관으로 오래 근무해서 이런 일에 '촉'이라는 게 있는데, 이 인간 아무래도 수상해요."

"알겠습니다. 신고 감사합니다."

경찰은 보험회사의 신고를 바탕으로 정경철에 대한 수사에 착수했고, 결국 사건이 발생한 지 7개월 만인 2017년 11월 24일, 그를 김나영 살인사건의 용의자로 확정했다. 수색영장을 발부받은 경찰은 정경철의 집을 수색해서 그가 고등학교 때부터 꾸준히 써온 일기장을 발견했다. 그런데 그 일기장에는 충격적인 내용이 적혀 있었다.

돈을 얻으려면 역시 결혼한 후 빨리 일을 끝내야겠다. 그러려면 결혼식은 생략하고 혼인신고만 하면 되겠지. 결혼식 비용도 엄청나니 말이다. 그리고 여행자보험에 가입하면 보험금이 짭짤하게 들어올 거야.

죽이는 방법은 뭐가 좋을까? 제일 의심받지 않는 방법은 우선 절벽에서 밀어버리기다. 그런데 오사카에 그럴 만한 곳이 있을까 모르겠다. 차라리 홋카이도로 갈까?

역시 니코틴을 쓰는 게 좋겠다. 햄스터라도 한 마리 구해서 실험을 해봐야겠다.

나영이를 어떻게 해서든 우울증으로 만들어야겠다. 무슨 시비를 걸어서라도 한 달에 한 번씩은 싸워야 한다.

뿐만 아니라 그가 스마트폰으로 '남편 니코틴 살인사건'을 검색한 기록이 발견됐다. 2016년 경기도 남양주에서 사실혼 관계인 남편의 재산을 노린 아내가 몰래 혼인신고를 한 뒤 내연남과 짜고 남편을 니코틴으로 독살한 사건이다. 정경철이 이 사건을 연구해서 비슷한 사건을 저지르려 했던 것으로 의심할 수밖에 없는 상황이었다.

하지만 일기장에 적힌 내용과 인터넷 검색 기록은 결정적인 증거가 될 수 없었다. 그런데 경찰은 정경철의 일기장을 통해 범행에 사용된 니코틴 원액을 구입한 경로를 알게 됐다. 바로 정경철의 고등학교 동창인 황수연(가명)이라는 여성이 중국 사이트를 통해 은밀히 니코틴 원액을 구해서 정경철에게 전달했던 것이다. 게다가 2016년 황수연과 정경철이 함께 오사카 여행을 다녀온 사실도 발견됐다. 2018년 1월 31일, 경찰은 황수연을 살인 공모 혐의로 용의선상에 올리고 심문을 시작했다.

"정경철과 둘이 범행을 예행 연습한 건가요?"

"그게 무슨 말씀이세요?"

"둘이서 일본에 가지 않았나요?"

"네, 여행을 같이 간 건 맞아요. 제가 전자담배를 피우기 때문에 중국 사이트에서 싸게 니코틴 원액을 산 것도 맞고요."

"정경철 씨 부인이 오사카에서 니코틴 중독으로 죽었어! 당신이 사다 준 그 니코틴 원액으로 말이야!"

"그래요? 그런데 이상하군요. 정경철은 2016년에 저한테도 비슷한 짓을 했어요."

"그게 무슨……?"

"여행을 간 호텔 방에서 정경철이 저한테 음료수 한 통을 내밀었어요. 술을 많이 마셨으니까 술 깨라면서, 숙취 해소제라면서요. 그런데 한 모금 마셔보니까 너무 역하고 이상한 거예요. 그래서 나머지는 그냥 버려버렸죠. 그다음 날부터 3일 내리 내장이 뒤틀리듯 아프고 계속 토하고, 암튼 엄청 고생했어요. 저는 그게 술을 많이 마셔서 탈이 난 게 아닌가 했는데…… 혹시 정경철이 건네준 음료에 뭔가 다른 성분이 들어 있었던 게 아닐까요?"

경찰 조사 결과, 더 충격적인 사실이 밝혀졌다. 정경철은 황수연과 여행을 갔을 때도 여행자보험을 들었으며, 황수연이 사망할 경우 보험금 수령자를 자기 이름으로 해두었던 것이다. 그렇다면 황수연은 공범이 아니라 또 다른 피해자일까? 정경철이 아내를 니코틴으로 살해하기 위한 범행을 예행연습한 마루타?

니코틴 원액은 실온에서 개봉할 경우 암모니아 냄새를 풍긴다. 술이나 음료에 탄다고 해도 암모니아 냄새가 사라지지 않기 때문에 피해자에게 마시게 하기 어렵다. 황수연을 통한 예행연습으로 그 점을 알아챈 정경철이 결국 선택한 방법이 주사기를 통한 정맥 주입이 아니었을까 경찰은 의심했다. 경찰은 황수연의 증언을 토대로 다시 한 번 정경철을 강하게 압박했다.

"당신, 2016년 황수연 씨랑 오사카에 가서 음료에 니코틴을 타 먹여서 죽이려고 했지? 그때도 당신이 직접 여행자보험에 들었어!"

"에이, 그건 장난이었어요. 니코틴이 그렇게 몸에 나쁜 건지 몰랐어요."

"뭐, 장난? 그럼 여행자보험은 뭐야?"

"여행 가면서 여행자보험에 드는 게 뭐 어때서요? 여행자보험 안 들면 티켓을 발권해주지 않는 항공사도 많다고요."

정경철의 태도는 뻔뻔하기 그지없었다.

결정적인 증거는 일본에서 날아왔다. 한국 경찰이 일본에 김나영의 부검 결과를 다시 요청했는데, 그녀의 시신에서 니코틴 성분은 검출됐지만 알코올 성분은 단 한 방울도 검출되지 않았던 것이다. 즉, 김나영이 술에 취해 충동적으로 자살했다는 정경철의 주장이 거짓말이라는 증거였다. 이렇듯 불리한 증거가 나오자 정경철은 자신의 진술을 번복했다.

"사실은 제가 나영이를 도와준 겁니다."

"도와줘?"

"네. 나영이는 부모의 학대로 인한 우울증 때문에 너무 힘들어했어요. 그래서 자살을 결심하고 저한테 주사를 놓아달라고 애원했어요. 그래서…… 그래서 어쩔 수 없이 제가 나영이의 정맥에 니코틴 주사를 놓았어요. 사랑해서, 나영이를 너무 사랑해서 그랬어요."

이런 황당한 주장을 경찰과 검찰이 믿을 리 없었다. 결국 정경철은 김나영 살해 혐의로 기소되어 재판에 넘겨졌다.

이후 1심 재판에서 정경철은 무기징역을 선고받았다. 그는 곧바로 항소했다. 2심 재판에서는 김나영의 유서라며 새로운 증거를 제출했다. 하지만 법원은 필적이 분명하지 않다며 증거 채택을 기각했다. 그러자 정경철의 변호인 측은 심신미약에 따른 감형을 요청했다. 그러나 항소심 재판부는 이 신청 역시 기각했다.

정경철은 경찰 조사나 재판 과정 내내 슬픔이나 분노의 감정을 드러내지 않았다. 경찰이 공개한 그의 사이코패스 성향 검사(PCL-R) 결과는 40점 만점에 26점으로, 이는 강호순(27점), 조두순(29점), '어금니 아빠' 이영학(25점)과 비슷하거나 높은 점수다. 정경철이 김나영을 우울증 환자로 만들기 위해 일부러 싸움을 걸고, 심지어 데이트 폭력을 행사했다는 점에서 그의 잔혹성을 확인할 수 있다.

2019년 10월, 마침내 정경철은 대법원에서 최종적으로 무기징역을 선고받았다. 김나영 살해와 황수연 살인미수 혐의가 둘 다 인정됐다. 재판부는 "정씨가 아내를 잔인하게 살해한 것도 부족해 재판 과정 내내 모든 혐의를 부인하고 진술을 번복하는 등 거짓으로 일관된 모습을 보인 바, 죄질이 아주 나쁘다"고 판단했다.

사실 정경철 사건은 직접적인 물적 증거가 부족한 상태에서 주변인의 증언과 정황증거만으로 기소와 재판이 진행된 사례다. 만약 우리나라 사법부가 '증거 원칙주의'를 고수해서 증거불충분으로 정경철에게 무죄라는 면죄부를 주었다면 어떻게 됐을까? 우리가 또 다른 살인을 묵인하게 된 결과를 낳을 수도 있지 않았을까? ★

25.

천사 엄마의 두 얼굴

뮌하우젠 증후군

우리를 망치는 것은 다른 사람의 눈을 지나치게 의식하는 것이다.
만약 나 외에 모든 사람이 장님이라면 번쩍이는 가구는 필요 없을 것이다.

_벤저민 프랭클린

뮌하우젠 증후군(MÜNCHAUSEN SYNDROME)이라는 정신질환을 아는가? 그다지 널리 알려진 병명은 아니다. 뮌하우젠 증후군은 타인의 관심을 받기 위해 병이나 증상, 고통을 거짓으로 연기하거나 과장되게 부풀리는 증상이다. 뮌하우젠 증후군은 자신의 몸에 직접 가해하는 경우와 멀쩡한 타인을 환자로 몰아가면서 고통을 주는 경우 두 가지로 나눌 수 있다. 두 경우 모두 목적은 타인의 관심을 받고 자신 자신을 동정의 대상 혹은 칭찬의 대상으로 만들려고 하는 데 있다. 이번에 할 이야기는 뮌하우젠 증후군 때문에 자신의 친자식을 죽거나 병들게 한 미국 엄마 이야기다.

미국 뉴욕 외곽에 살던 20대 레이시 스피어스. 그녀는 어릴 때부터 아이들을 좋아했다. 그래서 대학을 졸업하고 선택한 직장도 육아 돌봄 시설이었다. 그러던 그녀가 결혼해서 자신의 아이를 갖게 된다. 아주 예쁜 아들이 탄생한 것이다. 하지만 아기가 태어난 지 8개월 되던 날, 레이시는 중대한 결심을 하게 된다.

"우리 아기 목에 영양을 공급하는 관을 꽂을 수 있을까요?"

"아이가 몇 개월입니까?"

"8개월이요."

"안 됩니다. 아직 돌도 지나지 않은 아기의 목에 영양 공급관을 끼우는 건 위험해요. 자칫하면 기도가 협착되어 죽을 수도 있습니다."

그렇다. 레이시의 아들은 엄마 젖이나 분유를 제대로 삼키지도 소화시키지도 못하는 선천적인 질환을 안고 태어났던 것이다.

의료진의 만류에도 레이시는 뜻을 굽히지 않았다. 그는 여러 소아과 병원을 찾아다니며 의사들을 만나 통사정했다. 결국 한 의사가 수술을 집도하고 마침내 8개월된 아기의 식도에 안정적으로 영양 공급 튜브를 연결하는 데 성공했다.

레이시의 아들 이름은 가넷. 어렵게 생명을 건진 소중한 아이인 만큼 레이시는 온 정성을 다해 아들을 키워냈다. 그녀는 2009년부터 아들을 키우는 험난한 과정을 블로그와 SNS 계정에 상세히 올렸다. 레이시의 사연은 많은 이들에게 감동을 주었다. 여러 네티즌들이 블로그의 글을 읽고 그녀를 응원하며 그녀에게 '천사 엄마'라는 애칭을 붙여주었다.

가넷은 선천적으로 질환을 안고 태어났기 때문에 자라면서 여러 가지 질병에 시달렸다. 그래서 레이시는 그녀의 아들을 데리고 여러 병원, 여러 도시를 돌아다녔다. 그녀는 병원 근처로 이사해서 새로 사귄 이웃들에게도 아들의 병에 대해 자세히 말하고 위안을 얻었다.

"오늘은 우리 가넷이 열이 많이 올랐어요. 호흡곤란이 있어서 병원에 갔어요. 갑자기 발작 증세를 보이기도 했답니다."

그녀의 하소연을 들으며 이웃들은 하나같이 그녀를 대단한 엄마라고 칭찬했다. 아들을 위해 희생하는 그녀의 모성애를 존경하며 응원을 아끼지 않았다.

그런데 어느 날, 가넷이 새로 사귄 이웃 친구의 엄마가 이상한 점을 발견했다. 가넷을 포함한 다른 여러 명의 친구들을 데려와 자기 아이의 생일 파티를 열었는데, 가넷이 다른 아이들과 다름없이 많은 양의 음식을 잘 먹었던 것이다. 자기가 좋아하는 음식은 두 접시나 먹을 만큼 식욕이 왕성하고 건강한 아이처럼 보였다. 레이시의 블로그나 SNS로 알게 된 이야기와는 다른 모습이었지만, 그 엄마는 이상하다고 생각했을 뿐 특별히 문제를 제기하지는 않았다.

그런데 2013년 1월 23일, 가넷은 다섯 살이라는 어린 나이에 결국 세상을 떠나고 말았다. 레이시는 블로그와 SNS를 통해 가넷의 죽음을 알렸다. 많은 사이버 친구들이 그녀에게 위로의 댓글을 건네고, 가넷의 죽음을 안타까워하면서 레이시에게 용기를 내라고 응원했다.

그러나 단 한 명, 가넷에게 사망 선고를 내린 소아과 의사는 가넷의 죽음에 의문을 제기했다. 그가 보기에 어린 가넷이 죽음에 이를 만한 아무런 이유가 없었기 때문이다. 가넷의 몸 상태는 다섯 살 또래 아이들과 전혀 다를 게 없었다. 결국 그 의사는 경찰에 부검을 의뢰했다. 그리고 부검 결과, 충격적인 사실이 밝혀졌다. 가넷의 사인은 치사량의 소금이 몸에 축적된 것, 즉 나트륨 중독이었다!

"제가 왜 제 아들을 죽여요? 말이 되는 소릴 하세요!"

레이시는 강하게 부인했다. 그녀는 수사 과정과 재판이 진행되는 내내 묵비권을 행사했다. 하지만 가넷이 태어나고 나서 지난 5년간의 병원 진료 기록을 면밀히 살핀 경찰은 결정적인 증거를 찾았다. 레이시의 말과 달리 가넷은 보통 아이들처럼 건강했으며, 문제는 그의 체내에 서서히 나트륨 성분이 쌓여왔던 것이라는 사실이 증명된 것이다.

정신감정 결과, 레이시는 '대리 뮌하우젠 증후군(MÜNCHAUSEN SYNDROME BY PROXY)'이라는 판정이 나왔다. 착한 엄마라는 이미지와 아픈 아들을 힘들게 돌보고 있다는 동정 여론을 통해 자신의 존재가치를 인정받으려고 하는 증상이다. 지독한 관종의 이야기라고 치부할 수도 있지만, 이 '대리' 뮌하우젠 증후군은 실제로 타인에게 위해를 가하기 때문에 문제가 된다. 더군다나 자신이 마땅히 아끼고 사랑해야 할 가족을 죽게 만드는 위험한 정신병이다. 자신이 돌봐야 할 대상이 별로 아픈 데가 없는데도 자꾸 병원에 데려가려 하고, 병원에서 아픈 데가 없다며 그냥 돌려보내면 자신의 거짓말을 인정받기 위해 보호 대상을 실제로 아프게 만들기도 한다.

인터넷이 발달한 요즘에는 '디지털 뮌하우젠 증후군(DIGITAL MÜNCHAUSEN SYNDROME)'이라는 신종 용어가 생기기도 했다. 온라인상에서 자신을 중증 환자로 속이고 거짓 투병 일기나 거짓 간호 일기를 올려 사람들의 관심받기를 즐기는 증상이다. 레이시 스피어스야말로 이 증상의 대표적인 사례일 것이다. 레이시는 결국 2급 살인범으로 기소되어 징역 20년 형을 선고받고 현재도 교도소에서 복역하고 있다.

뮌하우젠 증후군 때문에 자신의 아이를 학대한 엄마는 또 있다. 미국 댈러스에 거주하는 케일리 보웬. 생후 8개월 때 우유 알레르기를 이유로 자신의 아들 크리스토퍼를 병원에 데려갔다. 그러곤 폐 이식수술을 요청했다. 아니, 우유 알레르기가 있는데 폐 이식이라니? 의료진은 황당할 수밖에 없었다. 게다가 케일리는 레이시와 마찬가지로 돌도 지나지 않은 아이에게 영양 공급 튜브를 꽂아줄 것을 강하게 요구했다. 의료진이 이 요청들을 거부했음은 말할 나위도 없다.

이후로도 케일리는 거의 매일 병원을 찾아와 아이가 호흡곤란이다, 산소 호흡기를 꽂아달라, 아이가 소화불량으로 위가 막혔다, 위세척을 해달라는 등 무리한 요구를 계속했다. 그녀의 망상은 갈수록 심각해져 나중에는 자신의 아들이 소아암에 걸렸다는 거짓말까지 하게 된다. 그리고 SNS에 자신의 사연을 올리고 후원 사이트를 만들어 한화 880만 원 정도의 돈을 받기도 했다. 아들에게 항상 산소 호흡기를 꽂아두고, 소장을 통해 영양분을 공급할 수 있도록 수술까지 시켰다. 어린 아들은 그 모든 과정에 수반되는 고통을 견뎌내야만 했다.

이 극성스러운 엄마는 아들을 폐 이식 환자 명단에 올리려고 노력해서 결국은 성공했다. 폐 이식 환자 명단에 올라가면 우선 호스티스 보호시설에 들어가야만 한다. 그런데 보호시설에서 근무하던 한 의사가 아이의 상태를 보고는 엄마를 의심하게 된다. 케일리의 아들은 아픈 곳 없이 멀쩡한

상태였던 것이다. 그런데 케일리는 2009년부터 2016년까지 도합 300번 넘게 아이를 병원에 데려가고, 13번이나 불필요한 수술을 받게 했다. 의사는 케일리를 아동 학대 혐의로 신고했고, 케일리는 곧 체포되어 법정에 서게 됐다.

그런데 법정에서도 케일리 보웬의 거짓말은 계속됐다. 그녀는 판사에게 "우리 아들을 이대로 방치하면 걷지 못하게 될 수도 있다"고 말했다. 의사들은 케일리가 주장한 아들의 호흡곤란, 소화불량, 소아암 등이 모두 거짓이며 아이의 건강 상태는 지극히 정상이라고 증명해주었다. 케일리는 현재 댈러스카운티 교도소에 수감되어 있다. 케일리는 왜 이런 망상에 빠진 것일까? 그녀 역시 '대리 뮌하우젠 증후군' 환자였던 것으로 정신감정 결과 밝혀졌다.

또 한 사람, 독자 여러분이 깜짝 놀랄 만한 피해자가 있다. 바로 천재 물리학자이자 중증 장애를 이기고 위대한 업적을 이룬 스티븐 호킹 박사다. 그런데 그가 두 번째 아내로부터 오랫동안 학대를 받아온 '대리 뮌하우젠 증후군'의 피해자였다는 것을 아는가?

호킹 박사는 케임브리지 대학원에 재학하던 시절이던 21세 때 루게릭병이라 불리는 근위축성 측색 경화증을 진단 받았다. 길어야 5년이라는 시한부 선고를 받고 서서히 근육이 마비되어가는 고통 속에서도 그는 연구를 계속해서 박사학위를 취득하고 상대성 이론과 양자역학 분야에서 큰 업적을 이뤘다. 이 때문에 사람들은 그를 '휠체어를 탄 아인슈타인'이라 불렀다.

그런데 1985년, 호킹 박사는 급성 폐렴으로 생사의 기로를 헤매게 된다. 진단 결과, 회복할 가능성이 거의 없다는 말을 듣게 되었다. 그의 아내 제인은 포기하지 않고 호킹 박사를 케임브리지 병원으로 이송해 수술을 받게 했다. 다행히 그는 병을 이기고 살아날 수 있었다.

겨우 살아나긴 했지만 호킹 박사는 치명적인 장애를 안게 됐다. 기관지 절개 수술을 받았기 때문에 기도와 성대가 기능을 상실한 것이다. 그는 폐에 꽂은 파이프를 통해 호흡하고, 휠체어에 부착된 음성합성기로 말해야만 했다. 많은 이가 호킹 박사의 기계 목소리를 기억할 것이다. 수술 이후 그는 거동이 불편한 정도를 넘어 24시간 돌봐줄 전담 간호사가 없으면 생명 유지조차 어려운 상태가 되고 말았다.

호킹 박사의 아내 제인은 믿을 만한 전담 간호사를 고용했다. 간호사의 이름은 일레인 메이슨. 그녀는 자신의 사생활을 포기하고 호킹 박사의 간호에 전적으로 매달렸다. 제인이 보기에도 그녀만큼 훌륭한 간호사는 찾을 수 없을 것 같았다. 그런데 호킹 박사와 간호사 일레인 이 두 사람이 사랑에 빠지게 될 줄 누가 알았겠는가.

호킹 박사는 1995년 첫 번째 아내 제인과 이혼했다. 그리고 1996년 일레인과 혼인신고를 하고 동거 생활에 들어갔다. 그런데 호킹 박사가 재혼하고 난 뒤 이상한 일들이 생기기 시작했다. 손목이 부러지고, 칼에 베이고, 입술이 터지는 등 갖가지 부상으로 병원을 자주 찾게 된 것이다. 그리고 호킹 박사가 병원을 자주 찾게 되면 될수록, 간호사 출신의 아내 일레인은 세간의 주목과 관심을 받았다.

일레인은 계속 사람들의 관심을 받고 싶었다. 그녀는 호킹 박사의 몸에 일부러 상처를 내고, 휠체어를 밀어 넘어뜨려 손목을 부러뜨리고, 몹시 더운 여름날 호킹 박사를 뙤약볕이 내리쬐는 정원에 방치해 일사병에 걸리게 하기도 했다. 일레인 메이슨 역시 대리 뮌하우젠 증후군 환자였던 것이다.

호킹 박사와 첫 번째 부인 제인 사이에서 태어난 아들은 아버지를 가끔 방문하곤 했다. 그런데 아버지를 만날 때마다 상처가 점점 더 늘어나는 게 눈에 띄었다. 아들은 의심에 가득 차 혹시 일레인이 학대를 가하지는 않는지 물었다. 하지만 호킹 박사는 그런 일은 절대로 없다며 극구 부인했다. 일레인에 대한 사랑이 그만큼 컸던 것일까? 아니면 천재 물리학자라는 자신의 명성에 금이 갈까 봐 숨겼던 것일까? 아내한테 학대받는 사실에 자존심이 상했던 것일까?

그러다가 결국 일레인이 호킹 박사를 학대하는 현장이 이웃에 의해 사진 찍혔다. 부정할 수 없는 증거가 나온 것이다. 분노한 아들은 강력하게 이혼을 요구했고, 결국 호킹 박사와 일레인은 2006년 이혼했다. 이후 그녀는 정신병원에 수용되어 치료를 받고 있다. 세간의 관심에서 멀어지고 학대범의 민낯이 밝혀진 그녀는 신경쇠약에 시달리고 점점 더 불안증세가 심해졌다. 이처럼 사람들의 관심을 받지 못하면 자기 스스로를 망가뜨리는 정신병이 '뮌하우젠 증후군'이다.

지금까지 얘기한 세 가지 사례에서 보듯, 대리 뮌하우젠 증후군의 희생자는 대부분 노인, 아이, 장애인, 작은 동물 같은 약자들이다. 한 연구에 의하면 대리 뮌하우젠 증후군 환자들은 어린 시절 부모님에게 학대를 받았거나, 자신이 보호하는 대상이 앓고 있다고 망상하는 질병을 실제로 경험한 경우가 많다고 한다. 더 큰 문제는 이러한 학대가 사람이 아니라 동물을 대상으로 이뤄지는 경우다. 말 못 하는 동물들은 학대를 받아도 그 사실을 증명할 길이 없다. 동물들이 학대를 견디다 못해 죽어버려도 그 범죄가 드러나지 않고 어둠 속에 묻히는 경우도 많다.

우리나라에는 오랫동안 아동 학대나 동물 학대에 대한 처벌 조항 자체가 없었다. 어린아이는 부모의 소유, 반려동물(예전에는 애완동물이라고 불렀다)은 기르는 사람의 소유물이라는 인식이 지배적이었기 때문이다. 하지만 아이는 엄연히 부모와는 다른 하나의 개별적 인격체이며, 반려동물 역시 소유물이 아니라 하나의 소중한 생명이다. 2010년 이후 아동 학대나 동물 학대를 처벌할 수 있는 조항들이 마련되고, 이에 대한 우리 사회의 인식도 많이 변하게 되었다. 참으로 다행스러운 일이 아닐 수 없다. ✶

토요미스테리

1쇄 발행 2023년 1월 17일
4쇄 발행 2023년 3월 25일

글 디바제시카
일러스트 한재홍

펴낸이 백영희

펴낸곳 ㈜너와숲
주소 04032 서울시 금천구 가산디지털1로 225 에이스가산포휴 204호
전화 02-2039-9269
팩스 02-2039-9263

등록 2021년 10월 1일 제2021-000079호
ISBN 979-11-92509-32-7(03810)
정가 16,800원

이 책을 만든 사람들
편집 김민혜
홍보 고유림
마케팅 배한일
제작처 예림인쇄
디자인 글자와기록사이